心うた

百歌清韻

松本章男

◉紅書房

万葉から江戸末期まで、聞こえくる心のひびき

——和歌秀詠アンソロジー

心うた・百歌清韻——目次

はじめに……6

心をしのぶ……9
述懐(一)……18
述懐(二)……26
懐旧……33
夢……43
素志……49
老い……60
命・死……66
無常……72
哀傷……79
世の中……87
花に寄せて……94

月に寄せて	103
別れ	113
ふるさと	121
旅(一)	128
旅(二)	135
眺望	145
山里	151
閑居	157
雑の春	164
雑の夏	173
雑の秋	180
雑の冬	189
雑の恋	197
天象・地気	204

富士 …… 210
鶴 …… 217
松 …… 224
竹 …… 231
釈教 …… 237
挽歌 …… 246
辞世 …… 255
出離 …… 263
関に寄せて …… 275
橋に寄せて …… 284
古詠にちなんで …… 294

収載歌一覧 …… 306
作者名一覧 …… 323
文中引例歌一覧 …… 352
識記 …… 357

心うた

——百歌清韻——

はじめに

和歌の種類は古来、四季歌・恋歌・雑歌《ぞうか》の三部に大別されてきた。雑歌の「雑《ぞう》」に粗雑・雑多などのニュアンスはない。「雑歌」とは、四季歌でも恋歌でもない、それ以外の歌を総括するという意味の分類名である。

西行は晩年、伊勢の神官たちに詠作を指導したさい、「和歌はうるはしく詠むべきなり。古今集の風体を本としてよむべし。中にも〈雑〉の部を常に見るべし」と勧めている。

四季歌は客体として自然の景物を詠じる。主体である自己の感情をその景物に照応させる。恋歌は客体として恋する対象の人物を意識する。しかし、雑歌はその多くが、自己の心そのものを客体として見つめている詠作によって占められる。西行は裁量の範囲のひろいこの雑歌の部類にこそ、日本人固有の心情が最も濃密に顕われているから、そこを見よと言いたかったのであろう。

本書は、四季歌・恋歌をも若干は取りこんでいるのだが、雑歌を中心とした和歌のアンソロジーである。

今日に伝わる雑歌の数は恋歌よりもかなり多い。私は雑歌だけでも二五万首ほどに目をとおしたことになる。資料としてノートに書きとどめた歌数が『恋うた・百歌繚乱』のばあいと同様に三千首あまり。本書はそこから五一四首を抽出、解読をほどこし感想をしるした。

歌合《うたあわせ》・定数歌《ていすうか》として題詠されている雑歌を味わうかたわら、私は多くの先人たちがのこす私家集《しかしゅう》（個人和歌集）を耽読した。

往日は紙が貴重品だった。筆記用具といえば墨筆のみであった時代、その墨筆またやさしく手にできたわけではない。長い文章を記録するという行為は並大抵ではなかった。先人たちはそこで和歌という短い表現形式のなかに日々の感懐を凝結させ、記憶にとどめようとしたともみなせる。私家集はそれぞれが先人たちの生涯記録でもあって、そこにみる雑歌中に、機に応じ折に触れて昂揚した心情が切々とスタンプされている。

四季歌からは景物の風雅なおもむきに癒やされる。恋歌からは愉悦も消沈も情念の機微が身に沁みる。雑歌からは、心の内面を見つめている秀詠を味わうとき、人間成就に向かうべし、そんなふうに背中を押される感をうける。

とにもかくにも、好みの詠作を一首また一首とひもとく刻々が、私には無上の安らいであった。本書を読んでくださる皆さんが、私の感じた安らいを追体験してくださるだろうと、そのことを期待したい。

装　幀　木幡朋介

カバー画　山口蓬春「秋」部分
（公益財団法人ＪＲ東海生涯学習財団提供）

見返し画　山本雪堂

心をしのぶ

心には色も形も匂いもない。ところが、そういう心から意識が生じる。わたしたちは心そのものを意識を育てる存在として見届けることはできないものの、心の作用があるところに意識の内容を把握している。

古今集仮名序に「やまと歌は人の心を種として、よろづの言《こと》の葉《は》とぞなれりける」という。和歌というものは人の心をみなもととして生い茂った、とりどりの言語の呼吸行為なのである、と。

まず「心」そのものに思いをめぐらす滑り出しに一三首の詠作から味わっていただこう。

身は捨てつ心をだにも放《はふ》らさじつひにはいかがなるやとを見む　**藤原興風《おきかぜ》**

春秋に思ひみだれて分きかねつ時につけつつ移る心は　**紀貫之《つらゆき》**

人間の生命は「身」と「心」で保たれる。――わが身は思い切って捨てた。けれども、心だけは投げ出さず、大切に保ってゆこう。最後はどのようになるかを心で見届けたいから――。興風《おきかぜ》詠の意だ。

俗世間を離れて仏門に入ることを「捨身《しゃしん》」ともいうが、この「身は捨てつ」にそこまでの含みはないと思う。老いるにつれ体力が衰えてゆくのは止むを得ない。心だけは気丈に保って身の行く末を見届けよう。そんな心境をこの一首は詠じているといえようか。

貫之詠のほうはいう。――春と秋はいずれが優れるか。わたしは両方に惹かれて思いわずらい、判断しかねてしまいました。わたしの心は季節に応じて移り変わるものですから――と。

春秋に優劣をつけてほしい。人から求められて答えた歌だと伝わる。まさに季節の推移に交感し照応して人間の心も移り変わってゆく。人間は自然の一部でもあることを証明している、これは一作というべきか。

心あらむ人に見せばや津の国の難波《なには》の浦の春のけしきを　能因《のういん》

心なき身にもあはれはしられけり鴫《しぎ》たつ沢の秋の夕ぐれ　西行

堪《た》へてのみながむるままに心なきわが身しらるる秋のゆふぐれ　兼好

ふかくなる鴫たつ沢の秋のみづ住《すみ》の江《え》よりや流れそふらん　木下長嘯子《ちょうしょうし》

興風・貫之は古今集歌人。能因は後拾遺集歌人。『古今集』が延喜五年（九〇五）ごろに撰進されてのち『後拾遺集』の成立をみるまでには、ほぼ一八〇年が経過しているから、和歌表現の語句としての「心」は含意のひろがりをみせていた。そこでまず指摘したいのは、自然・人事などの対象に風情をめぐらすことができる心を「有心《うしん》」、風情などを解しない心を「無心」、そのように分別する意識が生じていたことである。

能因詠はいう。――自然の情趣を解しうる人、あなたのような有心の人に味わってもらいたいなァ。この難波の浦（大阪湾）のうららかな春の気色を――と。これは逗留していた初春の摂津の国から知人へおくった歌らしい。

つづいての西行詠はほとんどの読者がご存じであろうか。私はこの一首をとくに究明したいがために、西行が時代をへだてて傾倒していた能因の作に、敢えて先達をしてもらった。

能因詠はもちろん、能因その人に風流への自負があったから、示したとおりの作となったわけである。そこで西行詠の「心なき身」とは、能因のごとく「もののあはれ」を解しうるとはいえないわが身だがと、謙譲の表現なのだとみなせるだろう。

神奈川県大磯町に西行像を安置する「鴫立庵《しぎたつあん》」が知られて、西行がこの一作を詠じた土地であると伝わってきている。間違いと断じてはにべもない。しかし、複雑な事情がある。

『山家集』ではこの作に「秋、ものへまかりける道にて」と詞書《ことばがき》が付されている。「ものへまかる道」とは物詣《ものもう》でをする道。大磯で詠じたものなら詞書は「東の旅路にて」とかいう表現であってしかるべき。京都からさほど遠くない寺か社への参拝の途次であったから、このような詞書になったのであろう。

和歌の神として住吉《すみよし》神が崇敬されていた。鴫は大群をなして渡りをする。西行は摂津の住吉社へ参拝する途次に、能因が難波の浦の春色を遠望したと思われるあたりで、旅鳥の大群が一斉に沢から飛び立つ瞬間に遭遇したのではなかったろうか。

万象がかげりを濃くして沈深する秋の夕暮れどき、突如として風景のなかに起こる動きが、いやがうえにも悲傷感・寂寥感を掻き立てる。今この自分の感情を極限までゆさぶった光景を、能因ならばいかに歌とするであろうか。西行の胸中をそのような思いも掠めたのかもしれない。

西行は六十九歳の文治二年（一一八六）に、陸奥《みちのく》へ勧進行脚《かんじんあんぎゃ》をしている。最初に《鴫たつ沢》のこの歌は摂津で詠じられたのであったろう。しかし、陸奥への行脚の折しも、西行は大磯の沢辺で、一昔前に摂津で目にしたと類似する光景、大群の鴫が飛び立ってゆく光景をふたたび現前にしたのか。西行は今また秋の夕暮れにもよおした悲傷感から醒《さ》めやらず、そこで、この歌をくりかえし口ずさんで土着の人びとに伝えたのかとも考えられる。

西行は八月十五日（現行暦十月六日）、鎌倉に到って頼朝の面前に招引された。前々日あたりに大磯を通ったと措定できる。現行暦で十月四日にあたるから、夕暮れの沢辺にまさしく渡りの鴫たちが羽根を休めてよい頃合いであったことになる。

さて、兼好歌に移ろう。《鴫たつ沢》を証歌に後世の歌人たちが「心なき身」について模索をつづけたところに、類歌が多く詠じられている。私はそのなかから『徒然草』の作者によるこの一首を取りあげておきたくなった。

――世の無常をひたすら堪えながら物思いに沈むあまり、「もののあはれ」を解する心の乏しいわが身につくづく気づかされることだ。わたしにとって秋の夕暮れは――。

「ながむ」は眺むで、風景などにぼんやり目をやりながら物思いにふけることを意味する。歌意をさらにかみくだけば、兼好はこのように言っている。――西行さんは「心なき身」であっても秋の夕暮れは哀感をもよおすと詠じたのだった。わたしも秋の夕暮れはこうして物思いに沈みがちだが、西行さんにくらべればまだまだ情趣を解しているとはいえない。心うたれることの少ないこの身であることよ――と。つまり、能因にたいして西行がそうであったように、兼好は師と仰ぐ西行に謙譲を示してもいるのである。

長嘯子《ちょうしょうし》の作には「西行法師の影に」と詞書がみられる。

この歌は、上句を「ふかくなる秋の、鴫たつ沢の水」とおきかえて読むのが解りやすい。

「住の江」は住吉の古語であって、『万葉集』には住吉の表記で、「住吉《すみのえ》」と読ませている例もある。

神仏や故人の絵像を祀ることを影供《えいぐ》という。詞書の「影」は「影供」を意味しているだろう。長嘯子は関ヶ原合戦の直前に武将の地位をすてて隠棲、細川幽斎と並んで近世初期歌壇を牽引した。一首は西行の絵像に供物をしながらの作であろう。西行は住吉社へ参拝する途次に鴫の群れの飛び立ちに遭遇したとみる私と同じ心証をもって詠まれているところを、長嘯子の作から味わってもらえればとねがう。――いま鴫の飛び立ってゆくこの沢の水は、西行法師があの名歌を詠じられた沢（江）から流れきているのではないだろうか――と。


世をわたるわが身のさまは弱けれど倒れぬものは心なりけり　慈円

わがこころ隠さじばやとおもへども見る人もなし知る人もなし　慈円

わがこころ隠さばやとぞおもへどもみな人も知るみな誰も見る　慈円

新古今集に西行に次いで多くの歌が入集したので後世まで西行と比肩され、天台座主ともなっている慈円。この三首には精神活動そのものとしての心が詠じられている。

一首目は、若かりし日に千日間の山籠りをして心が澄みきった状態となったとき、口を衝いたという。修行によって身体の外見は衰弱したのだが、精神力はしなやかに逞しくなった。そういう自覚が芽生えたと明かしている。
二首目・三首目は晩年の同時作で「二諦《にたい》」の道理を詠じたとされる。仏教で「諦」とは永久に変わらない事実を意味する。世間を離れた信仰の世界における諦、俗世間における諦、二諦があるわけだ。

——仏道修行をとおしてえた信念をありのままに伝えたいと思うものの、そういうわたしを見ようとする人も、わたしの心境を知ろうとする人もいてくれない——。

——俗世間を脱した身に煩悩がなおのこる。煩悩の心のほうは秘めておきたいのだが、いずれも人に知られ、誰といわずみな人から見抜かれてしまう——。

まさしくこのとおり。見てほしいところには気づいてもらえない。うしろめたい心はたちどころに見抜かれてしまうのに。

いかでわれ清く曇らぬ身になりて心の月のかげをみがかむ　**西行**

みさびゐる心の水のそこきよみいつか澄まして月をうつさむ　**寂然《じゃくぜん》**

西行と寂然は幼友達。おそらく同い年である。西行が二十三歳で出家した三年後に寂然も出家したのだが、ふたりは生涯をとおして通信を交わし、互いを元気づけ合っている。この二首はその通信にしるされた詠作であったろうか。

西行歌。――何としてもわたしは清く曇りのない身となって、心のなかの月を磨きあげようと思う。悟りの境地に達するまで――。

仏教では「真如《しんによ》の月を宿す」という表現をもって悟りの境地を譬えていた。

寂然歌。――錆《さび》の浮かぶ水も底は清いように、わたしも妄念や雑想を払いさって、いつか必ず澄みとおった心の水に真如の月を映し取ってみせましょう――。

おろかなり本無の物をあらせつつわが心よりつくる迷ひは　**藤原家良《いえよし》**
物によらぬもとの心は天地《あめつち》にへだつるところあらじとぞ思ふ　**正親町忠季《おおぎまちただすえ》**

前首は建長八年（一二五六）に催された百首歌合《うたあわせ》への出詠作。家良は新古今後の歌壇で大御所的な存在であった。

中国禅宗五祖の弘忍《こうにん》が、門下で上席にある神秀《じんしゅう》の詠じた偈《げ》《身はこれ菩提《ぼだい》の樹、心は明鏡の台のごとし。時々に払拭して塵埃《じんあい》に染ましむるなかれ》を評価、神秀を後継にと考えていた。ところへ修行僧たちの下働きをしている寺男の慧能《えのう》が、《菩提は樹に見当らず、明鏡また台になし。本来無一物《むいちもつ》、いずれに塵埃かあらん》と追偈。これを知った弘忍は翻意して、慧能を六祖にしたと伝わる。

――考えが足りないよ。万物は実体ではなく空《くう》であるのに、何かに執着して自分の心から迷いを生み出してしまうのは――。

「本無」とはいかなる意か。本来無一物ということなり。「いはれきこえて勝ち侍る」と判ぜられているから、家良はこの一首の説明に慧能の偈をも援用して、歌合の席に居並ぶ会衆の心をつかんだのであろう。

　禅思想受容に熱心だった時代背景も一首からうかがえる。本来無一物。心に執着するものがなければ迷いも生じない。

　後首は康永二年（一三四三）に催行された「院六首歌合」より。三二名の歌人が「心」を題詠しているなかに、光厳院の近臣であった忠季のこの作も見出せる。

――物をよりどころとしない本来の心は、天とも地とも隔たるところなく一体となれるではありませんか。わたしはそんなふうに思うのです――。

　天を雲をもって、地を水をもって表徴させてみよう。雲も水も融通無碍《むげ》。わたしたちは雲の漂い行くように、流水がいかなる意図をもたず流れるように、何ものにも執着することのない心で生きるべき。忠季も禅の主張への共感を詠じたことになる。

述懐（一）

述懐《じゅっかい》といえば心にいだきつづけている情念を表白すること。近代の抽象名詞の清新な語感をさえおぼえさせる「述懐」だが、この語は上古から漢詩に措辞としてもちいられていた。和歌における「述懐」は漢詩の影響をうけて題詞の一つとなったのであり、この題のもとでは身の不遇・心の沈淪を歎いている詠作が多い。

勅撰集その他で「題しらず」としてまとめられている歌群を雑歌《ぞうか》の部に見出す。これがまた歌としての性質といえば、ほとんどが述懐詠なのである。

この項では、題詞にとらわれず、「題しらず」などを含めて私の恣意でみた述懐詠を味わっていただく。

幾世しもあらじわが身をなぞもかく海人《あま》の刈る藻に思ひみだるる　よみ人しらず

世の中の憂きもつらきも告げなくにまづ知るものは涙なりけり　よみ人しらず

おほかたは世をもうらみじ海人の刈る藻にすむ虫の名こそつらけれ　藤原有家《ありいえ》

第一首・第二首は『古今集』に採られている作で、いずれもが「題しらず」。

前首はいう。——幾つもの人生を同時に経験しているわけでもないわが身なのに、どうしてこれほどまで、漁師の刈り採《と》る藻が乱れるように、心が乱れるのであろうか——と。「海人の刈る藻に」の「に」は比喩的に状態を示す用法で、のように、という意。

後首。——日々の暮らしに悩みごとがあっても辛いことがあっても、それをわたしは告げ知らせなどしないのに、真っ先に察知してくれるのがいつも涙なのでした——。涙を擬人化しているが、これも回想めいた述懐といえようか。

三首目は新古今時代までくだっての作。「述懐」の題詠である。

——通り一遍でわたしは世間を恨んだりしたくない。漁師が藻を刈る浦を見たこともなく、藻に割殻《われから》という名の虫が棲むのも知らない。とはいえ、心が乱れるのを「われから」、自分だけの所為にして世間を恨まないようにするのは、なんとも遣る瀬ないことだ——。「うらみじ」に、恨みたくない、浦を見ていない、両意が掛かる。

『恋うた・百歌繚乱』で私は藤原直子《なおいこ》の古今歌《海人の刈る藻にすむ虫のわれからと音《ね》をこそ泣かめ世をばうらみじ》を取りあげた。有家は先の第一首に加えて直子詠を証歌に、この作をものしている。

花ちらで月はくもらぬ世なりせばものを思はぬわが身ならまし　**西行**

なかなかによはひたけてぞ色まさる月と花とに染めし心は　**西園寺公経《きんつね》**

西行詠。——花は散らず、月は曇らない夜、もしもそんな世がつづいたならば、わたしは心に哀感の乏しい身のもちぬしだったろう——。

花は散り月は曇るから「もののあはれ」をもよおし、世の無常をも覚る身となったのだという、反実仮想の述懐である。

公経詠。——困ったことだ。余命も尽きようとする年齢なのに、ますます色が深く濃くなってゆく。月と花とに感応した心の度合は——。

副詞「なかなかに」は現状に反する事態をむしろ歓迎する意向を表わす。したがってこちらは反実願望といってもよい述懐。

公経は金閣寺の地に最初の山荘を営んだ。世界遺産の金閣寺庭園に公経の風雅の跡をしのんでも見当はずれではない。

思ふべきわが後の世は有るか無きかなければこそはこの世にはすめ　慈円

あかつきの鴫《しぎ》のはねがき搔《か》きもあへじわが思ふことの数をしらせば　土《つち》御《み》門《かど》院《いん》

いかにせむ迷ひ悟りといひわけて歎くもあさし歎かぬも憂し　真《しん》観《かん》

慈円の作はなんと心境の屈折した述懐であることか。意訳をしてみよう。

――つねに心をかけておくべきとされる来世はわたしに有るのか無いのか。無いと思えばこそ憂き世といえども安住してこられたのか。来世は有ると確信できていれば、このような生々流転の空しい現世など、わたしは早くに見限っていたにちがいないだろうから――。

この自問自答、慈円は後の世を信じているのか、未だ信じていないのか、明確ではない。柱時計の振子のように、信じる・信じない、慈円の心証は双方に揺れているように私には思える。

土御門院の作は「寄暁述懐」と題詞にみえる。鴫の群れは長い飛翔に備えての運動か、夜が白むころ盛んに羽ばたきをするらしい。成語でそれが「鴫の羽《はね》搔《が》き百《もも》羽《は》搔《が》き」と形容されていた。

――夜明け前に羽搔きをする鴫たちに、わたしが眠られぬ夜を展転としてする煩悶の思いの数を知らせようか。百羽搔き程度では数が合わないのであるから――。

承久の擾乱（一二二一年）に敗北した後鳥羽院は隠岐へ、順徳院は佐渡へ配流の身となった。

後鳥羽院の第一皇子である土御門院は、父と弟順徳院の策動を制止しえず事態を静観したことを悔い、求めてみずからを土佐へ遷幸の身となした。一首はどこでいつ詠じられたか背景を明らかにできないのだが、苦難に耐えたこの院の温順な人柄が偲ばれる。

真観詠は前項で取りあげた家良《いえよし》詠と同じ「建長百首歌合」にみる作である。

――どのようにしたものか。これは迷い、これは悟りと詠み分けて歎くのも浅はかに思える。かといって、述懐としての歎きを思いとどまるのも気がすすまないのだが――。

「いかにせむ」は反語的表現でもあって、この一首は歎くことそのものを断念しようかという心情をのぞかせているところに新鮮さをおぼえる。

この世にはほまれある名も何かせん花にはるかぜ月にうきぐも　**正徹《しょうてつ》**

古へをしのぶはかれて物ごとに忘るる草ぞ宿にしげれる　**正徹**

室町期までくだってきた。正徹の機知的な詠風を味わっていただこう。前首に「述懐」、後首に「寄草述懐」の題詞がみられる。

前首。――この現世に暮らすかぎり世間的な名声など何の役にも立たないということを忘れまい。花でさえ春風に散らされ、月でさえ浮き雲に隠されてしまうのであるから――。

自惚《うぬぼ》れ・過信におちいるまいと自戒の念をこめた詠作なのだと、題詞が強調しているかのよう。

後首。――むかし懐かしい軒端の忍ぶ草が枯れぎみである。庭にはそれぞれのものごとを忘れさせるという草が勢いよく茂ってきているのだが――。

「しのぶ」は「忍ぶ草」でノキシノブの異名。一方、ヤブカンゾウが古名で「忘れ草」とよばれていた。庵室に坐した正徹が、軒端に忍ぶ草を見あげ、庭の忘れ草をも眺めわたしている風情。姫百合に似るヤブカンゾウの花を煎じて飲めば解熱効果があるとされるが、心の憂さ・恋の傷みなどを忘れようと、昔の人はこの草花を育てたという。正徹は老い、懐旧の心情が萎えてきているのを自覚、物忘れも顕著になったと自嘲しているようにも思える。

つくづくと独りながめて思ふことむなしき空の雲にかたらむ　**木下長嘯子《ちょうしょうし》**

浮かぶ雲ながるる水のいさめてもなどかこの世に跡とどむらん　**木下長嘯子**

前首は「述懐」と題詞が添って歌意はいう。――しみじみと独り物思いにふけった末に実感することと、それを大空に浮かぶ雲に聞いてもらうのだ――と。

「ながむ」の原意は、くりかえすのだが、前項で兼好の歌にもみたとおり、物思いに沈んで何かの対象にぼんやりと視線を投げている状態を形容する。長嘯子《ちょうしょうし》は心に生ずる迷いをつねに、いわば雲とのあいだに交わす通信によって慰められていたのであろう。

後首はいう。——浮き雲からも流水からも世を捨てよと訓戒される思いなのだが、どうしてか捨てられず、この俗世間にかかわりを残してしまう——と。

こちらには、じつは、題詞がわりに「流水生涯画、浮雲世事空」と五言句が添っている。流水は自在にその生涯を描き、浮き雲は世事の空しさを教える、といった意となろうか。禅の世界では「流水行雲無所住」という七言句も親しまれている。住《とど》まる所の無い心にのみ仏となりうる可能性は芽生える。長嘯子は後首のように慚愧《ざんき》しながらも、流水行雲にみる無所住をめざしていた。

捨てし身をいかにととはばひさかたの雨ふらばふれ風ふかばふけ　**良寛《りようかん》**

日かげ待つ草葉の露のきえやらであやふく世をも過ごしつるかな　**大田垣蓮月《れんげつ》**

江戸後期の二作をも見てもらおう。良寛詠は「思ひを述ぶる」と詞書、蓮月尼の詠のほうは「述懐」。

良寛詠。——出家した身をどのように暮らしているか。問うなら答えよう。来る日も来る日も托鉢に歩いているよ。雨が降るならふれ、風が吹くならふけ。心に呟きながら——。「ひさかたの」は雨・月など天象一般に掛かる枕詞だが、ここでは時間的な恒常性をも含意させているところが巧み。悠揚迫らぬ悲壮感が読みとれる。

蓮月詠。——この身は日の陰るのを待って消え残った草葉の露のようなもの。有為転変の世の中を、なんと、辛うじて過ごすことができたではありませんか——。

述懐（二）

こちらのほうは述懐中のさらなる述懐。というのは、歌合・定数歌における「述懐」の題詠、もしくは詞書・題詞に「述懐」の措辞が強調的にみられる詠作、それらを選りすぐったからである。

為家の作のみその内容から江戸初期の貞徳の作と併置したが、他はおおよそ年代に順じた配列をしている。

数ならで年経ぬる身は今さらに世を憂しとだに思はざりけり　**俊恵《しゅんえ》**

いまはただ生けらぬものに身をなして生まれぬ後の世にも経《ふ》るかな　**源師光《もろみつ》**

前首。――人から重んじられることもなく無為に年を経てきた身であるから、今となっては、この世の暮らしを辛いなどと思うことさえなくなってきた――と、俊恵は諦めの心境を表白している。

後首。――今はもう生きていないとこの身を見なしているものだから、なんとすでに、生まれていない後の世に日々を過ごす気分がするなァ――と、師光のほうは俊恵よりも達感の気味。「生けらぬもの」の文法説明をしておこう。「ら」は四段活用動詞のエの段につく完了助動詞「り」の未然形。動詞「生く」は四段活用である。打消し助動詞「ぬ」も用言の未然形につく。そこで「生きおわって存在しなくなったもの」という意で「生けらぬもの」という文言が成立する。

平安末、社会が変動するさなかの重苦しい空気が、この両名の歌の背後を流れている。

世を捨つる心はなほぞなかりける憂きを憂しとは思ひ知れども　藤原兼宗《かねむね》
おのづからあればある世にながらへて惜しむと人に見えぬべきかな　藤原定家

兼宗詠はいう。――出家したい心をもってよいのに、相変わらずその意志がまだ湧いてこないなァ。この虚しい憂き世の煩わしさは十分に弁えているというのに――。

兼宗はその折りめ正しい人柄と詠風を定家から評価されていた。

定家詠はいう。――自分の力で何とかあるがままに過ごせる日常にながらえて、出家する意志などもたず俗世を惜しんでいると、このわたしはあの人に見えてしまっているかもしれないなァ――。

西行が六十九歳の文治二年（一一八六）、寂蓮・慈円・家隆・定家など次代を担うとみた新進歌人たちに、伊勢神宮に奉納する百首和歌の詠作をよびかけたことがある。この定家詠は、二十五歳の定家がその勧進に応じた百首中の一首。「人に見えぬ」という完了の「人」に西行その人が意識されているだろう。

くもりなき星のひかりをあふぎてもあやまたぬ身をなほぞ疑ふ　**藤原良経《よしつね》**

わが心みちたがはずとばかりにみどりの空をあふぎてぞふる　**正親町忠季《おおぎまちただすえ》**

有史以来、国政における価値観が最も激しい変動をみせた後鳥羽院政期、良経は政界の中枢にあったから、施政上の懊悩は想像を絶するものがあったにちがいない。たとえば、旧仏教勢力による専修《せんじゅ》念仏停止《ちょうじ》をもとめる糾弾の矢面に立ったのも良経である。

燦さんとひかり耀く星空を仰ぎ見るように、一点の曇りもない心境で、自分は何一つ過《あやま》った判断はしていないと確信をもちながら、それでもなお、潔白といえるかどうか、わが身を疑ってしまう――。良経の真摯なこの述懐はそんなふうに告白している。

——わたしの心よ、道を間違えないでおくれ。言葉に出してはいないけれども、常にそうとだけ自分に言い聞かせながら青空を仰ぎ、日々を過ごしてきていることだ——。忠季、延文二年（一三五七）の詠。南北朝迭立《てつりつ》がはじまり、時代はまたまた変動期であった。

なげきなき歎きはなきに悦びをもとむればこそ歎きとはなれ　**他阿《たあ》**

ともすればわが身ひとつとかこつかな人をわくべき憂き世ならねど　**兼好**

のがれきてすむ山かげのなかりせばなにを憂き世のなぐさめにせむ　**頓阿《とんあ》**

厭ふべき二つの海のなかにありていつをこの身の潮干《しほひ》とか知る　**三条西実隆《さねたか》**

他阿は時宗第二世の念仏聖《ひじり》。開祖の一遍に随従、諸国を遊行した。

——歎きには、歎かざるをえない原因となるものが必ずある。その原因の最たるものといえば悦びだ。悦びを求めたりするからこそ悲しみが生まれ、その悲しみが忘れられない歎きとなって身につきまとってしまう——。大意このように聖はみずからを諭しているのかも。

——ややもすると、辛く苦しいのは自分ひとりであるかのように愚痴をこぼしそうになってしまう。人それぞれを区別できるはずなどなく、誰しもが同じ辛い思いをしながら暮らしているこの憂き世であるというのに——。兼好は言っているだろうか。

——喧噪の世間を抜け出してきて暮らせる、このような山ふところの庵室がなかったら、何をもって憂き世の気晴らしができたろうか。気晴らしになるものなど見出せなかったかもしれない——。頓阿は晩年、洛西の仁和寺山内に庵室をえて、悠々自適の四季をおくった。その一日の述懐であるらしい。

さて、実隆は室町期きっての古典学者。ここでは万葉歌《生き死にの二つの海を厭はしみ潮干の山を偲《しの》ひつるかも》が念頭におかれているだろう。

実隆詠は大意、——いちはやく脱出するのが好ましい現世という苦海にあって、この身の出家どき、悟りの世界であるという潮干の山へ登る機会を、いつになるか早く見定めたいものだ——と、そう言っている。

「二つの海」は万葉歌の「生き死にの二つの海」に相応して、生死を輪廻する現世を意味する。さらに、生死を海に譬えるところから、生死を超越した悟りの世界を、海の潮の干満が影響しない山という意から「潮干山」という。したがって「この身の潮干」は、この身が出家するに最も適した潮時を意味していることになろう。

尽きもせぬ世のいとなみに明け暮れて心しづむる時の間もなし　藤原為家《ためいえ》

明日はかくときのふ思ひしことも今日おほくはかはる世のならひかな　松永貞徳《ていとく》

注意を怠れない事柄が身辺に多く生起する毎日は、時間の流れを早く感じる。為家の壮年期も社会は平穏であったとはいえず、貞徳が上方《かみがた》俳壇の中心的存在となった江戸初期も世相がいまだ安定していなかった。

「世のいとなみ」とは、個人が世間に出ておこなう事柄。為家は高級官僚でもあったから、くだいていえば、世渡りに汲々とせざるをえない毎日をこの述懐は歎いていることになる。

「世のならひ」は、世間のならわし。貞徳は私塾をひらいていたが、ころころ変化して定まらない世間の慣行に戸惑いを覚えることが多かったのであろう。

みだるべき世はたれたれものがるらん治まる時をひとり捨てばや　下河辺長流《ちょうりゅう》

ことしげき世にまぎれきてあだにのみ過ぎし月日はさらに驚く　武者小路実陰《さねかげ》

長流は古典学者。若き日に三条西家に仕え、さらに長嘯子から和歌の手ほどきをうけた。長じてはこの述懐の願望どおり、まさしく隠士として生涯を閉じている。

――乱れて当然な時代は、誰それとかぎらず世を逃れて出家をしたりする人が多いらしい。わたしはあべこべだ。もし世の中がすっかり治まってくれるならば、その時こそ独り世を捨てて隠棲したいものだと思う――。

実陰《さねかげ》のほうは三条西家の血を引く堂上歌人で、長流《ちようりゆう》より一世代くだる。

――騒動の多い世の中にあれこれと忙しくかかわってきたために、驚くことが多かったのだが、何も実を結ばない無益な月日ばかりを過ごしたと今になって気づかされるのは、さらなる驚きだ――。

この二首からは、江戸幕府の基盤が固まって、世の中もしだいに落ち着いてきているのが感じられる。

懐旧

「述懐」と同様に漢詩の措辞であった「懐旧」だが、こちらが和歌の題詞の一つとなったのは意外に新しい。長治二年（一一〇五）か翌年に成立をみた『堀河百首』中にはじめて、雑二〇首中の組題の一つに設定されている。

勅撰集では『新古今集』からこの題詞が明示されることになった。以降、題詞としての「懐旧」は中世をとおしてもちいられ、近世和歌でとりわけ好まれたのか頻出する。

懐旧は懐古をも含意するから、古歌へさかのぼるほど懐旧詠がみられないのは当然というべきかもしれない。とはいえ、数は少ないが「懐旧」と題詞を冠したい作は万葉歌にもみられるので、ここではまず、そのうちの二首から取りあげよう。

近江《あふみ》のうみ夕波千鳥汝《な》が鳴けば心もしのに古《いにし》へ思ほゆ　柿本人麻呂

ももしきの大宮人《おほみやひと》の熟田津《にきたつ》に船乗りしけむ年の知らなく　山部赤人

人麻呂の名歌のほうは『和歌で愛しむ日本の秋冬』でもみてもらったのだが、それは千鳥を詠じた古歌としての例示にすぎなかった。改めて懐旧の情趣を汲みとっていただければと思い立った所以でもある。

大意、――見はるかす琵琶の湖《うみ》。夕波のうえを千鳥が飛び交う。おまえたちがそんなにも鳴くと、わたしの心は傷ましさにしめつけられて、しみじみ、天智天皇がこの地に都を営まれた在りし日を偲ばずにはいられない――と、人麻呂は言っているだろう。

重病の天智天皇に死が迫っていたとき、吉野の山に籠って天皇の平癒を祈るという大海人皇《おおあまのみ》子《こ》を宇治まで見送って大津京にもどってきた大臣たちを、大友皇子《おおとものみこ》は私邸に召集して言った。

「あなたがたは虎に翼をつけて野に放つようなことをなさった。叔父を殺し奉らん」と。

大海人は天智の弟。大友は天智の皇子。壬申《じんしん》の乱（六七二）がおこった。二十五歳の大友（弘文天皇）を自害へと追った大海人（天武天皇）は、飛鳥浄御原宮《あすかきよみはらのみや》に即位した。

園城寺《おんじょうじ》（三井寺）の前身が、大友の子の与多王が天智天皇と父大友の菩提を弔うため、大津京址に朱鳥《しゅちょう》元年（六八六）に建立した寺院である。この寺院の開眼法要に人麻呂は出席したのではなかったか。

現園城寺南院、観音堂が建つ高台から琵琶南湖を一眸《いちぼう》にする。私は台地に立つとき、人麻呂のこの一首を口ずさんできた。法要の夕べ、人麻呂もきっとこのあたりに佇んで一首をものしたのではないかと、心証をつよくしながら。

次首のほうは、赤人が伊予の道後温泉で、額田王《ぬかたのおおきみ》の作と伝わる名歌《熟田津に船乗りせむと月待てば潮もかなひぬ今は漕ぎ出でな》を懐旧したところに詠じられている。

大意、——歴代の朝廷に仕えた官人たちも、熟田津から乗船したのだった。月も出て、潮も満ちてきた、さァ早く船を出してほしい。額田王がそううたってからも数十年は経っているなァ——と、赤人は言う。

道後へは聖徳太子のほか、舒明・斉明・天智・天武の諸帝まで湯治の行幸をしていた。熟田津はその道後をおとずれる人たちが乗降をした船着き場。遠浅の港で、赤人も潮の満ちるのを待たされたのかもしれない。


老いののちふたたび若くなることはむかしを夢に見るにぞありける　能因

恋しともいはでぞ思ふたまきはる立ち返るべきむかしならねば　源俊頼《としより》

能因詠は「思往事」と題詞が添い、歌意は——老いてのち、いまいちど若がえろうと思うならば、過ぎ去った昔を夢に見る以外にない。若さは夢のなかでしかもどって来ないということだ——と述べる。

懐旧とは往事を追想することにほかならない。「思往事」がすなわち「懐旧」であることを「夢に見るにぞありける」という慨歎のつよい表白に読みとることができる。

さて、俊頼詠は『堀河百首』にみる「懐旧」の題詠である。——恋しいとも懐かしいとも口に出しては言わないが、昔を思うと胸がときめく。わたしの命が往日にもどることができるわけではないから、なお一層に——と、歌意はいう。

「たまきはる」は万葉歌において「霊剋《たまきはる》」と主として表記され、「命」に冠せられる枕詞であった。霊剋の「剋」は刻（きざむ）を意味するから、心臓の拍動・血管の搏動を、万葉人たちは体内の霊魂が細かくふるえる音と聞いていたのではないかと私は考える。俊頼はここで、胸のときめき・命そのもの、双方に掛けて「たまきはる」の語をもちいているようだ。

『堀河百首』は白河院政期に活躍した一六名の歌人によって詠進された。ここに俊頼詠をふくむ一六首の「懐旧」詠をみるまでに、能因の前首からほぼ七〇年が経過していたことになる。

行く末はわれをもしのぶ人やあらん昔を思ふ心ならひに　藤原俊成《しゅんぜい》

むかし見し野中の清水かはらねばわが影をもや思ひ出づらん　西行

俊成詠の大意はいう。――後世には、『千載集』をひらくとき、わたしの営為にも思いを馳せてくれる人があるだろうか。あってほしいものだ。わたしは古人の詠作を吟味するところに昔を懐かしく慕ってきたのだが、懐旧の情念が褪せることなく人びとの心に受け継がれていってくれるように――と。

俊成は新古今集に先立つ七代目の勅撰『千載集』を撰進した。一首はその撰集作業で古人の歌を読みあさった過程にもよおした感懐であるという。ちなみにこの作そのものは『新古今集』に入集をみた。

西行詠はいう。――野中の清水が昔と変わらず澄んでくれている。これなら姿が映るだろう。往日に通って映ったわたしの姿を清水は記憶してくれていて、わたしを懐かしく思い出してくれるのではなかろうか――と。

西行はときに自然界の事象に感応するその極限を、このように事象そのものを人格化してうたう。

「野中の清水」は印南野《いなみの》にみられた古来の歌枕。印南野は明石と加古川の中間、兵庫県加古郡稲美町のあたりで、現在も天然の溜め池が数多くみられる。

袖の香の花に宿かれほととぎすいまも恋しき昔とおもはば　　藤原定家

ふるさとをしのぶの軒に風すぎて苔《こけ》のたもとに匂ふたちばな　**後鳥羽院**

たちばなの袖に匂はぬときだにも恋しきものは昔なりけり　**土御門院《つちみかどいん》**

橘《たちばな》といい、ほととぎすといい、夏歌の題材となって親しまれていたのだが、雑歌でもこのように懐旧詠を生み出している。

証歌としてまず根底に《五月待《さつき》つ花たちばなの香をかげばむかしの人の袖の香ぞする》が意識されているのは、ことわるまでもない。むかしの女性たちは、愛する男性の腕に身をゆだねたとき直衣《のうし》の袖から匂った橘の花の香を年が経っても忘れなかった。だからこそ古くから、女性一般の心理を集約する、固有の作者を定められない歌として、《五月待つ》の一首は成立をみた。この事情を逆の面からいえば、風に散る橘の花を集めて袖にしのばせ、意中の女性をまえに香を匂わせるのは、貴族社会に成育した青年たちの欠くことのできない身嗜みの一つでもあったわけである。

定家は、右の証歌とともに『和漢朗詠集』で知られていた古歌《ほととぎす花たちばなの香を求《と》めて鳴くは昔の人や恋しき》をも念頭にしている。――ほととぎすよ、昔を恋しいと思うならば、昔の人の代役をわたしがしてあげよう。こちらへおいで。わたしはいまも袖に橘の花をしのばせているのだから――。定家詠の意だ。

後鳥羽院の作は隠岐における孤独な配流生活での詠。掛け詞でもある節《ふし》が二つ、「しのぶ」と「苔のたもと」にある。——都を偲ぶ日々の暮らしで、忍ぶ草の生える行在所《あんざいしょ》の軒に風が吹きすぎてゆく。庭苔のたもとに咲く橘の花から、この粗末な衣の袖に、かぐわしい、懐旧の情をまで募らせる香が匂ってくる——。歌意はそう言っている。ちなみに、僧侶・隠棲者など俗世をはなれた人びとの粗末な衣服が「苔の衣」とよばれていた。

土御門院の作もみずから遷幸していた土佐、足摺岬が近い僻地の行在所における詠。——橘の花の香が袖から匂わなくとも、気づいてみれば、いついかなる時でさえ、わたしに恋しいのは、過ぎ去った日々そのものだったのです——。

式子《しょくし》内親王に《かへりこぬ昔を今と思ひ寝の夢の枕に匂ふたちばな》という一首がある。後鳥羽院といい土御門院といい、このような式子詠などをも口ずさみつつ、橘の小花をたくさん直衣の袖にしのばせた、それぞれの青年期を懐旧したのではないだろうか。

難《なに》波《は》津《づ》のその言の葉をのこしてぞ見ぬ世の人のこころをも知る　**藤原顕氏《あきうじ》**

情けある昔の人はあはれにて見ぬわが友とおもはるるかな　**伏見院**

顕氏は鎌倉中期歌壇に家良《いえよし》・真観《しんかん》らとともに活躍した。ここに採った作を味わうにはまず、

《難波津をけさこそみつの浦ごとにこれやこの世をうみわたる舟》という、在原業平の一首をひもとかなければならない。業平の作の意は、――難波の港を今朝まさに望見している。御津《みつ》のいずれの湾入部にも多くの小舟が舫《もや》っているが、これがその、世の中を厭《いと》い、大海を漕ぎ渡るようにおぼつかなく、この現世をただよっている人たちの舟なのか――という。

業平の古詠が難解なのは、「みつ」に見つ・御津《みつ》が、「うみ」に倦《う》み・海が掛けられているから。難波は淀川の河口周辺、現在の大阪市。「難波津」といえば大阪港。御津はその難波の津（港）に官船が碇泊するのを尊ぶところに生じた別名と伝わる。この淀川河口域一帯はそのうち非定住民の水上生活でごった返すのだが、業平詠はその前兆といってよい港の様相を見わたしているわけだ。

顕氏《あきうじ》詠は「懐旧」と題されていて、そこでいう。――難波津のあの歌が伝わっているからこそ、わたしは温かい人間味のあふれる昔の人、業平の心をも知ることができたのだ――と。

業平は一時期、芦屋の海岸で藻塩焼製塩を経営している。「見ぬ世の人」の意は、昔の人、すなわちここでは業平をさす。顕氏はおそらく『伊勢物語』を精読、業平の製塩経営が、御津にひしめく難民などを救済する社会事業でもあったのだと想到したのにちがいない。

二首目の意は。――風雅な心をもち人情にも篤かった昔の人は、しみじみ懐かしく、逢ったこともないとはいえ、親しい友人のように思えてしまうなァ――。

伏見院は玉葉集の撰進を京極為兼に命じた九二代天皇。こちらの「昔の人」は『玉葉集』に入集している古い歌人たちをさすとみるのが穏当か。しかし「懐旧の心を」と詞書が添えられているところに、顕氏の先詠と無縁な歌ではないとも感じられてくる。

君をおもふ心にまづぞうかびぬる象潟《きさがた》のあめ松島のつき　**木下幸文《たかぶみ》**

ともすれば古りぬる世とて慕ふ身を老いのさがとな思ひくたしそ　**村田春海《はるみ》**

年ふればただ夢とのみたどる世にいかでわが身を現《うつつ》ともみむ　**村田春海**

終わりに、江戸期も文化文政までくだって、三首を味わっていただこう。

幸文詠。――芭蕉翁を懐旧するわたしの心には、いつも最初に、雨にけぶる象潟とおぼろ月の照らす松島の風景がうかんできてしまうのです――。

桃青といえば松尾芭蕉の俳号の一つ。「桃青翁のかた」と詞書がみられるので、「君」は芭蕉をさすものの、西施《せいし》をも慕んでいるところがこの歌の諷意である。『奥の細道』には「松嶋は笑ふが如く、象潟はうらむがごとし。寂しさに悲しみをくはへて、地勢魂をなやますに似たり」とあり、西施がその心を悩ましているかのよう、と述べられているからだ。

西施は春秋時代の中国、越《えつ》の女性。傾国の美女の代名詞でもあった。芭蕉は《象潟や雨に西施がねぶの花》と詠じている。秋田の象潟には砂防樹として合歓《ねむ》が植栽されていたようだ。ネブともよばれていたネム。オジギソウと同じような羽状複葉が小葉を閉じ合わせて眠るがごとく垂れさがる。梅雨も末期という頃合い、花を咲かせた合歓が葉身に溜まる雨滴の重みで枝をたわませる。芭蕉は象潟の堤に咲く合歓の花に傾国の美女の愁眉を見た。雨のなか、嫋《じょう》じょうとして横たわる女性のように地にふれるまで樹冠をたわませた合歓の木に、芭蕉は通せん坊をされたのではなかったろうか。

春海《はるみ》詠、前首。——何かにつけて過ぎ去ってしまった世というだけで懐かしがるこの身を、老人の悪い癖と、心のなかでけなしたりしないでください——。

後首。こちらは「いかでわが身を、といふ句をおきて懐旧の心を」と、詞書が添えられている。——老齢ともなると、まるで懐旧するわたしの生涯がすべて夢であったかのように思えます。どうにかして、わたしの身は現実にあったと知覚したいし、人びとにもわたしを覚えておいてもらいたいのですが——。

春海は拾遺集よみ人しらず《恋といへば同じ名にこそ思ふらめいかでわが身を人に知らせん》を念頭にしているのであろう。この古歌の意は、——恋といえば心情はいずれも同じと思われるだろうが、どうにかして、わが身の恋は他とは異なるということを、あの人に知らせたい——と言っている。

夢

「夢」という題材は万葉集このかた多くの恋歌を生んでいたが、「懐旧」と同じく『堀河百首』にはじめて、雑歌でも組題の一つとなっている。

恋歌の夢とおもむきを異にして、雑歌の夢は無常なこの現世そのものを夢と達観する。まず『堀河百首』中にみる二首から味わっていただこう。

百年《ももとせ》は花にやどりて過ぐしてきこの世は蝶の夢にぞありける　**大江匡房《まさふさ》**

なかなかに憂き世は夢のなかりせば忘るる隙《ひま》もあらましものを　**源国信《くにざね》**

匡房詠はいう。――百年も経ったかと思うほど、わたしは一生を花に安らいで過ごしてきた。まさしくこの世は「胡蝶の夢」と覚ったことである――と。

「胡蝶の夢」とは『荘子』斉物論の故事から。荘周《そうしゅう》は夢に花から花へと舞いとぶ蝶を見つづけ、自分が胡蝶となったのか、胡蝶が荘周自身となっているのか、疑ってしまったという。一首は荘周の感応を匡房《まさふさ》が是認、花を愛した自分の一生も夢の胡蝶と同然、つまりこの現世そのものを夢だと結論づけていることになる。

国信《くにざね》詠はいう。――中途半端に夢があるより、この無常な世の中は夢なんか無いほうが、辛いこと悲しいことを忘れる時間も生じてくれるだろうのに――と。

忘れたいことを夢があるから思い起こす。辛さ・悲しさも夢に見るがゆえに反って増幅する。こちらはそんな主張である。

夢のうちは夢もうつつも夢なれば覚めなば夢もうつつとをしれ　**覚鑁《かくばん》**

見る折は夢もゆめとは思はれず現《うつつ》を今はうつつとおもはじ　**藤原資隆《すけたか》**

覚鑁は新義真言宗の祖。平安末の変動期に顕教《けんぎょう》をとりこんで密教の教義を立て直そうとした理論家である。――夢のなかでは、そこで見る夢も現実もすべて夢であるけれども、夢から覚めた現実の時間のなかでは、夢をみるというそのこと自体が現実なのだから、夢のような出来事も現実の一部であると知ってほしい――と、歌意はいう。

資隆は保元・平治の乱、源平の争乱を、渦中にあって傍観する立場で生きた。――夢を見ているその時は夢を夢とも思わない。今は現実までが夢のよう。この現実を現実とは思わないでおこう――。乱世への諦観がこの一首を詠じさせている。

憂き夢はなごりまでこそかなしけれこの世ののちもなほや歎かむ　藤原俊成

今や夢むかしや夢と迷はれていかに思へど現《うつつ》とぞなき　右京大夫《うきようのだいぶ》

俊成の作。保延六年（一一四〇）か七年に「夢」の題で詠んだとことわりが付されている。俊成は数え年二十七、八歳であった。

「憂き夢」とはひろく知られる具体的な内容をもつものではなかったろうか。大意を、――辛い思いをさせられる夢は、目覚めたあとになめる気分までうらかなしい。夢の記憶をこの世ばかりか来世までひきずって、いっそう歎くことになりそうだ――と、汲みとりたい。

真言密教の聖地である高野山で、真言学侶と山内の谷々に修行する念仏聖《ひじり》の紛争が絶えなかった。保延六年はその紛争が武力抗争と化し、全山の座主であった覚鑁が真言学侶方の衆徒たちによって高野山から追放された年である。天台顕教の聖地比叡山でも、延暦寺の山門、園城寺の寺門、両派の確執が先鋭化していた。保延六年はまた、山門の僧徒が園城寺を襲って堂塔を焼亡させた年でもある。俊成はこの二大法難を憂慮する夢を見たのでは。

右京大夫《うきょうのだいぶ》の作。高倉天皇の中宮徳子に、五年たらずであったが右京大夫は出仕したことがある。恋人の平資盛《すけもり》が壇の浦に入水死したので、比叡山のふもと、東坂本に蟄居していた右京大夫だが、建礼門院徳子の隠棲を知り、洛北大原の寂光院に女院を見舞った。

――いま現在が夢なのか、往日の栄華が夢だったのか、いずれも夢ではなかろうかと迷ってしまい、どのように考えても、これを現実とは思えないのです――。

後宮で女院には美しい衣裳の女官が六十余名も仕えていた。尼となった女院のそばにいまは「おとろへたる墨染の姿して、わづかに三、四人ばかりさぶらはるる」。家集にそう記されて、この一首が添えられている。

夢はただ寝《ぬ》る夜のうちの現《うつつ》にて覚めぬる後の名にこそありけれ　伏見院

寝《ぬ》るがうちのほどなきよりも覚めてこそさだかに見ゆれ夢のむかしは　惟宗光吉《みつよし》

行く末はみえで夢路のいかなれば故郷《ふるさと》にのみたちかへるらん　洞院公賢《きんかた》

現世を夢とのみ達感してしまうのは素っ気ない。そういう人生はよそよそしすぎる。時代がくだるにつれて、夢という現象そのものに迫る、夢を内観する歌が詠まれた。

伏見院は言う。――夢とはつまり、眠っている夜の時間帯の現実そのもの。目覚めたのちの名として、その現実を「夢」とよんでいるにすぎないではないか——。この歌には夢になど惑わされまいとする自戒の心理もはたらいているようだ。

二首目・三首目は南北朝期の作。

光吉は言う。——眠っているうちの短い時間に見たよりも、目覚めてからのほうが事実としてはっきりと甦ってくるではないか。夢に見た往日の出来事が——。

三首目は「旅夢」と題されていて、公賢は言う。——人生を旅している夢をよく見る。ところが、将来のことは何も見えず、夢の旅路はいつも、どのようなわけで物心がついたころのわが家へもどってしまうのであろうか——と。公賢は有識者として名高い。この作は夢の奥ふかい一面をよく捉えている。

世の中に夢てふもののなかりせば過ぎにしかたを何にたとへん　**松永貞徳**

昔こそさきは見えけれ夢路には遠きや近くなりかはるらむ　**木下幸文《たかぶみ》**

貞徳の作は「往事如夢」の題で詠じられている。つまるところ、やはり、この現世を夢でしかないとみた古人の詠歎を是とするほかはない。そういう感懐がこの作に滲み出ているというべきか。《世の中は何かつね有る夜の夢にすこしは長しまたは短し》。これも「寄夢無常」と題された貞徳の一首で、含むところの深さを感じる。

幸文《たかぶみ》詠はいう。——昔の出来事のほうが先々まで一部始終が鮮明に見える。近来のことはそうはいかない。夢のなかでは、まるで時間的な遠近があべこべになってしまうかのようだ——と。往事夢の如し、とはいうものの、夢の内容をつぶさに反芻するとき、これも真実であることに思いあたる。

素志

雑歌《ぞうか》には、「述懐」など漢詩に触発されて一般化した歌題のほか、『堀河百首』にはじまって定数歌の組題から普及した歌題が数多い。「素志」は私が恣意に選んだ見出しであり「述懐」のような歌題ではない。

ある方向をめざす心の働きを志《こころざし》という。人にもし平素からいだきつづける志があれば、それを素志とよぶべきであろう。私は西行のたぶん皆さんもよくご存じの一首に「素志」と題詞をあてたいと思ってきた。

西行の一首を振り返っていただくかたわら、他に選び添えている諸首からもそれぞれの作者の素志を感じ取ってもらえるだろうか。

枝《し》折《を》りせじなほ山ふかく分け入らむ憂きこと聞かぬところありやと　西行

来む世には心のうちにあらはさむ飽かでやみぬる月のひかりを　西行

前首。――道しるべなどつけまいぞ。帰れなくなってよいからさらに山深くへ分け入ろう。心のふさがる歎かわしいことを聞かないですむところもあろうかと思うから――。

初出の『山家集』では詞書があって、思いもよらないことを決行しようとしていると噂のある人へ、詠み送った歌だとわかる。その相手は西行の素志に逆らうことをなそうとしていたのであろう。「枝折りせじ」から、相手への憤りが、「なほ山ふかく分け入らむ」から、身をもって相手の行為を制止しようとする決意が、それぞれ感じられてくる。

後首。――来世には心のなかに現わそう、この現世ではいくら見ても見飽きるということがなかったこの月の光を――。

月のように円満で清浄な心境に到達せんがため、月を観想する。若くして出家した西行にとって月の観想は素志の一つであった。これは夜空につねに月をあおぎ、自己の心を清めてきた感懐の蓄積が、おのずから詠じさせた一首でもあるだろう。

ねがはくは花のもとにて春死なむその二月《きさらぎ》の望月《もちづき》のころ　　**西行**

西行は文治三年（一一八七）に自撰した『御裳濯河歌合《みもすそがわうたあわせ》』の七番で、この歌を左とし、右に《来む世には心のうちにあらはさむ飽かでやみぬる月のひかりを》を合わせている。

西行数え年七十三歳の命終は文治六年（一一九〇）二月十六日未《ひつじ》時（午後二時ごろ）、その場所は南河内の弘川寺《ひろかわでら》であった。現実の死が三年も以前に確かに詠まれていたこの歌の願望どおりであったから、当時の歌人たちは西行の人間性に大きな衝撃をうけている。私が「素志」と題詞を冠したいと思ってきたのも、この歌である。

釈尊は二月十五日に入滅したと『涅槃経』に説かれているから、この日を期して涅槃会《ねはんえ》がおこなわれていた。一首の意を涅槃会に散布される花葩《はなびら》をうけながら往生したいと希求しているともみなしうる。西行はほぼその所願を成就したと人びとはみた。

とはいえ、涅槃会とのかかわりもさりながら、二月十六日の命終に、生涯をとおして花と月とに心をかたむけつづけた西行の、数奇《すき》ともよびたい志の果遂を汲んだ歌人も多かった。

文治六年二月十六日は現行暦で三月三十日にあたる。

弘川寺は金剛山地の西麓に位置する。現在の弘川寺には、本堂背後の台地に西行堂が建つ。まさしくここが終焉の地であったならば、温暖な南河内のこと、西行の庵室周辺の桜は、臨終のとき、ういういしく咲きそろっていたことだろう。

旧暦では十五日が望《もち》とみなされてしまうが、月の公転は複雑で、望すなわち満月となるのは必ずしも十五日ではない。十六日ときには十七日に望となることもある。文治六年二月の望は十六日であった。

歴史上には、生命が尽きる日を前もって予告し、ほぼそのとおりに生涯をとじている人びとを散見する。意志の力があずかる命終にちがいないが、自殺とはいえない。いずれも病死であるか自然死である。西行も素志どおり歌に示した告知命終を一日の狂いもなく果遂したことになる。

西行はまさしく、きさらぎの満月をまぶたにおさめ、咲きそろった桜の花にみまもられながら、静かに息をひきとったのである。

奥山のおどろが下もふみわけて道ある世ぞと人に知らせむ　後鳥羽院

山はさけ海はあせなむ世なりとも君にふた心わがあらめやも　源実朝《さねとも》

われこそは新島守よ隠岐の海のあらき波かぜ心して吹け　後鳥羽院

第一首。後鳥羽院が熊野御幸の途次、住吉大社に立ち寄って奉納した歌である。——奥山のいばらの下を踏み分けるまでしても、このように乱れた世にさえ正しい道は厳としてあるということを、人びとに知らせねばなりません——。神よ、なにとぞご加護のほどをと、和歌の守護神に心中の思いを訴えている。

「おどろ」は茨《いばら》など低木の生い茂るさまをいう。漢字で荊棘《けいきょく》とあてられる「おどろ」だが、荊棘という合成語は抽象的な概念としてもちいるとき、紛糾している事態を意味する。法然・親鸞が法難で配流された翌年で世はまさに紛糾していた。そして「道ある世」を、道があるよ、と掛け詞で呼びかけているとも汲みたい。つまりこの歌は、茨のなかに道を見つけて、道があるよ、と教えたくなるように、このような乱世にも正しい政道があることを人に知らせたい、と言っているわけだ。

国家安寧を祈願する最勝講が国家行事として営まれていた。後鳥羽院は最勝講を営んだ直後にこの歌を詠んでいる。「奥山のおどろがした」には熊野本宮への難渋な山路も仮託されているだろうか。後鳥羽院は最勝講に臨んだ過程で、結願すればただちに熊野へ出立しようと発意したのにちがいない。その思考経路の一端をまで窺わせてくれるこの作は、初句からなんと含蓄を秘めていることか。

第二首。実朝のこの著明な歌は建暦三年（一二一三）の詠。前首を後鳥羽院が詠じたのは承元二年（一二〇八）なので、五年が経過している。関東に不穏な動きありという巷説が絶えず、後鳥羽院は真偽を糺す親書を将軍実朝にくだし、実朝のほうも返書を奏した。おそらくその返書にこの歌が添えてあった。

――山は裂け海は涸《か》れる、そのような劇変の世になりましょうとも、わが大君にわたしは二心をもつことがありましょうや、決してありませぬ——。
「あせなむ」は「浅《あ》す」の未然形＋推量強調の連語「なむ」。「やも」は反語。後鳥羽院は忠誠心あふれる歌の調べに若き将軍の純朴な素志を感受し、目の前に本人がいるなら抱きしめたいほどに思ったのではないだろうか。

第三首。時の変遷が目まぐるしい。承久元年（一二一九）右大臣拝賀の礼を鶴岡八幡宮におこなった実朝が社頭にて殺害される。事件の背後に執権北条義時の画策があった。承久三年（一二二一）後鳥羽院は鎌倉幕府打倒と義時製肘《せいちゅう》の軍を起こして敗れ、隠岐の中ノ島へ配流の身となった。承久の擾乱である。

後鳥羽院が中ノ島で遷御した行在所《あんざいしょ》の背後の山を金光寺山という。海が凪《な》いだ日にこの山頂から水平線の彼方に伯耆大山《ほうきだいせん》を豆粒のごとく認識できるが、ほかには隠岐の島嶼《とうしょう》を除いて波頭のほかは何も見えない。

私はこの第三首を、隠岐に数年の無聊《ぶりょう》をかこったうえの素懐、金光寺山頂に立った後鳥羽院の独白とみて味わってきた。

——わたしこそはこの島の新しい見張り番である。荒ぶる波風よ、わたしをあまり痛めつけるな。加減をして吹くよう心がけてくれ——。

寂然《じゃくぜん》に《ことしげき世をのがれにしみ山べにあらしの風も心して吹け》がある。

「ことしげき世」とは、多事多難な世。ここでは鳥羽法皇・崇徳上皇の確執《かくしつ》が紛争を生んでいた時勢をさす。施政権をにぎる鳥羽法皇は、崇徳上皇擁護派の若き先鋒である藤原頼業《よりなり》を壱岐《いきの》守《かみ》に任じ、京都から遠ざけようとした。頼業は任官を即刻辞退、洛北大原の山里に出家隠棲して寂然を名のった。やがて保元の乱が起こっている。

後鳥羽院は第三首を詠じるにあたって、寂然の作を念頭においていただろう。

漕ぎゆかむ波路のすゑを思ひやれば憂き世のほかの岸にぞありける　明恵《みょうえ》

世を厭ふわがあらましのゆくすゑにいかなる山のかねて待つらむ　夢窓《むそう》

前首はいう。——漕ぎ出してゆきたい、天竺《てんじく》へ。小さい舟で行き着けるかどうか、波また波の遥かの先を瞑想してみれば、行き着けたとしても、そこはもうこの現世ではない仏国土の岸であるということになるのだが——と。

後鳥羽院から栂尾《とがのお》の地を下賜されて高山寺《こうざんじ》を開基した明恵だが、『楞伽経《りょうがきょう》』を精読して如《によ》来蔵《らいぞう》と阿頼耶識《あらやしき》の融合をはかるあまり、しばしば神経衰弱におちいっている。ちなみに如来蔵とは、人間が心の奥底に蔵しているはずの、惻隠《そくいん》の情のような清らかな核。阿頼耶識とは、知恵・認識・推論・自意識などの根底にあるはずの、すべての意識の源となる没意識。

明恵は神経が衰弱すると故郷の南紀へ帰って小舟で洋上の孤島へわたり、岩の上で遥か天竺（インド）を思って瞑想した。果たして神経は休まったのかどうか。

三十歳と三十三歳の二回、インドの仏跡巡礼を本気で計画したことがあった。文献をあさって旅程の日程計算などまでしている。

後首はいう。――世間を避けて身を隠したい。わたしの素志であり計画なのだ。行く末にどんな山があらかじめ心づもりをして、わたしを待ち迎えてくれるだろうか――と。

夢窓は時代が生む二元的対立をいかに超克するか考えつづけた禅僧である。南北朝が皇位を争い、朝廷は幕府と、公家は武家と対立。仏教の世界でも聖道門と浄土門が依然として争い、悟りのみちと救いのみちが対立していた。

まず一切衆生を救い尽くして、それから自分も救われようとねがった法然・親鸞のような僧がある。これを「悲増の菩薩」と夢窓はよぶ。まず自分が悟りをひらき、それから一切衆生を救おうとねがった明恵のような僧がある。これを「智増の菩薩」と夢窓はよぶ。隔てがあると思うから対立が生じる。法欲というものがあるから、悲増をめざすか智増をめざすか迷ってしまう。法欲から離れよう。すれば対立も隔てもない無上の道、無尽蔵の世界がひらけるのではないか。この一首を詠じた夢窓は開悟して、俗界ばかりか法界をも避け、ただ山水とのみ交わる彷徨をはじめようとしていた。

世を経てもあふべかりける契りこそ苔の下にも朽ちせざりけれ　藤原清輔《きよすけ》

よのなかに散らぬ桜の種しあらば春にかぎらず植ゑてみましを　西園寺実材母《さねきのはは》

さて、何の屈託もなく詠じられている歌にも素志の一端が覗いていることがある。そんなおもむきの二首を拾ってみた。

前首。清輔は大和石上《いそのかみ》に柿本寺をおとずれ、人麻呂の墓と教えられた石塔に卒塔婆を立てて、この歌を書きつけた。——長い時代を経ても、因縁があるからこそ、こうして歌聖の墓にめぐり逢うことができた。遺骸は苔の下に朽ちてしまっても因縁が朽ちるということはありえないのだ——と、歌意はいう。

後首。実材母は公経《きんつね》の愛妾であったから、金閣寺の地にあった山荘に風雅な日々をおくったのかもしれない。——世の中に花を散らさない桜の種がもしあるならば、春とはかぎらず花見ができるように植えてみたいわねぇ——。

西園寺家の祖にあたる公実《きんざね》に《山ざくら惜しむにとまるものならば花は春ともかぎらざらまし》という詠がある。山の桜が惜しめば散らないでくれるなら、桜の花は春のものとはかぎらないのに、そうともいかないのが残念。公実は言っているが、実材母は夫の先祖のこの作を愛玩してもいるかのよう。

偲ばれむひとふしもがな移る世は跡なき夢と思ひ知るにも　**肖柏《しょうはく》**

谷のかげ軒のなでしこいま咲きつ常より君を来《く》やと待ちける　**木下長嘯子**

肖柏は言う。――わたしの詠みのこしている歌に後世まで思い起こしてもらえる一節があってくれればいいのだが。移り変わる時の流れは消えればよみがえらない夢のよう。身に沁みて時の流れのはかなさを感じるから、せめて一節でも、と願わずにいられない――と。

歌学用語で一個所の表現がとくに巧みな歌を「一節《ひとふし》有る様《よう》」とよんでいた。兼好が『徒然草』十四段に「和歌こそなほをかしきものなれ。恐ろしき猪《ゐのこ》も〈臥す猪《ゐ》の床《とこ》〉と言へばやさしくなりぬ」としるすが、「臥す猪の床」が一節である。肖柏は室町期、応仁の乱後に活躍した。さしづめ、この一首では「跡なき夢」が一節にあたる。

長嘯子は言う。――谷かげのわが庵では、このところ軒下のなでしこの花が咲きつづけていますよ。平生よりもっと、あなたを「おいでなさい」と待ちつづけている様子で――と。

なでしこの咲く風情は、どこか寂しげで、人待ちがお。物名《ぶつめい》（隠題《かくしだい》）歌で、五七五七七各句の頭尾一字ずつをたどれば「たけのこ五つをくる」となるのを確かめていただきたい。季は初夏、おそらく淡竹《はちく》の筍五本が入った籠とともにこの歌を受け取った相手は、たとえば、待つ・松を掛け合わせている宮内卿《くないきょう》の詠《見ぬ人をまつの木かげの苔むしろなほ敷島のやまとなでしこ》などを思い起こせる人物だったことだろう。

老い

二つ以上の事柄を結び合わせた歌題が結題《むすびだい》とよばれる。老いは「老後懐旧」などと結題では詠まれているものの、ストレートな「老い」という題詠はみられない。その理由は、老いそのものの心情表白など表立ってするものではないという通念が、古くからはたらいていたからだろうか。

老いについてはそこで、日常のぼやき、溜め息がふと口を衝いたごときおもむきの、いわば普段着の歌が目につく。

まず古今歌三首から味わっていただこう。

数ふれば止まらぬものをとしといひて今年はいたく老いぞしにける　よみ人しらず

老いらくの来んとしりせば門《かど》さしてなしとこたへて逢はざらましを　よみ人しらず

白雪のともにわが身はふりぬれど心は消えぬものにぞありける　大江千里《ちさと》

一首目。――「疾《と》し」というように、一目散に走って止まらないのが年だ。なるほど「年」は疾しでもある。数えてみると、今年はまたいっそう年をとって老いてしまったことだ――。進行が早い意の「疾し」と「年」の掛け合わせ。

二首目。――老いがやって来るとわかっていたなら、門の戸を閉ざして、居ません、と答え、逢わないでいただろうのに――。老いを擬人化し、老いを迎え入れたのを悔やんでいる。

三首目。――白雪の降るとともにわが身は頭髪も白くなり年をとってしまったが、心だけは雪が消えるようには消えないで昔と同じ気概でいることだ――。千里は「百人一首」でも知られる歌人。「ふりぬれど」の「ふる」に、降る・古るを掛けている。「心」はここで歌を詠みつづける感性といったおもむき。

老いぬれば南面《おも》てもすさまじやひたおもむきに西をたのまむ　**安法《あんぽう》**

みづはさす八十路《やそぢ》あまりの老いの波くらげの骨に逢ふぞうれしき　**増賀《ぞうが》**

安法詠。――老いぼれてしまったので、御殿の表座敷に顔をみせて歌人たちと接するのは、もはや煩わしい。自室に引き籠って、これからはひたすら西方浄土への往生を願うことにしよう——と、言っている。「南面て」は南向きの正殿。「すさまじ」の意は、興に乗れない、煩わしい。

源融《とおる》が六条河原院に優雅な日々をおくったことは『伊勢物語』八十一段などで知られるが、安法《あんぽう》は融の曾孫、出家して河原院の一隅に暮らした。河原院の南面てが、著名な当時の文人が出入りして歌会などを催す社交場になっていた。

この安法詠は、ところで、——年老いてしまったからか、補陀落《ふだらく》渡海は想像するのも怖い。観音の浄土を目ざすのは諦めて、これからはひたすら弥陀の西方浄土を恃むことにしよう——とも、解釈してみたい。観音の浄土とされる補陀落山がインドの南海域にあると想像され、紀伊那智の浜などから船出する狂信的な捨身行、補陀落渡海がおこなわれていた。観音を本尊にいただく長谷寺・清水寺の本堂舞台も、観音の浄土を観想する「南面て」。「すさまじ」には、恐怖をおぼえる、という意味もある。

増賀《ぞうが》詠。——瑞歯《みずは》が生える八十余歳の老齢となったが、ようやく弥陀が迎えに来てくださった。うれしや、うれしや、この幸運に逢える人は滅多にあるまい——と、大意はいう。

「みづは」は瑞歯で、年老いて歯が抜け落ちたあとに生える歯。「くらげの骨に逢ふ」は起こりえない奇蹟の譬え、ありえないような幸運にめぐまれることをいう。増賀は奇行で知られた僧で大和の多武峰《とうのみね》に隠棲していた。聖衆をともなう弥陀の来迎を感知してこの歌を詠じ、やがて往生を遂げたと伝わる。

おきなさび立ち居もやすくをられねば頬杖《つらづゑ》つきてけふも暮らしつ　**源兼昌《かねまさ》**

わが盛りやよいづかたへゆきにけん知らぬ翁《おきな》に身をばゆづりて　**藤原清輔**

老いの波あらく寄すなりこころせよねを離れたる岸の浮き草　**智海《ちかい》**

兼昌詠は永久四年（一一一六）の作。――年老いて立ちあがるのも坐るのも容易ではない。だから、ごろりと横になり、今日もひねもす頬杖《ほおづえ》をついて過ごしてしまった――。

清輔詠は嘉応二年（一一七〇）の作。――わたしが脚光を浴びた時間はどこへ行ってしまったのか。この身はいつの間にか見たこともない老いぼれの顔になってしまって――。

清輔が歌道の宗家という立場にある六条家を継いだのは久寿二年（一一五五）だった。俊成の御《み》子《こ》左《ひだり》家《け》が台頭、光陰人を待たずの感もあったのであろう。

智海の詠は清輔と同時期ごろの作か。――老いの波は荒あらしく不意に寄せてくるそうだ。法《のり》の舟に乗りおくれないよう気をつけねばならぬ。うかうかしていると根を失った浮き草のまま、この憂き世の岸にうち揚げられて、仏国土へは行けずじまいに枯れ朽ちてしまう――。

智海は後年、世に知られた真言僧となり、興然《こうぜん》を名のった。仏法を舟にたとえて、衆生を苦海から救い仏国土へわたす仏の教えを「法の舟」という。

はかなくもわがあらましの行く末を待つとせしまに身こそ老いぬれ　藤原実伊《じつい》

のどかなる老いの寝覚めのさびしさに鳥の八声《やごゑ》をかぞへてぞ聞く　二条為世《ためよ》

あやにくにしのばるる身の昔かなもの忘れする老いの心に　小倉公雄《きんお》

大空に飛びたつばかりおもへども老いは羽《はね》なき鳥となりぬる　心敬《しんけい》

今年わが齢《よはひ》のかずを人とはば老いてみにくくなるとこたへん　木下長嘯子

実伊の作は鎌倉中期、為世・公雄の作は鎌倉後期、心敬の作は室町期までくだる。

――心細いことに、わたしが以前からこうと決めた将来を待とうとしているあいだに、身体のほうが先に老いぼれてしまったよ――。実伊は言っている。

――起き急ぐこともない暁の老いの寝覚めは、なんとなく心もとない。そのさびしさを無意識にまぎらせようとして、何回も鳴く鳥の声を数え聞きしてしまう――。為世詠の大意はいう。

夜明け前に何回も鳴く鶏を歌語では「八声の鳥」とよぶ。祭事に木綿《ゆう》をつけた鶏をつかう慣わしがあって、神社では鶏が飼われていた。為世はその木綿《ゆう》付鳥《つけどり》の声を聞いたのかもしれない。

――意地のわるいことに、わが身の若かりしころのことばかりが懐かしく刻明に思い出される。老いてしまい、最近のことは何もかもすぐ忘れるようになったこの心に――。公雄詠はいう。

――大空に飛び立たんばかり、あれもしたい、これもしたいと思うけれども、どれ一つとして果たせない。老いるというのは、まるで羽を捥《も》ぎ取られた鳥となってしまうのと同じようなことなのだ――。心敬は言っているだろう。

――今年は何歳になられたかと人から問われるなら、老いて「醜《みにく》く」なったと答えることにしよう――。長嘯子、八十一歳の詠。

「みにくく」が、身に九九で諧謔。九×九＝八一である。

命・死

和歌史の流れでは、人の生命と死にかかわる詠作が、挽歌《ばんか》あるいは哀傷歌などの部立てのなかで鑑賞されている。命のはかなさを慨歎し人の死を哀惜する詠作が多いのが、それぞれの部立てに収斂される理由である。しかし、悲哀の感情をおさえて、命そのもの、臨終そのものを見つめている詠作もある。そこで、私独自の撰歌の見地から、この項目をもうけることにした。

ちはやぶる神のもたせる命をば誰《た》がためにかも長く欲《ほ》りせむ　**柿本人麻呂**

わが背子が帰り来まさむ時のため命のこさむ忘れたまふな　**狭野弟上娘子《さののおとがみのおとめ》**

万葉歌の二首をまず。人麻呂は神にゆだねる命を、娘子はよるべのない孤独な命を詠じているが、命そのものをつねに意識して身体に包みもつような素朴な感覚が、万葉歌人にははたらいていたようだ。

前首。大意は、――悠久の昔から霊威をふるってこられた神によって、わたしの命はさずかっている。その命を神のご意思に背いて誰かのために長く保とうと欲したりしましょうか。そのような不敬虔な思いは懐きません――という。

後首。大意は、――あなたが帰っていらっしゃる、その時のために、死んでしまいそうに辛い毎日ですが、命を失うことなく残しておきましょう。お忘れにならないで――という。

娘子の夫は官吏で中臣宅守《やかもり》とよばれ、政変に関与したからか、越前に流罪の身であった。大赦がおこなわれたが宅守は許されなかった。後首はそこで詠まれたと伝わる。

もみぢ葉を風にまかせて見るよりもはかなきものは命なりけり　**大江千里**

緒《を》をよわみ絶えてみだるる玉よりも貫《ぬ》きとめがたし人の命は　**和泉式部**

千里詠。――もみじ葉を風の吹くままにゆだねて散ってゆくのを見るよりも、もっとはかなく拠りどころのないもの、それがわたしたちの生命なのですね――。

詞書があって、これは千里が病の床に臥し、心細さに耐えがたくなったとき、親しい人のもとへ詠みおくった歌という。窓に見える木の葉の最後の一枚が散るとき、この命も途絶えるのではないだろうか。古今歌人もそういう心の揺らぎをみせていたことになる。

和泉詠。——玉をつないで輪にしている、そのつなぎの紐が弱いので、紐が切れたとき散乱した玉は、たやすく元どおりにつなぐことができません。でも、輪の玉よりもこの世につなぎとめるのがむずかしいものがあります。人の命です——。

「我不愛身命」われ身《み》の命をば愛《お》しまず、という心を詠んだとされる、晩年の一首。和泉は身命を賭して恋した故敦道《あつみち》親王を追慕する日々をおくっていた。そこへ、最愛の娘の小式部内侍《こしきぶのないし》にもすでに先立たれていたのであろう。

まどろみてさても已《や》みなばいかがせむ寝覚めぞあらぬ命なりける　**西住《さいじゅう》**

乱れずと終り聞くこそうれしけれさても別れはなぐさまねども　**寂然《じゃくぜん》**

この世にてまた逢ふまじき悲しさに勧めし人ぞ心乱れし　**西行**

西住と西行は在俗時に鳥羽上皇に北面《ほくめん》として仕えた僚友。ふたりは相前後して出家しており、仏道修行でも伴侶である。西行・寂然は幼友達なので、西住は寂然とも昵懇になったらしい。西住詠はいう。——うとうと眠っていて、そのまま息が絶えるようではどうしようもない。目覚めていればこそ正念という命なのであるから——と。

一般には苦痛のない昏睡状態での終息が願われる。西住はそうではなかった。睡中夢死を拒否、臨終正念をこの歌は希求している。往日はこのように、意識のはたらく状態で仏の来迎を知覚しつつ命終したいがため、眠ったまま息絶えては一大事と思う人が多くあった。

西住の臨終は西行が見まもった。寂然・西行の両首は贈答をなす。寂然詠は「西住法師みまかりける時、終り正念なりけるよしを聞きて、円位《えんい》（西行）法師のもとへつかはしける」と、詞書にいう。

寂然の贈歌の意は、――乱れるところがなかったと臨終の様子を聞けたのは喜ばしいことでした。とはいっても、永別をした悲しみが癒えるはずはありませんが――。

十念《じゅうねん》という死に臨むいわば作法があった。病者は最期の瞬間に抱き起こしてもらい、西方浄土にむかって合掌、阿弥陀仏の名号《みょうごう》を十回称念して終息する。これを果遂できてこそ最も好ましい臨終正念とみなされていた。

西行の返歌の意は、――この世では二度とふたたび逢うことができない悲しさに、十念を勧めたわたしのほうが取り乱したことでした――。

終息する病者は往々にして名号を有声で口称《くしょう》できる力がもはやない。そこで病者を抱き起こして支える介添え人が、代わって名号を口称し、病者は心のなかで唱和する。最期の十回目だけはあらん限りの力をふりしぼって有声で唱和し、事切れる。西行に介添えをしてもらって、西住はそのように見事な往生を遂げたのではなかったろうか。

みな人の知りがほにして知らぬかな必ず死ぬるならひありとは　慈円

ありとてもさてや果つると生けるものかならず死ぬる世とは知るしる　藤原雅経《まさつね》

――人は誰もがみな、知っている素振りなのだが、じつは分かっていないのだなァ。人間は必ず死ぬという決まりがこの世にあるということを――。

慈円のこの歌には世人の愚昧さをあてこする気配がひそむ。

――今は存在してもそのうちに無くなると、生きとし生けるものは必ず死ぬのがこの世なのだと、知ってます、知ってます、誰もがみな――。

雅経は慈円より一五年の後輩だが、同じく新古今歌壇の重鎮。和歌所では談笑をも交わす仲なので、憶せず大僧正の揚げ足を取ってみたようだ。

ありてなき世とは知るともうつせみの生きとしものは死ぬるなりけり　良寛

生き死にの海のとなかにいかりおろし風をや待たむたゆたひにして　熊谷直好《なおよし》

良寛の歌は、接続助詞の「とも」が確定している事実を仮定的に強調する。「ありてなき」

と「うつせみの」は同工異句。この初句と三句を置き換えてみるのも趣意が深まる。

——在って無きがごときこの世とは知っているのだが、それにしても、はかないこの世に生きているすべてのものは死んでしまうと、改めて気づかされることよ——と、言っている。

直好のほうは、法の舟で仏国土へ渡る譬えから、此岸と彼岸をへだてる海を意識しての作。「となか」は門中《となか》、すなわち瀬戸のなか。——生死のさかい、現世と来生のあいだに苦海が横たわる。その未だ現世である苦海の湾口に錨をおろし、舟が波をうけて揺らぐのにまかせながら、仏の国へみちびいてくれる順風をのんびりと待ちたいものだ——。大意はいう。

直好は少し良寛より後輩だが、両者とも文化文政期（一八〇四—三〇）に旺盛な歌作活動をみせた。

無常

題詞に「世の中の無常を悲しみし歌」としるす万葉長歌などが伝わっているが、「無常」はこれまた堀河百首題の一つである。

長治三年（一一〇六）頃に成立した『堀河百首』は後代まで、詠ずる和歌の題目をあらかじめ定めるばあいの範例となったので、いまいちど言及しておきたい。

『堀河百首』には、春二〇・夏一五・秋二〇・冬一五・恋一〇・雑二〇、計百題が定められている。これを一六名の歌人が一題一首ずつ、それぞれ百首を競い詠じたわけである。参考までに、雑二〇の題目を網羅してみよう。

「暁・松・竹・苔・鶴・山・川・野・関・橋・海路・旅・別・山家・田家・懐旧・夢・無常・述懐・祝詞」から成る。本書ではこのうち「松・竹・鶴・関・橋・別・旅」をも、追って項目題にとりあげる。

さて、本項で味わってもらうのも万葉歌の二首から。

言問はぬ木すら春咲き秋づけば黄葉《もみぢ》ちらくは常をなみこそ　**よみ人しらず**

うつせみの常なき見れば世の中に心づけずて思ふ日そ多き　**よみ人しらず**

前首はいう。――ものを言わない木ですら、春は花を咲かせ秋になれば黄葉を散らすではないか。世の中が無常であると同様、「常」つまり「不変」ということはありえないからである――と。

後首はいう。――人の一生が無常であるのを見るにつけて、世の中に執着する心は失せてゆき、もの思いにふける日が多くなる――と。

万葉長歌はほとんどが末尾に短歌（反歌）を付帯する。この二首は長歌「世の中の無常を悲しみし歌」に添っていて、長歌の趣意を敷衍《ふえん》している。ちなみに、母体である長歌のほうは、天と地の創世をみた原初から、世の中は常なく変化するものと語り継がれてきているではないか、と詠じ、数かずの譬えで人の世の無常を知らしめる内容である。

惜しからで愛《かな》しきものは身なりけり憂き世そむかむ方《かた》を知らねば　**紀貫之**

そむけども背《そむ》かれぬはた身なりけり心のほかに憂き世なければ　**能因**

定めなき世とはしかじか知りながら呆れてすぐす身をいかにせむ　平忠盛《ただもり》

貫之詠。――捨てるのも惜しくはないと思っていたのに、気づいてみれば、愛《いと》おしくてならないのがこのわが身なのでした。辛い憂き世に背を向けたいものの、その仕方を知らないままに日を過ごして――。

この世を無常と切実に思ったことがあったのであろう。「憂き世そむかむ」という背くは、俗世間から離反する、つまり出家するか隠遁するかを意味する。

能因詠。――出家をしたものの、それでいて気づいてみれば、世間から遁れ切っていないこの身なのでした。というのも、憂き世というのはわたしの心そのものであったからかもしれません――。

下句「心のほかに憂き世なければ」が渾身の表現。絶唱ときこえる。能因は私度僧《しどそう》。定められた手続きをふまず、自己の意思のみで得度した僧尼を私度僧・自度《じど》僧という。西行が先達と能因をみて範としたが、後世の歌僧は多くが私度僧である。

忠盛詠。――諸行無常のこの世とは、いかにもそのとおりと承知しているものの、呆気にとられ、途方に暮れて日々を過ごすこの身です。どうすればよいのでしょうね――。

忠盛は清盛の父で、平家栄耀の基礎をきずいた。『平家物語』「殿上闇討」の段に知られるが、高官たちの奸計を発端に宮中の節会《せちえ》で危うく命を狙われたことなどを思い起こしているのであろう。

何ごとを待つことにてか過ごさまし憂き世を背く道なかりせば　寂然

何ごとにとまる心のありければさらにしもまた世の厭《いと》はしき　西行

仮の世にたとへてみれば稲妻のひかりもなほぞのどけかりける　寂然

そらになる心は春のかすみにて世にあらじとも思ひ立つかな　西行

この四首は贈答歌ではなく、詠まれた年時も不同である。ところが、寂然・西行は志を同じくして互いに切磋琢磨する人生であったから、歌作の趣意はつねに共鳴し合う。無常感も照応する。そこを味わっていただきたい。

一首目。寂然が出家を思い立ったころの作である。「まし」は非現実的な事態についての推量を表わすから、上下句を反転させて歌意を汲もう。——もしも無常な現世を離反する出家成道という道がなかったならば、何ごとを期待してこの人生を過ごせばいいか、期待することなど見出せないのではあるまいか——と。

二首目。西行が晩年まで愛着した作の一つ。詠じられたのは出家して間もないころ。——無常なこの世の何ごとにか執着する心がなおも残っているとでもいうのか。出家して捨てたはずの俗世であるのに、重ねてまたその俗世を遁れたく思ってしまう――。歌意はそのようにいう。

三首目。――無常ではかないこの世に引き合わせてみれば、稲妻の閃光も、べつだん驚くこともない、平穏な天象の一つであるということだ――。寂然は「無常の心をよめるうた」と詞書を添えている。

四首目。――煩悩が薄れてゆく空白なこの心は春霞に似ているかも。春霞が静かに立って空の彼方に消えてゆくように、わたしもこの俗世から離れる出家を決意することにしよう――。西行の剃髪は保延六年（一一四〇）二十三歳の初冬だった。この歌は先立つその年の春の詠。

常なきは常なることに馴れぬれば驚かれぬぞ驚かれぬる　藤原俊成

よもぎふにいつかおくべき露の身は今日のゆふぐれ明日のあけぼの　慈円

とにかくにおきどころなき露の身はかかる憂き世のほかをたづねむ　西園寺実材母《さねきのはは》

俊成は言う。――人生は無常。世の中が移り変わってゆくことに馴れてしまえば、何が起こっても平然としていられる。だが、ふとそれに気づいて、生生流転に驚かなくなった自分に愕然としてしまうのだ——と。

　慈円は言う。——よもぎの茂みに置く露のようにこの身もはかなく草葉のうえに横たわって消えることになる。それはいつのことか。今日の夕暮れかも、明日の夜明けかもしれないではないか——。

「よもぎふ」は蓬生《よもぎう》。ヨモギの生い茂るところといえば荒れた野。そこから「よもぎふ」は墓場の比喩でもあって、死が思いもかけず早く来ること、無常迅速の理《ことわり》を下句に託している。

　実材母は言う。——あれこれと言いますが、露のようなこの身をどこに置けばいいかしら。そのところは蓬生しかないというのは、あまりにはかないではありませんか。わたしはこの憂き世の常識とは相容れないところを探すことにします——と。


さとりえて驚かぬにはあらぬ身の世の常なさにならひしも憂き　小沢蘆庵《ろあん》

はやくよりはかなき世とはしりぬれど思ひ染《し》まぬは心なりけり　木下幸文《たかぶみ》

　江戸中末期までくだって、二首を味わっていただく。

——わたしは人生の無常を悟ることができて平然と日々をおくっているわけではありません。こんな身で世の有為転変に順応せざるをえなかったというのも、思えば口惜しく怨めしいことでした――。

蘆庵の発想の機微は俊成の先詠から通底しているとみてよいだろうか。

――若いころからこの世の中は無常であるとは知っていたのですが、深く思いつめることがなかったのは、わたしの心が浅はかであったからです――。

幸文《たかぶみ》のこの作も蘆庵の前首も「無常」の題詞のもとに詠まれている。

哀傷

「哀傷歌」は二十一代集において、古今・新古今を中心に計一二の集で単独の部立ての扱いとなっている。残る九集では「哀傷」の題詞をともなう歌が雑歌の部に採られている。

狭義に哀傷歌といえば人の死を悲しみ悼む詠作を意味するのだが、広義の哀傷は万象にもよおす哀れみ・切なさ・傷ましさなどの情調をも包摂する。この多義性がみられるところに歌としての取り扱いに異同が生じやすい。私は広義の哀傷を意識するところにこの項目を立てることにした。

思ひきや鄙《ひな》のわかれに衰へて海人《あま》の縄《なは》たき漁《いさ》りせむとは　**小野篁《たかむら》**

月やあらぬ春やむかしの春ならぬわが身ひとつはもとの身にして　**在原業平**

篁は遣唐副使に任じられたが命にしたがわず、承和五年（八三八）、嵯峨上皇の勅勘をこうむって隠岐へ流された。

——思いもしなかった。こんな僻地へ都を追われて、やつれ果て、漁師にまじって網の縄を引き、漁労の手伝いをすることになろうとは——。

縄や綱を手繰《たぐ》ることを綰《た》くといった。そこで「海人の縄たき」は、海に仕掛けた魚網の類を大勢の漁師にまじってたくし寄せることを意味していると思う。篁は東宮《とうぐう》学士、皇太子に経書を講義する学才であった。それがこのありさま。

業平は五条殿の別棟に起居する藤原高子《たかいこ》のもとへ通っていた。だが、太政大臣良房の染殿に高子は隔離され、二人の仲は裂かれてしまった。

——月は異なる月なのか。春は過ぎ去った年と同じ春ではないのか。いや、月も春も去年と変わりなどあろうはずはない。わたしの境遇もまた以前のままだが、高子がここにいない今、このわが身以外は月も春も、すべてが変わったように感じられてしまう——。

業平は「去年《こぞ》を恋ひて」次の年の春、高子の姿のない五条殿別棟に赴き、「月の傾くまであばらなる板敷に伏せりて」、『伊勢物語』でも知られるこの一首を詠じた。


末の露もとのしづくや世の中のおくれ先立つためしなるらん　**遍昭《へんじよう》**

けふ来ずは見でややまし山里のもみぢも人も常ならぬ世に　**藤原公任《きんとう》**

遍昭は言う。——草木の葉の先にとどまる露、根もとにしたたる雫。いずれも遅かれ早かれ地中に消えてしまいます。遅速の違いはあっても誰もが死んでゆく、この世の中の無常をあらわす適例といってよいのではないでしょうか——と。

『新古今集』哀傷歌の部の巻頭に配されたのがこの遍昭詠である。

公任は言う。——もし今日来なかったら、この木の葉をも見ずにおわったでしょうか。山里の紅葉も人の生命も、いずれも明日をも知れない無常なこの世なのですから——と。

長徳四年（九九八）の詠。文友が八月に亡くなり、その旧宅を初冬におとずれたところ、「紅葉のひと葉残れるを見」て詠じたという。天然痘が大流行をした年だ。文友もその犠牲となっていた。

立ちのぼる煙《けぶり》につけて思ふかないつまたわれを人のかく見ん　　和泉式部

あはれなることをいふには亡き人を夢よりほかに見ぬにぞ有りける　　和泉式部

前首。——立ちのぼる火葬の煙を見るにつけて思ってしまいます。いつの日かまた、わたしが茶毘《だび》に付されて灰になるのを、人びとはこのように見るのであろうと——。

和泉は火葬場からのぼってゆく死者を焼く煙を、山寺へ参籠するみちすがらだったが、見つめずにはいられなかったようだ。後首。——哀れとはどのようなことを差すでしょうか。わたしに言わせれば、その一つは、亡くなった人を夢でしか見ない現実があるのを承服せざるをえないことなのです——。

これは「あはれなる事」という題詞のもとに詠じられている五首中の一作。和泉は他の哀れに、老いてゆく自分を感じること、都をあとに放浪する当てなき旅路の遠いこと、物思いをする時の秋の夕暮れ、絶えてしまった亡き人との仲、この四つを挙げている。

みな人の命を露にたとふるは草むらごとに置けばなりけり　　**よみ人しらず**

玉の緒《を》の長きためしにひく人もきゆれば露にことならぬかな　　**藤原長家《ながいえ》**

前首は『拾遺集』にみえる歌で「病《やまい》して人多く亡くなりし年、亡き人を野ら藪などに置きて侍るを見て」と詞書が添う。——人の命をすべて露にたとえるのは、朝《あした》に置いて夕べには消える露のようにはかないからばかりではない。このように、露の置く草むらといえばどこであっても、亡骸までうち捨てる慣わしもあるからなのだ——と、大意はいっていることになる。往年は疫病がしばしば猛威をふるって想像を絶する多くの死者が出た。常民の集落などでは疫病を発症した人間をすべて野に仮設した小屋に隔離、死者を次々と草むらに遺棄している。〔無常〕の項で見てもらった慈円の《よもぎふにいつかおくべき露の身は今日のゆふぐれ明日のあけぼの》なども、疫病死が日常の出来事であることを念頭にしたうえで詠じられた一首であったかもしれない。

長家の後首のほうは、高名な長老が亡くなったと聞いて詠まれた歌。「玉の緒」は、玉に魂を掛け、魂をつなぎとめる緒の意から、生命・寿命。――人びとが長寿の例にあげるあのお方も、亡くなってみれば、はかなく消えやすい露となんら変わらないと思えるなァ――と言っている。

長老は右大臣までのぼった藤原実資《さねすけ》。寛徳三年（一〇四六）九十歳の命終だった。

うらうらと死なんずるなと思ひ解けば心のやがてさぞと答ふる　西行

つくづくと思へばかなしいつまでか人のあはれをよそに聞くべき　藤原実房《さねふさ》

つくづくと思へば恋しあるは無くなきは数そふ人のおもかげ　実伊《じつい》

西行詠。――往生とはおおらかな気持で死のうとすることであろうか、と会得するわたしに、心はいつもすぐさま、そのとおりだよ、と答えてくれる――。

初期の習作「無常十首」中の一首。西行は在俗する青年のころから心を仏道にそそぎ、このような自問自答をしていた。

実房《さねふさ》詠。――念に念を入れて思ってみれば悲しい。いったいいつまで他人の死を自分とは無関係なこととして聞いていられるのであろう。死はいずれわたし自身のこととなるのに――。

この実房詠も「無常の心を」と題されていて、『新古今集』哀傷歌の部に入集している。空々漠々としたうたいぶりだが、反ってそこに切実さが感じられる。

実伊《じつい》詠。――つくづくと思うほどに心をひかれる。親しかった人とは疎遠になり、亡くなる人は数がふえてゆく。その人たちの面影が浮かんできて――。

建長八年（一二五六）の歌合《うたあわせ》より。小野小町の作《あるはなくなきは数そふ世の中にあはれいづれの日まで歎かむ》を、実伊は証歌としている。

何とまた忘れて過ぐる袖の上に濡れて時雨のおどろかすらん　　後鳥羽院

思ひ出づるをりたく柴の夕けぶりむせぶもうれし忘れ形見に　　後鳥羽院

後鳥羽院は元久元年（一二〇四）十月、寵愛する女房の尾張を失った。尾張はのちの道覚法親王を出産したのだが、産後の回復がおもわしくなく、後鳥羽院に看取られながら息を引きとった。

前首は尾張が卒去して旬日後に詠まれている。後首は翌年、尾張の一周忌のころの作。両詠とも護持僧である慈円のもとに贈られているのだが、それは尾張の冥福を祈ってもらいたい依願があったからであろう。

前首の大意。――尾張を失った悲しみの涙に衣の袖が濡れそぼちました。ようやく涙を忘れて袖はいったん乾いたのですが、何とその袖を今は時雨に濡らされ、心は涙にくれて袖を濡らした日に引きもどされたというありさまです――。

寵姫を失った茫然自失の胸中を覗かせるこの前首に比して、一年が経過した後首のほうは、尾張を懐旧するひとときを憂いのなかにも見出すことができた悦びを訴えているといえるだろう。

後首の大意。――尾張と過ごした在りし日を思い出す折から、手折っては焚く柴の煙にむせびながら、むせび泣くのもうれしい。今この夕べそのものが、尾張を慕ぶ忘れがたい形見ともなってくれるように思えます――。

「思ひ出づる折り、折り焚く」「忘れ難い、忘れ形見」と、「夕けぶりむせぶ」とともに掛け詞を味わう。昨年の今時分、影も形も無くなった人の形見といえば、袖を絞って涙にむせんだその行為であった。今は同じ袖で煙にむせぶ口もとを塞いでいる。この行為が新たに一つの忘れがたい形見となってくれる。後鳥羽院のそのように思う意識を汲みとっておきたい。

後首が詠まれた元久二年（一二〇五）は、三月に新古今和歌集の竟宴《きようえん》、すなわち撰修完了を祝賀する式典がおこなわれている。後首の成立は同年十月ころ。ところが『新古今集』に見出される。この後首は後鳥羽院自身の深い思い入れがあって後日、哀傷歌の部に補入されたということになる。

世の中

世の中とは、人それぞれが対自的に意識する現世、対他的に意識する世間《せけん》、両方のことだといってよいだろうか。だが、そうは簡単にかたづけるわけにもいかず、この語には古くから、ずいぶん多岐にわたった概念が託されてきている。

歌語としても「世の中」はすでに『万葉集』で四四首にあらわれる。

万葉歌は用字法が複雑。表意文字である漢文訓読語、表音文字である万葉仮名、両方の混用で書かれている。表音用法では「余能奈可（五）余能奈迦（二）余乃奈迦（一）」の八首がある。他の三五首は表意用法で「世間」と書いて「世の中」と読ませているが、「俗中」を「世の中」と読ませる一例もあり、この語の概念の複雑さがみえるように思われる。

まずは「世間」を「世の中」と読ませている万葉歌から。

世間《よのなか》を憂しと恥《やさ》しと思へども飛び立ちかねつ鳥にしあらねば　**山上憶良《おくら》**

世間《よのなか》を何にたとへむ朝びらき漕ぎ去《い》にし船の跡なきがごと　**満誓《まんぜい》**

——世の中を鬱陶しいところ、身も細るように恥ずかしいところと思うものの、どこかへ飛び去ってしまうわけにもいきません。わたしども人間は鳥ではありませんから——。

憶良は晩年、筑前守として現地に赴任していたが、これはとつぜん解官されて帰京したさい、友人たちへの挨拶状に添えた一首らしい。したがってここにいう「世の中」は官職社会における人間関係をも狭義に示唆しているだろうか。

——世の中を何に譬えればよいだろうか。わたしはこの世の中を、朝早く港を漕ぎ出していった船が跡に何も残さないように、無常ではかないものだと思うのだが——。

満誓は観世音寺別当として赴任したさい、大宰府で憶良と交遊している。この一首はのちに『拾遺集』哀傷の部に《世の中を何にたとへむ朝ぼらけ漕ぎゆく舟の跡の白波》という形で収められて爆発的に流布し、「世の中を何にたとへむ」と吟じ出す歌が後世まで詠まれつづける淵源の作となった。

その《世の中を何にたとへむ》を頭句とする作の下句は、たとえばこのように結ばれている。《風ふけばゆくへもしらぬ峰のしら雲》《秋の田をほのかに照らす宵の稲妻》《ささがにの糸もて貫《ぬ》ける白露の玉》《霜をいたみ色かはりぬる浅茅生《あさぢふ》の野辺》など。

世の中にいづらわが身のありてなし哀れとや言はむあな憂とやいはむ　**よみ人しらず**

しかりとて背かれなくに事しあればまづ歎かれぬあな憂よのなか　**小野篁**

——この世の中のどこにわが身は存在しているのだろう。どこかに立場を占めているようで、じつはどこにも存在していないのだ。おもしろおかしいと言うのがよいか、あァ情けないと言ってしまおうか——と、よみ人しらず。

——だからと言って、世を捨てるわけにもいかない。だからわたしは、何か厄介なことに直面するたび、真っ先に愚痴ってしまう。あァ辛いなァ、この世の中は、と——。篁のほうは言う。

二首ともに『古今集』より。雑歌下の部に篁の作が先立って収録されているのだが、「しかりとて」が「あな憂とやいはむ」を受けているとも味わえるので、ここでは順を逆に配してみた。

いかにせむいかにかすべき世の中をそむけば悲しすめば住み憂し　**和泉式部**

いかにせむしづが園生《そのふ》の奥の竹かきこもるとも世の中ぞかし　**藤原俊成**

和泉詠はいう。――どうしよう。どうにかしなければならないのだが。世の中に背をむけて反抗するのも悲しいし、かといって、世間体を気づかうばかりでは、ますますこの世の中が住みづらくなる――と。

敦道親王との愛に目覚め、和泉の不品行への世間の陰口がきこえはじめたころの詠であろう。

「すめば」は、済みません、などという「済む」で、他人にたいして許しをこう意。「すめば住み憂し」は、世間に妥協をすればするほど、その世間の住み心地がわるくなってゆく、と言っているわけだ。

俊成詠はいう。――どのようにすればよいか。たとえ辺鄙な寒村で農家の庭畑の奥に竹垣をへだてて閉じ籠るとしても、そんなところでさえ鬱陶しい世間の内なのだ――と。

「竹かき、かきこもる」と掛け詞を汲むところに、垣をめぐらした竹藪の奥まりの隠れ家が浮かんでくる。ちなみに終助詞「かし」は、自分自身を説得して念を押す感情を表わす。

百人一首で俊成歌《世の中よ道こそなけれ思ひ入る山の奥にも鹿ぞ鳴くなる》が知られるが、世の中には煩わしさを逃れる道はないという歌意が一首と通底する。俊成は保延六、七年（一一四〇、四一）ごろ、堀河百首題で述懐を趣旨とする百首歌を詠んだ。じつは両首ともに、その百首歌中の詠作である。当時、俊成は二十七、八歳。出家隠棲を思い立つなど身の去就に迷っていたらしい。

世の中は憂き身にそへる影なれや思ひ捨つれど離れざりけり　源俊頼

世の中は早瀬におつる水の泡のほどなくきゆるためしにぞみる　徳大寺公能《きんよし》

俊頼詠。――世間というものは辛い生業《なりわい》のこの身に添って動く影なのだろうか。思い捨てたつもりでも、執拗につきまとって離れてくれないではないか――。

俊頼はこの一首を『堀河百首』に「述懐」の題でまず出詠、一八年後、白河法皇の命をうけて撰定した『金葉集』に入集させた。その経過を承知のうえで俊成が『千載集』雑歌下の部の劈頭に再録している。世の無常を思念するとき俊成はつねに俊頼のこの作を回想したようだ。

公能詠。――この現世は、流れの速い瀬におちる水の泡がたちまち消える実例を見ればよい。同じようにはかないではないか――。

こちらは久安六年（一一五〇）に成立した百首歌より。「無常」の題で詠まれている。平安も末期、院政の政治機構が崩壊する直前であり、公能は身に迫る社会の混迷をひしひしと感じていたことだろう。

この『久安百首』から同題詠を一首、添えてみよう。《**世の中を思ひつらねて眺むればむな**

しき空に消ゆる白雲》。作者は藤原俊成である。

流水行雲無所住。流れる水と空を行く雲は、とどまって安住するところがない。どのような時代であれ、わたしたち人間の一生は流水行雲となんら異なるところはない。


世の中を常なきものと思はずはいかでか花の散るに堪へまし　寂然《じゃくぜん》

世の中を思へばなべて散る花のわが身をさてもいかさまにせむ　西行

――現世をば無常なものと思わなかったら、どうして、桜の花が散る空しさを堪えられるだろうか。堪えることなどできまい――。

寂然は、無常を自覚すればこそ、どうにかこうにか花の散る現実を受け止めているにすぎないと、裏を返せば花への愛着を強調している。

――この現世を思えばおしなべて何もかもが散ってしまう桜の花のようなものだ。わが身もまた同じ。それにしても、わが果ての身をどのように始末するのがよいだろうか――。

この歌はもともと結句が「いづちかもせむ」と詠まれていた。「いづち」は行方《いづち》。「いかさま」は如何様《いかさま》。西行は晩年になるにつれ、人に迷惑をかけず従容として死に就く自信がふかまって、『宮河歌合』への自撰にあたり「いかさまにせむ」に改めたようである。

憂きながらあればすぎゆく世の中を経《へ》がたきものとなに思ひけむ　**兼好**

憂きこともしばしばかりの世の中をいくほど厭《いと》ふわが身なるらん　**兼好**

――辛いながらも生きてさえいれば曲がりなりにも月日だけは過ぎてゆく世の中を、過ごしにくく生きづらいものと、どうしてわたしは思い込んでしまったのだろう――。

――鬱陶しいことも辛抱するのはほんのしばらくの間ですむ世の中なのに、どうしてこれほどまで、その世の中をわたしは厭わしく思うのであろうか――。

前首は遁世を思い立ったころの、後首は出家直前になっての詠であろうか。兼好は三十歳に達したころ、受戒得度したと思われる。

花に寄せて

「花」といえば古くはウメをさしていた。万葉期に中国から渡来、盛んに植樹されたうえ、春が来て最初に咲く木の花でもあったから。

「花」の意はしかし平安中期ごろからサクラへと移行し、ついに定着した。日本各地には悠久の昔からサクラとりわけヤマザクラが原生していたという。たとえば吉野山に知られるように、幽境に咲くヤマザクラが次々と発見されて和歌に詠じられ、サクラは和歌をとおして日本人の心の「花」とみなされるようになったからである。

本項では、雑歌の部に見出される作を中心に、サクラの花に寄せる心情そのものが吟じられている歌を味わっていただく。

山たかみ雲居に見ゆるさくら花こころのゆきて折らぬ日ぞなき　**凡河内躬恒《みつね》**

咲かざらばさくらを人の折らましやさくらのあたは桜なりけり　**源道済《みちなり》**

春のうちは散りつもるとも清めせじ花にけがるる屋戸《やど》といはせむ　**源兼澄《かねずみ》**

——山が高いので、雲のかかる彼方に見える桜花は、近づくことも手にとることもできません。けれども、わたしの心は来る日も来る日もそばまで行って、その花を折り取っているのです——。

憧れの桜花があまりに遠く、心だけが肉体から遊離して花のところへ向かってしまう。躬恒はそういう感覚の日暮らしなのだと言っている。

——咲かなかったら、人は桜を手折るだろうか。そんなことをするはずはない。桜よ、おまえが恨んでもいい相手はおまえ自身なのだよ——。

花の枝を折り取る人間を恨むのは、桜よ、見当ちがいというものだ。これは屁理屈を承知の道済《みちなり》の見解。

——春が去るまではいくら散り積もっても清掃はしません。あの家は朽ちた桜の花びらに汚されぱなしではないか。そうまで人に言わせてみたいほどなのです——。

奥山に咲く花は遅い。散り舞ってくるかもしれないその花びらまで受けとめて、最後に一切合切を弔おうという、兼澄は桜への尽きない愛着を表白している。

やまざくらちぢに心のくだくるは散る花ごとに添ふにやあるらん　**大江匡房《まさふさ》**
厭《いと》ひてもなほもいとはむさかりなる花に風ふくこの世なりけり　**源俊頼**

匡房詠はいう。――やまざくらが散りはじめるとわたしの心が粉ごなに砕けてゆくのは、散り舞う花びらのそれぞれに、愛惜のあまり、微細な心の粉末が一粒ずつ付着しようとするからではなかろうか――と。

ここで「やまざくら」は山に咲く桜という意味ではない。匡房は種としてのヤマザクラ系の花ばなを念頭にしているのであろう。

俊頼詠はいう。――疎ましい世の中をなおいっそう疎まずにはいられない。桜の花はいま真っ盛り。その桜の木に無神経にも風が吹きつけて花を散らすこの現世なのであるから――。

京都東山の高台寺のあたりに、俊頼が『金葉集』を撰定したころ、雲居寺《うんごじ》とよぶ大刹があった。この一首は雲居寺の桜樹のかげで詠まれている。

もろともにわれをも具して散りね花うき世をいとふ心ある身ぞ　**西行**
深く思ふことしかなはば来む世にも花みる身とやならむとすらん　**源季広《すえひろ》**

西行詠。——桜の花よ、わたしをも伴って散ってくれないか。世の中に何の未練も残さないおまえと同じように、わたしもこの憂き世を厭う心をもつ身なのであるから——。

これは若き日の述懐で、早くも脱俗しようとする意思があることを、桜の花にむかって打ち明けているおもむき。

季広詠。——この現世で深く思うことが叶うものならば、来世でも花を見る身となれるだろうか。わたしは桜の花だけには来世でも逢いつづけたい——。

「ならむとすらん」が、なることができればと願う未来予測。


あだなりと名にこそたてれ桜ばな年にまれなる人も待ちけり　**染殿内侍《そめどののないし》**

あしびきの山ざくら戸をまれに明けて花こそあるじたれを待つらん　**藤原定家**

なほ聞かばまれなる人も訪ひ来《こ》かし山ざくら戸の春のゆふぐれ　**後鳥羽院**

第一首。これは『伊勢物語』十七段で知られる、染殿内侍が在原業平に呈した歌である。年ごろ業平は全く訪ねて来ることはなかった。内侍の屋敷に見事な桜が咲くのを知っていたので、花の盛りにようやく姿を見せたのだ。

——移り気で散りやすいと世に評されている桜の花ですが、この桜は、辛抱づよく咲きつづけて、一年のうち滅多にたずねてくださらないあなたをも、こうして待っておりました——と、歌意はいう。

内侍は桜の花に自身を仮託してもいる。——わたしへの関心をあなたがとりもどしてくださるように、わたしは故意に徒名《あだな》（浮き名）を立てて、あなたのおとずれをお待ちしていたのです——というのが、第一首の裏の意だ。

第二首。この定家詠は、万葉歌《あしひきの山桜戸を開けおきてわが待つ君を誰かとどむる》を証歌に、先の内侍詠が含みもつ余情をさらに敷衍《ふえん》しようと試みている作である。ちなみに万葉歌の意は、——山桜の戸を開けておいたまま、わたしが待っているあなたを、誰が引き留めているのか——。

「山さくら戸」は山桜を材としてつくった板戸を意味する成語だが、私は「あしびきの山桜、戸をまれに明けて」と特異に区切って、この第二首を賞翫する。すると、——人の足を引き寄せる山桜よ。この家も滅多に明けない戸を明けて、庭に咲く山桜を外から見えるようにしてくれている。今は花がこの家の主人公なのだ。その花のおまえは誰のおとずれを、ほんとうは待っているのであろう——と、歌意があらわれてくる。

桜の花どき、平素は閉ざしている門を明け放ち、前栽《せんざい》の花を外から窺えるようにしてくれている邸宅・寺院などの存在に現在も気づかされる。第一首へもどれば、なにしろ《世の中に絶えて桜のなかりせば春の心はのどけからまし》と詠じているほど、花に心を馳せた業平なのだ。私の感傷をもらすのだが、内侍はもしかして、業平が姿をみせるかもしれないと事前に予感し、門戸を明け放って、おとずれを待っていたかとも思えてくる。

第三首。後鳥羽院は、第二首を定家がいかに着想したか、その由来を、私の推測とさほど変わらない経過で辿ったのではあるまいか。

——内侍の歌、定家の歌を知ればさぞかし、なおいっそう、この屋敷にも珍しい人がおとずれるのではあるまいか。戸が明け放たれて庭のやまざくらを窺える春の夕暮れに——。

けふもまた花待つほどのなぐさめに眺め暮らしつ峰の白雲　徳大寺実定《さねさだ》

やまざくら思ふあまりに世にふれば花こそ人の命なりけれ　慈円

——今日もきのうと同じく、山の稜線にかかる白雲にぼんやりと目をやって過ごしてしまった。山の桜が咲くのを待つ、その時の間の気晴らしに——。

実定はこの一首を詠じるにあたって、西行の名歌《おしなべて花のさかりになりにけり山の端ごとにかかる白雲》を思い起こしていたことだろう。西行は徳大寺家の家人《けにん》であった。実定はその西行が出家する前年に生まれている。

――桜のなかでもやまざくらばかりを思ってこの世に生きながらえてきたので、今ではやまざくらの花がわたしの生存を持続させる力となっていることだ――。

慈円がここにいう「人の命」は、人が生存をつづけるための拠りどころ、という意。「世にふれば」は、世に経《ふ》れば・世に旧《ふ》れば。

咲く花にうつる心や怨むらん去年《こぞ》の桜のふかきおもかげ　**正徹《しょうてつ》**

折りとらば惜しと思ふもわれながらこころにゆるす花の一枝　**宗祇《そうぎ》**

暮ると明くと花の思はむことわりにわが心をも散らさでぞ見る　**細川幽斎《ゆうさい》**

ここからは室町期以降の作を味わってみよう。

正徹詠。――今年咲いている花のもとへわたしから離れ出てゆく心は不満に思うだろう。わたしの身体には昨年接して親しんだ桜の面影がまだふかく焼きついているのであるから――。

前出の匡房《まさふさ》詠に「ちぢに心のくだくる」とあったように、心は肉体から遊離して求める対象のもとへ移ってゆくと考えられていた。今年の花のもとへ移る心は一部分、去年の花の面影とともに大部分の心は身体にとどまっている。正徹はそうも言っているとこの作を鑑賞するのも間違いではないと思う。

宗祇詠。――折り取っては親木が可哀そうと思うものの、わたしの本性で心に許してしまった、花の一枝をもち帰ることを――。

心が求めるので、生まれながらの性質である自分の本性が認めてしまった、と宗祇は言っている。

幽斎詠。――日は暮れれば明ける。花がみずから決めている道理は、咲けば散る、ということだ。わたしは花の盛りの短いことを胸に刻んで心を他には散らさず、日が暮れるといっては見、夜が明けるといっては見、花から目を逸らすまい――。

〔心をしのぶ〕の項にふれたが、幽斎は近世初頭の歌壇を切りひらいた功労者でもある。

さすが世に思ふにかなふこともあれや待ちこし花のけふは咲きぬる　**三条西実隆**

花や知る思ふばかりの言の葉も及ばぬままにむかふこころを　**三条西実隆**

前首。――世の中の物事は期待するとおりに推移してはくれない。とはいうものの、望みどおりに思いが叶うこともある。ほれ今日は、待ちに待った桜の花が咲いてくれたではないか――。大意は言っている。

後首。――わたしの会いたいあの花は分かってくれるだろう。対面してああもこうも話したいと思ってきた万感を、早く会いたいがため、言葉に整理できないまま、おまえのもとに向かう、現在のわたしの心情を――。

顕官で公事も多忙だった実隆は、心の煩悶までこの花に察知してもらい、花に癒やされたのではなかろうか。

人はおほく秋に心を寄すめれどわれはさくらの花の咲く春　**本居宣長《のりなが》**

失《う》せぬとも飽かぬ心をとどめおきて無き世の春も花をこそ見め　**本居宣長**

《しきしまの大和心をひと問はば朝日ににほふやまざくら花》の絶唱がひろく知られる宣長は、《散ることをなれも忘れよやまざくらわれは家路も思はぬものを》とも詠じて、ヤマザクラを愛慕した。

後首は、生命が尽きても満足しない心を残しておいて、死後の春もやまざくらを見ることにする、と言っている。

月に寄せて

万葉集以来、月は秋歌の主たる歌材の一つである。名月の照らし出す夜景の風趣が倦まれることなく詠まれつづけた。

一方、雑歌においても「月」は大切な歌材であった。月に見入り、月を観じることによって、心が澄んでゆく。歌人たちは月にまつわる心情を詠じ、さらに月と自己との同化をこころみた。述懐をとおして、懐旧にもちなんで、月と自己との同一性が吟じられたのである。

おそく出《い》づる月にもあるかなあしひきの山のあなたも惜しむべらなり　**よみ人しらず**

飽かずして月の隠るる山もとはあなたおもてぞ恋しかりける　**よみ人しらず**

おしなべて峰も平らになりななん山の端なくは月も隠れじ　**上野岑雄《みねお》**

第一首はいう。――なんと遅く出る月であることか。こちらは待ちくたびれているのだが、山のあちらがわでは月の隠れるのを人びとが惜しんでいるからだろう――と。

山の稜線に月が頭を出すのを待つ心境。「あしひきの」について一言したい。これは「山」という字をもつ熟語にかかる枕詞とされるが、連体修飾語として、人の足を引き寄せる、という意を汲むのがよいと思う。古今集までは清音。前項で定家詠にみたように、以降は「あしびきの」と濁音になった。

第二首。――これで充分と堪能しないうちに月が隠れてしまう山麓では、あちらが表なのかと山の向う側が恋しくなってしまう――。

「あなたおもて」に、山としてはこちらが本来は表なのにという不満がにじむようだ。山と山とに挟まれた狭い盆地では、つねにこのような心境に陥ることだろう。

第三首――すべて一様に峰も平らになってしまってくれないものか。山の稜線というものが無ければ月も隠れはしないだろうから――。

岑雄《みねお》のこの作は、『伊勢物語』八十二段で知られる業平の、《飽かなくにまだきも月のかくるるか山の端にげて入れずもあらなむ》に倣って詠まれている。

山の端に入りぬる月のわれならば憂き世の中にまたは出でじを　**源為善《ためよし》**

いまよりは心のままに月は見じもの思ひまさるつまとなりけり　藤原清輔

この世をば月ゆゑにこそ惜しみつれしばしも冥《くら》き闇にまどはじ　俊恵

為善詠は、――山の稜線に沈んだ月がもしわたしだったら、鬱陶しいこの世の中に二度とふたたび顔を見せないだろうのに――という。

月が出ないと不便が生ずる。あまり独善的な詠み方はしないものだと、この後拾遺集歌は芳しい評判ではなかったらしい。

清輔詠はいう。――これからは心の赴くに任せてみだりに月を見ることは止そう。気づいてみれば、月を見るのは、もの思いがつのる切っ掛けとなるばかりであったから――と。

俊恵詠の意は、――この現世をば月がいてくれるから大切に思ってきた。少しの間も、月のおかげで、無知迷妄の心の闇に迷うこともなく――と、なるだろうか。

「冥き闇」は、無明《むみょう》の闇、すなわち真理にくらい、煩悩にまみれた心の闇をさすと解釈する。

月をみて雲居はるかに澄みのぼる心ばかりは人におとらじ　藤原季経《すえつね》

飽かで入らむ名残をいとど思へとや傾ぶくままに澄める月かな　藤原長方《ながかた》

季経《すえつね》は清輔の異母弟、長方《ながかた》は定家の従兄。二首ともに平安末期の作。

――月を見ていると心が清らかとなり、その心が月に伴って空高く澄みのぼってゆくのを覚えます。わたしは月に相和し月と同化するこの心のはたらきだけは、他の誰にも引けを取りません――。

季経はこの歌を「月前述懐」と題していて、月を観照する心構えを詠じたのだと分かる。源俊頼に《すみのぼる心や空をはらふらん雲の塵ゐぬ秋の夜の月》という作が『金葉集』で知られ、歌意を――月を見る人びとの心が、月に伴い澄んでのぼってゆくから、空を払い清めているのであろうか。雲の細片すら微塵もない秋の夜の月よ――と汲める。季経は徹底して俊頼詠を見詰めたところに一首の心境に達したといえるかもしれない。

――満足するまで見たといえないのに入ってしまう、そのあとの心残りをいっそう噛みしめよというのだろうか。あァ、月が西へ傾くにつれて澄んでゆく――。

長方は、月にこちらが覚える未練、月がこちらに残す余情、双方の錯綜に思いを馳せているようだ。

厭ふ世も月すむ秋になりぬればながらへずばと思ふなるかな　　西行

世の中の憂きをも知らですむ月のかげはわが身の心地こそすれ　　西行

深き山に澄みける月を見ざりせば思ひ出《い》でもなきわが身ならまし　　西行

西行は余人に抽ん出て花と月とに心を尽くした歌人であった。

一首目。——嫌で逃げ出したくなるこの世だが、月の澄む秋にもなると、月を仰げば心が安らうので、なんと、生き永らえていなければ今夜は到来しなかったのだ、と思ってしまうこともある——。

「月に寄する述懐」と題詞が添っていて、次の作も同じ。

二首目。——世の中の煩わしさをも知らないで空に澄みわたる月の姿は、このわが身がそうありたいと願っている境地そのものであるかのように思えてくる——。

密教に「月輪観《がちりんかん》」とよぶ、月輪の図の前に坐し、自己の心と月輪が一致して溶け合うのを観ずる修法がある。西行はそれを実践した。ただし、ここにみえる意識からは、月輪観による月との自己同化は未だ窺えず、この二首目は月輪観を達成する以前、少壮期の作なのであろう。

三首目。詞書に「大峰の深仙《しんせん》と申す所にて、月を見て詠みける」という。西行が吉野から熊野へ大峰山脈を縦走する修験行をしたのは、四十六歳の長寛元年（一一六三）か翌二年の秋だった。深仙の宿は縦走全行程のほぼ中間点、大日岳を正面に仰ぐ山脈の稜線上にある。

深仙には、俗界からもっとも遠く離れた清浄な地、仙境の意があろう。——この仙境の空に澄む月をもし見なかったならば、何の思い出もなく一生を終わるわが身であったことだろう。深仙の月に心を洗われたことを忘れはすまい――。西行は凄愴《せいそう》な月の光をあびて五体を縛られてしまっているようだ。

をばすての山より出づる月をみて今さらしなに袖の濡れぬる　**慈円**

あかしがた雲なき沖に漕ぎ出でて月の隈《くま》とやわれはなるらん　**藤原秀能《ひでよし》**

信濃の更級《さらしな》、瀬戸内海の明石潟《あかしがた》、いずれも周知の月の名どころである。――姨捨《おばす》ての山からのぼる月を更級で見ていると、今となっても改めて、萎《しお》れるようにわたしの衣服の袖は涙で濡れてしまった――と、慈円は言う。

常民の昔の生活では、一家の生計維持にもはや役立たなくなった老女が「姨《おば》」とよばれた。山奥や無人の小島などに姨を収容する施設があって、遺棄同然に、姨はそういうところへ送りこまれていたようである。

更級の里に一家を構える男性が妻から責められ、姨を背負って山の施設へ捨てに行ったが、月があまりに清らかなので良心の呵責をおぼえ、連れもどって、《わが心なぐさめかねつ更級《さらしな》や姨捨て山に照る月をみて》と詠んだと、説話が伝わる。

慈円詠は「今さらしなに」を「今さら、しなに」とも読ませるところが節。「しなに」を、萎《しお》れる、という意の自動詞「萎《しな》ゆ」の副詞化とみたい。

秀能は和歌所の寄人《よりうど》に後鳥羽院によって抜擢された歌人である。

明石潟は、人麻呂の《天《あま》ざかる鄙《ひな》のながぢを漕ぎくれば明石の門《と》より大和島見ゆ》、安倍仲麻呂の《天の原ふりさけ見れば春日なる三笠の山に出でし月かも》、この二首の歌がひろく知られていたところに、月の名どころとなったとみてよい。

仲麻呂の望郷詠は、遣唐留学生だった彼が帰朝するさい、浙江省寧波《ニンポー》の港で、送別の宴の席上、祖国日本の方角をふりかえって吟じたと伝わる。仲麻呂は船が難破して安南に漂着、帰朝を果たせずに唐土に客死する運命をたどったから哀惜された。だからこそ、難波津から船で長途の旅に発った人びとは、明石沖のあたりで「大和島」すなわち大和の島のように横たわる生駒山系の稜線にのぼる月を熟視して、人麻呂詠・仲麻呂詠を回想した。

――明石潟で月を観照するには、わたしもひとしおの感懐をともなう。空には雲ひとつない。海上いちめんを月は皓々と照らしている。いざ、漕ぎ出して、海上に浮かぶ月の光の一点の陰影のごとくに、わたしはなれないものだろうか――。秀能詠の意だ。

自己を陰影として月に認識してもらうことによって、月と自己同化を遂げたい。この歌にはそういう願望がこめられている。

山の端《は》にわれもいりなむ月もいれ夜なよなごとにまた伴《とも》とせむ　**明恵**

くまもなく澄めるこころのかがやけばわが光とや月おもふらむ　**明恵**

あかあかやあかあかあかやあかあかやあかあかあかやあかあかや月　**明恵**

明恵は京都栂《とがの》尾《お》に後鳥羽院から一つの山をたまわって高山寺をひらいた。三首とも高山寺で詠じられている。

一首目。高山寺の山、楞伽山《りようがせん》と名づけた稜線（山の端）に、明恵は禅堂をもうけて夜中の坐禅をした。月を友とし月にみちびかれながら禅堂へ山道を登るのがならわしであった。――ありがとう。入堂するから、おまえもぼつぼつ隠れるがいいよ。明日の晩もまた道案内をしておくれ――。向かいの山の稜線上に浮かぶ月に語りかけているかのよう。

二首目。ある夜半すぎ、明恵は禅堂に趺坐《ふざ》、禅観の句切りで眼をひらいたところ、月の光が戸障子に差していた。「わが身は暗きところにて見やりたれば、澄めるこころ月のひかりにまぎるる心地すれば」と詞書きして、この作は詠じられている。

――曇りなく心が澄んできているから、月の光のようにわたし自身もかがやいているかと思える。月のほうも、あそこにかがやいているのも自分の光だと、わたしを見おろして思っているだろうか——。明恵は月との自己同化を自問自答している。

三首目。西行のところで先に月輪観《がちりんかん》にふれた。月の観想は、月輪の図と瞼にある満月を金色に想念するうち、月輪が溶けるがごとく流れ出て合体を感知するそうである。

——溶けだした、溶けはじめたね、流れきた、流れてきたよ、あかあかや月——。明恵は自己同化の愉悦を謳っているようだ。


思ひおくことぞこの世にのこりける見ざらむあとの秋の夜の月　**兼好**

世にもれぬ月の桂のかげならで何を心のやどり木にせむ　**馴窓《じゅんそう》**

われのみや夜《よ》は寝られぬと出でみれば空ゆく月もひとり澄みけり　**熊谷直好**

兼好は言う。——いつまでも気にかかることがこの世に残ったなァ。それはわたしが死んだあと見られなくなる秋の夜の月。心残りなことです——。

馴窓は言う。——この世まで洩れて映ってきてしまう、月の輪のなかの桂の影。これ以外に何か心を宿らせるものがあるか。わたしの心が安らう木の下陰は月の桂のほかに見当らないのです——。

満月が澄めば澄むほど月輪のなかに顕現する、もやもやした陰翳。中国古代の伝説から、陰翳は月に茂る巨大な桂の樹影であるとみなされていた。

直好は言う。——世間は寝静まっている。この夜更けに目が冴えて眠れないのはわたし独りかと外に出てみました。すると、空をゆく月も独り澄み切ってくれていたのです——と。

別れ

別れの歌といえば、旅立ってゆく人へ、見送るがわの人が詠みおくっている作が数多く伝わってきている。旅立つ人が詠みおいている留別《りゅうべつ》の作も少なくない。もちろん、生別・死別も離別であるから、「別れ」は和歌における大きな題材であった。

ここには広範な離別という概念から一三首の歌を取りあげてみた。

思へども身をし分けねば目に見えぬ心を君にたぐへてぞやる　**伊香子淳行《あつゆき》**

すがる鳴く秋の萩はら朝たちて旅ゆく人をいつとか待たむ　**よみ人しらず**

この二首は『古今集』から。

――一緒に旅をしたいと思うけれども、この身を二分するのは不可能ですから、目には見えない心だけを、あなたに連れ添わせることにいたします――。

詞書があって、東国へ旅立つ人に贈った歌という。作者淳行《あつゆき》は平安京在住の官吏であったのだろうが、勅撰入集歌としては希有で、全く来歴不明。

――秋の萩原にすがるの鳴くのが聞こえる。この原を朝早く旅立ってゆく人を、帰りはいつと思って待てばよいのか、心もとない――。

スガルはジガバチの古名と伝わる。ジガバチは飛び立つとき翅《はね》をすり合わせて音を出す。その音を「鳴く」と詠じた。蜂という昆虫は、スズメバチを例外として、人間に親愛をみせる。じつはスガルも例外で、それというのも、腰細のこの蜂は臆病で警戒心がつよいのだ。姿を見せるのは人の気の少ない朝早く。紅みのある花を好んで蝟集するのだが、人の近づくのを察知すると翅音をたてて去ってしまう。

萩の花も紅い。「すがる鳴く」は、避けて遠ざかる意を含むだろう。「秋」には「飽き」も掛けてあるか。

萩の咲く野原の道を急ぎ足で去ってゆく旅人の後ろ姿を見送るうち、作者の心を永別の不安がよぎったか。そう感じさせるこの歌の風理がうらさびしい。

忘るなよ別れ路に生ふる葛《くず》の葉の秋風ふかばいま帰り来む　坂上是則《これのり》

惜しむとて留《と》まることこそ難《かた》からめわが衣手を乾《ほ》してだに行け　よみ人しらず

こちらの二首は『拾遺集』より。

——忘れないでほしい。この別れ路に生い茂る葛の葉は、秋風が吹くと裏返るものの、すぐ立ち返るね。わたしも秋風が吹く季節となれば直ちに立ち帰ってくるから——。

クズは蔓状の茎が長いから秋風に翻弄されやすい。葉の白い裏をみせて蔓ごと反り返るが、復元力が旺盛だから一晩で立ち直る。しかし、秋が深まるとこうはいかない。茎が長く伸びすぎたため風に反転されたクズはもはや回復不能で、白い裏をさらす葉が枯れ皺んでゆく。

旅立つ是則の、これは妻への留別の作か。「いま帰り来む」の「いま」は副詞で、すぐに・直ちに。「帰り」にクズの裏返りを掛け合わせている。クズの葉が立ち返り不能に陥るまでに必ず帰って来るから、とも言っているわけだ。

——別れがどれほど辛く悲しいといっても、出立を遅らせることさえむずかしいのでしょうね。せめて涙に濡れているわたしの衣の袖をあなたの気力で乾かすだけはして、それから旅立ってください——。

送り出すがわの惜別。同じような歌詞が伝わっていて、作者を定められない、おのずから歌体が整った、これはよみ人しらずかと思われる。

きみが住む屋戸《やど》のこずゑをゆくゆくと隠るるまでにかへり見しかな　菅原道真《みちざね》

別れゆくきみが姿を絵にかきて胸のあたりを刺しや止めまし　よみ人しらず

――大宰府へ下向するわたしは、あなたが住む長岡の屋敷の木立の梢を、街道を歩みながら、隠れて見えなくなるまで、何度もふりかえって見たことです――。

この一首は、『大鏡』によれば、配流にちかい身となって京都を出立した道真が、山城と摂津の国境、山崎の地に到って詠じたとされる。

「ゆくゆくと」の意は、行きながら・歩きながら。山崎から京都方向へ指呼の間に望む長岡天満宮のあたりが道真の知行所であった。道真は長岡に妻を住まわせていて、立ち寄ろうとしたものの認められなかったのかもしれない。そんな想像をするとこの一首は意趣をみせてくる。《東風《こち》吹かばにほひおこせよ梅の花あるじなしとて春な忘れそ》とともに古典の各書に採択された作なのだが、解釈が割れているため、取りあげて私感を述べることにした。

――わたしとの縁を切って君は別れてゆくのか。もしも君の姿を絵に描いて、胸のあたりを突き刺したら、君は思いとどまって引き返してきてくれるだろうか――。

平安末期の歌学書『和歌童蒙抄』がこの歌を掲げて伝えるところでは、昔、愛する女性に遠い国へ去られるのを悲しむ男性が、女の姿を絵に描いて壁に貼り、胸のあたりに簪《かんざし》を突き刺しておいたところ、女は胸の痛みがひどくなり、旅の途中から引き返してきたという。

ゆく人も惜しむ心もとどめかね忘るなとだにえこそいはれね　待賢門院堀河《ほりかわ》

かぎりあらむ道こそあらめこの世にて別るべしとは思はざりしを　上西門院兵衛《ひょうえ》

二首ともに崇徳院主催の『久安百首』にみる「離別」の題詠である。姉の堀河は西行から、妹の兵衛は寂然《じゃくぜん》から思慕されていた。

堀河は言う。――出家をする人を止められず、その人が若くして世を捨てるのを残念に思うわたしの心をもおさえられず、せめてわたしのことだけでも忘れないで、と口に出すことさえもできないのです――と。

客体は西行であろう。すでにふれたように、西行の出家剃髪は二十三歳であった。

兵衛は言う。――あの世への別れの道はあることでしょう。この現世で生きながら別れなければならないとは、思ってもみないことでした――と。

こちらの客体は寂然であろう。西行の出家から三年後、崇徳院に近侍していた寂然は、施政権をにぎる鳥羽法皇から壱岐守に任じられ、即日辞退、比叡山横川《よかわ》にのぼって出家した。鳥羽法皇と崇徳上皇の確執がつづいていた。崇徳に重用される有能の士を鳥羽は都から遠ざけようとしたので、寂然の出家は無言の抗議でもあった。

たまぼこのみちの山風さむからば形見がてらに着なんとぞ思ふ　**紀貫之**

忘るなよやどる袂はかはるともかたみにしぼる夜半の月かげ　**藤原定家**

色ふかく染めたる旅の狩衣《かりごろも》かへらんまでは形見にもみよ　**藤原顕綱《あきつな》**

二〇巻から成る『新古今集』は巻第九が「離別歌」三五首を収載している。巻頭を飾るのがこの貫之詠、定家詠は巻軸ちかくを占め、顕綱詠が巻末に配されている。

貫之詠。——陸奥《みちのく》の国へのご道中は、山風が寒い日もありましょう。そういうとき、着てみてほしいと思うのです。わたしのことをお心に浮かべていただくよすがとしても——。「みち」は道であり、陸奥《みちのく》をも匂わす。

詞書があって、陸奥の国守として下向する人に贈る餞別《せんべつ》の装束に添えられた歌とわかる。「たまぼこの」は「道」に掛かる枕詞。漢字では「玉鉾の」と記される。鉾とはほんらい敵・悪霊などを突き刺す長柄の武器を意味した。大昔、疫病がまんえんすると、病魔を駆逐せんがため人びとは鉾をふりかざして道という道を練り歩いた。これが道にかかるが掛り方未詳という枕詞「玉鉾の」の由来ではないかと私は思う。

定家詠。——忘れないでくれ。やどる袂は離ればなれで異なるのだが、今夜の月を。ちょうどいまごろ、別れの悲しみで濡れる袂をお互いにしぼっているのではないだろうか。その袂を涙とともに濡らすこの月の光が、二人にとっての形見でもあるのだから——。「かたみに」は、互《かたみ》に、形見に、の両意。

この作をものした定家の念頭には、『伊勢物語』と『拾遺集』で知られる《忘るなよほどは雲ゐになりぬとも空ゆく月のめぐりあふまで》があっただろう。歌意は——忘れないでくれ。お互いの距離は雲のかなたにかけ離れたといっても、空を行く月がまためぐって来るように、再会の日は必ず来るのであるから——という。

『伊勢物語』では業平の作、『拾遺集』は橘忠幹《ただもと》の作とするこの本歌は、『伊勢物語』のほうが追補の挿入で忠幹の原歌を盗用したとみなされてきている。しかし、忠幹のほうが業平の原歌を剽窃《ひょうせつ》したとみるほうが理に適う。定家は本歌取りにことよせて、本歌そのものを吟味し直すよう、後代の私たちを促す意図をも自作に秘めたつもりかもしれない。

顕綱詠。——これはわたしの真心を色ふかく染め出してもらった、あなたの旅への贈りものです。狩衣《かりぎぬ》ですから背の君に召してもらってください。そして、あなた自身も、帰京なさるまで、わたしの記念の品と思って見てくださるように——。

これは大宰大弐《だざいのだいに》の妻となって任地へ夫と下向する親戚の女性に贈った歌。

都から遠国へ赴任する人物には装束を餞別とするのが通例であった。貫之の巻頭歌と顕綱《あきつな》のこの巻末歌は装束をもって照応している。

とどまらぬ時と人とに別れきて恋ふる昔はいやとほざかる　伏見院

ほども経ずかへり来ん日の道だにも覚束なきは鄙《ひな》の別れ路　武者小路実陰

院詠はいう。――静止することのない時とこの世に長くは住めない人とに永別してきて、懐かしく思うのは昔だが、その昔がますます遠ざかってゆく――と。

「いやとほざかる」の初出は『万葉集』で、それも一例、「射矢遠放《いやとほざかる》」。この万葉仮名から「いや」に、あッという間に、といった意をも汲んでおきたい。

実陰詠はいう。――短い別れなのだ。ほんのしばらくで帰って来る日も通る道だというのに、もうはっきり思い出せないのは困るなァ、出立のさい片田舎まで見送ってもらった、あの別れ路はどこだったかを――。

江戸中期ともなると「別れ」の題意は細分化して、このような心理的情景が吟じられるまでになっている。

ふるさと

「ふるさと」といえば、生まれ育った土地、以前に住んだことのある土地、いま住んでいる土地、なんらかの思い出のある土地、旧都または歴史上で重要な土地など、ひろい意味をもつ。

万葉集以来、数多くの作に「ふるさと」の語はもちいられてきたのだが、題詞として「ふるさと」と明示されている歌は意外にも少ない。

漢字をあてれば故郷・古里・故里など。一二首の歌が詠じる、それぞれの「ふるさと」を観照してみよう。


わがこころ身にすまはれて古里をいくたび出でて立ち帰るらん　源俊頼

あるときは憂きことしげき故郷にいそぐや何の心なるらん　源道済《みちなり》

道のべの草の青葉に駒とめてなほ故郷をかへりみるかな　藤原成範《しげのり》

一首目。――わたしの心は身体によって縛られているので、古里を何回も出たのに、今回も身体に引きもどされて、いずれは古里にもどることになるのだろう――と、俊頼は言う。「身にすまはれて」がこの歌の要点。「すまふ」に「住まふ・争《すま》ふ」両意があり、抵抗するという意味の「争ふ」を掛け合わせている。

心は身体に住み、身体から自由に外出するというのが、伝統的な考え方である。俊頼はその常識を逆手に取った。心が身体に住まわれてしまっていて身体から抵抗されるので、心は身体を離れる自由な行動ができないと。

二首目。――故郷にいるときはあれこれ辛い思いをするばかりなのに、その故郷へわたしは道中を急いでいる。これはどのような心がそうさせるのであろう――。

道済《みちなり》は地方官を歴任、都を離れた期間が長かった。これは任地から久しぶりに都へ帰る途次に詠まれているだろう。したがって、故郷は生地でもある平安京。

三首目。――道のほとりの草の青葉を食《は》ませるため馬を止めることができました。あァ、わたしは短いこの間ですらなおも、故郷の都を振り返って瞼に焼きつけています――。

成範《しげのり》は平治の乱後、信西《しんぜい》の子息であったため、下野《しもつけ》（栃木県）に配流の身となった。『平治物語』によれば、東山道《とうさんどう》の玄関口、現在の京都市東山区蹴《け》上《あげ》のあたりから京城を望見して詠じた歌とされる。

ふるさとを偲ぶる人やわたしけむさても訪はれぬ谷の架け橋　藤原定家

ふるさとにかよはば告げよ秋の風ゆふべの空にながめわびぬと　藤原秀能《ひでよし》

慕ひくる影はたもとに窶《やつ》るとも面変はりすなふるさとの月　土御門院

定家詠。題詞に「山家人稀」とある。

――人跡まれな故里を懐かしむ人がおそらくいて、この橋をその人が架けわたしたのだろう。それにしても、なんと人の往来した形跡のない、谷の架け橋であることか――。

助動詞「けむ」による過去の推量と「さても」の両刀づかいがよく効いている。「さても」は接続詞で、それにしても。感動詞で、なんとまァ、と目を瞠るおもむき。

秀能詠。「羇中暮を」と詞書がみえる。羇《き》は旅と同意、羇中は旅先にあること。

――秋風よ、都まで吹くことがあれば、人びとに伝えてくれ。わたしはこの旅先で夕暮れが迫るといつも、都の方角の空を見あげ、故郷を偲びながら寂しい物思いに耽ってしまうのだと――。

秀能は熊野の別当を補佐するために後鳥羽院の命で現地に赴き、長い逗留をすることがあった。これは本宮・那智いずれかでの作か。

院詠。題詞に「月前思故郷」とある。月を前にして故郷を思う。

――零落したわたしを追って近寄ってくれる月の光よ。わたしを慰めようと気づかうあまり、わたしのそばでは耀きを弱めることがあるとしても、京城の故郷の空では決しておもむきを変えず、明るく燦さんと照ってくれ――。

「たもと」は袂すなわち衣服の袖口のみでなく、かたわら・そば、の意も。

土御門院が承久の乱後みずから土佐に遷幸したことには〔述懐（一）〕の項で言及した。この作は遷幸三年後、貞応三年（一二二四）八月十五夜に、足摺岬が遠くない土佐の僻地の行在所で詠じられている。

ふるさとと定むる方のなきときはいづくにゆくも家路なりけり　夢窓
隔《へだ》てきてそなたとみゆる山もなし雲のいづこかふるさとの空　頓阿《とんあ》
ふるさとを思ひやりつつながむれば心ひとつにくもる月かげ　登蓮《とうれん》

夢窓詠。この一首のいう「ふるさと」は比喩的に、探ね求める精神的な拠りどころ、という意味になる。

――心の拠りどころはあのあたりだと見定めたい、その方角さえ分からないときは、東へであろうと西へであろうと、どの道を行っても、その道は目的地に通ずる行路なのである——。

夢窓は「〈挙《こ》足《そく》下《げ》足《そく》皆《かい》是《ぜ》道場〉という心を」ここに詠じたとする。「道場」とは仏道を修行する行為そのものをさす。足をあげ、足をおろす、それらの行為さえすべてが仏道修行。完全円満な仏の悟りが「円覚」とよばれるが、大円覚のなかに住まわせてもらっていれば、どこへ行っても迷うことなく心の「ふるさと」を見出せる。夢窓はそうも述懐している。

頓阿詠はいう。——距離も遠く隔たって、ここまで来ると、故郷はあの方角だと目星をつけられる山もない。雲のどのあたりだろうかなァ。故郷の空は——。

旅立つことによって、いま住んでいる土地、故郷の情景が頓阿の心に鮮明な形を見せはじめたようだ。平明で醇乎たる歌境から、故郷を愛おしむ感情が溢れ出ている。

登蓮詠。平安末期の作なのだが、成立は室町期の最後の勅撰『新続古今集』に入集、ひろく知られることになったと思われるので、この位置に配してみた。

大意。——仲麻呂を懐旧、古里の奈良京に思いを馳せるあまり、一同の心がひとつになって月を眺めました。そのうえ、皆がみな、自分の故郷へも望郷の念をおぼえるので、誰の目にも涙で月の光が曇ってしまったというわけです——。

詞書に登蓮は「明石に人びとまかりて歌をよみけるに」と言う。この詞書から〈月に寄せて〉の項で言及したところを思い起こしていただきたい。右の大意を首肯してもらえるのではないだろうか。

現《うつつ》にはまよはむ山のいくつかを越えてみえつる夢のふるさと　中院通村《みちむら》

草まくら夜ごとにかはるやどりにも結ぶはおなじ古里の夢　良寛

いかにしてわれはあるぞと故郷に思ひ出づらん母しかなしも　木下幸文《たかぶみ》

さて、この三首は江戸期までくだる。

通村詠。——現実なら迷ってしまうであろう山を幾つも越えて歩くうちに、故郷が見えてきたのです。夢のなかに——。

後水尾天皇の廷臣だった通村、三十一歳の作。「旅宿夢」と題詞にいうので、公務の旅にあったのだろう。

良寛詠。——草を枕として野宿をすることもありました。宿泊するところは夜ごとに異なるのに、夢に見えてくるのはいつも同じ、生まれ故郷の光景なのです——。

詞書に「故郷をおもひて」とある。四国・九州まで行脚《あんぎゃ》をした、これまた三十歳をすぎたころの作であろうか。草枕といえば旅に掛かる枕詞。とはいえ、野宿では現実に草を束ね結んで枕とした。夢を見ることを「夢を結ぶ」ともいう。この歌は「草枕を結ぶ・夢を結ぶ」を巧みに融合させている。

幸文詠。――どのようにして生計を立てているのかと、母は故郷でわたしを心配してくれているだろう。故郷の母がいとおしい――。

歌人になろうと備中長尾（倉敷）から京都にのぼった幸文は、まだ二十歳前だった。これは文化五年（一八〇八）三十歳でまとめている「貧窮百首」中の一首。

旅（一）

二十一代集では「羈旅《きりよ》」または「旅」が、拾遺・金葉・詞花の三集を除く他のすべての集において、雑歌から独立した一つの部立てとなっている。羈は馬の手綱であるから羈旅は狭義に馬でゆく旅をさしたろうが、広義で「羈旅」と「旅」に意味のへだたりは感じられない。旅にもよおす感懐はおのずから歌材となりやすかった。旅の歌が数多く伝えられてきた事由であろう。

家にあれば笥《け》に盛る飯《いひ》を草まくら旅にしあれば椎《しひ》の葉に盛る　**有間皇子《ありまのみこ》**

待ちわびて恋しくならば尋《たづ》ぬべく跡なき水の上ならで行《ゆ》け　**伊勢《いせ》**

旅寝する宿はみ山にとぢられてまさきのかづらくる人もなし　**源経信《つねのぶ》**

有間は中大兄皇子《なかのおおえのおうじ》（天智天皇）から謀反の嫌疑をかけられ、絞首された悲劇の皇子。この歌は皇太子であった中大兄が滞在する紀伊の湯へ護送される途次に詠まれた。

——家にいるならばそれ相応の器に盛って神に供える飯である。今は草を枕にする旅にあるので、せめて柏《かしわ》の葉に盛って供え、ご加護を願おう——。

「笥」は物を入れる容器。「草まくら」はこの万葉歌を皮切りに旅の枕詞となった。「椎」はスダジイもツブラジイも葉が小さい。上代にはブナ科の高木がひろくシイとよばれているので、葉の大きいカシワを器がわりにしたとみておきたい。

伊勢の歌には詞書に「筑紫へゆく人に」とある。

——待っているのが苦しくあなたを恋しくなったら後をたどって行けるように、水の上で跡の残らない船旅ではなく、陸路を赴いてくださいませんか——。

『後撰集』に離別歌として採られているのだが、離別と羈旅は見る目の表裏、辛さの想像よりも、旅そのものに寄せる伊勢の現実の願望のほうをつよく汲みたい。

経信の作は題詞に「山家旅情」という。

——わたしの旅寝をするこの宿は、深い山奥にとじこめられているに等しい辺鄙なところだ。そのゆえか、柾《まさき》の葛《かずら》を手繰りながら道をたどってわたしを訪ねて来る友もない——。

「まさきのかづら」は、つる性の常緑木本、テイカカズラの異名とされる。『古今集』で神楽歌の**《深山《みやま》にはあられ降るらし外山《とやま》なるまさきのかづら色づきにけり》**がまず知られ、藤原実《さね》方《かた》が《出で立ちて友待つほどの久しきはまさきのかづら散りやしぬらん》と、後宮へ出仕した女性に詠み贈ったりしていた。実方詠の意は、――後宮にとじこもるあなたには逢おうにも近づけない。あなたはわたしを見限って、柾の葛が散るように、他の男性に身を寄せてしまったのではなかろうか――となろう。

経信《つねのぶ》はこの実方詠を思い浮かべたのか「まさきのかづら」に自身を仮託。「くる人」に、繰る人・来る人、を掛け合わせている。

ところで、テイカカズラはいかなる事典を調べても、つる性の常緑木本、しかもマサキノカズラと同一植物とされる。常緑の木本が神楽歌のように色づき、実方詠のように散ってしまうのは不可解。もしかすれば、このつる性木本は稀に色づいて葉を散らしてしまうことがあり、そこが歌人たちの感興をそそっていたのであろうか。

秋ふかく旅ゆく人のたむけには紅葉にまさる幣《ぬさ》なかりけり　**よみ人しらず**

道のべのあしき岩根に幣むけて嶮《さが》しき山を越えぞわづらふ　**藤原信実《のぶざね》**

「幣」は神に祈るとき神前へ供えるもの。ときに旅立つ人への贈りものをも幣とよんだ。

前首。――秋も深くなって旅立ってゆく人へのはなむけには、紅葉以上にふさわしい贈りものなど見当らないではありませんか――。「たむけ」は、手向け。ここでは送別の品をさす。
後首。――道のほとりの奇怪な岩のたもとに供えものをしたにかかわらず、嶮峻な山を越えるのに、これほど難渋することになろうとは――。信実は奇岩にむかってまず山越えの無事を祈ったのだと言っている。

「幣」といい「たむけ」といえば、菅原道真の名歌を想起される人が多いと思う。《このたびは幣も取りあへず手向け山もみぢのにしき神のまにまに》。――このたびは不意の旅立ちとなってしまい、幣の用意ができませんでした。ありあわせで、山を越える道すがらに手折った美しい紅葉を供えさせていただきます。神よ、お心に召せばお納めください――。

浦づたふ磯の苫屋のかぢ枕ききもならはぬ波の音かな　**藤原俊成**

かぢ枕あすの船路を思ふにも心さわがす風の音かな　**中院通村《みちむら》**

二首の時代は隔たるが「かぢ枕」を接点に合わせてみた。

櫓《ろ》・櫂《かい》など和船を漕ぐ道具を楫《かじ》とよぶ。長い船旅では港に停泊する船中で楫を枕がわりに就寝したところから、楫枕《かじまくら》は揚陸しての宿泊をも含意するまでになったようである。

俊成詠はいう。――浦伝いに船旅をして来て、港の磯辺の粗末な小屋で就寝してみると、渚に打ち寄せる波の音が耳につく。聞きなれない音だから夢を破られてしまうなァ——と。

通村《みちむら》詠。——楫を枕に今夜は船宿り。海は凪《な》いでくれないだろうか。あすの海路を思うにつけて、心穏やかではいられない風の音だなァ——。

瀬戸内海をゆく西国航路の客船など、海が時化《しけ》るごと港みなとに日和《ひより》待ちをした。波静かな湾の奥まりに船は停泊している。夜のその船中で通村は風の音に耳をそばだてているようだ。

有明けの月かげみれば過ぎきつる旅の日かずぞ空にしらるる　**登蓮《とうれん》**
かへり来《こ》ばかさなる山の峰ごとにとまる心をしをりにはせむ　**慈円**
山たかみ今日はふもとになりにけり昨日わけこし峰のしら雲　**藤原家良**
かへり見る雲まのこずゑ絶えだえにあるかなきかのふるさとの山　**藤原基家《もといえ》**

登蓮詠。題詞に「羇中送日」とあって、歌意は——有明けの月を見るときにいつも、過ぎ去ってきた旅の日数を空に教えられているわたしです——という。

「有明けの月」は、夜が明けてもなお空に残っている月。早朝に宿を出立したならば下弦以降の月を空に仰げる。諸国をめぐる長い行脚の道中にあって、下弦の月が細ってゆくのを見ながら、旅に費やしている日数を確かめなおす。登蓮にはそれが習い性となっていたのであろう。

慈円詠の意は。――この旅で帰りも同じこの道をとるときは、重なる山の峰それぞれに魅せられ執着する心を記憶しておいて、引き返す折の道案内をその心にしてもらおう――。これまた長旅の往路、峠のあたりに小休止して、山並みを眺望しての感懐であろうか。

家良詠はいう。――この山が高いので、昨日とおった峠みち、茂みを分けて来た峰と、峰のあたりにただよう白雲が、今日は見おろす山裾のようになってしまった――と。

「わけこし」は、分け来し。「し」は活用語の連用形に付く過去の助動詞「き」の連体形。ただし、カ変動詞にはこのように未然形にも付いて「こし」「こしか」などとなる。

基家詠はいう。――振り返って見る雲の絶え間、その遥かかなたが切れぎれにひらけて、あれがそうなのか、そうでないのか、はっきりとはしないが、故郷の山がわずかに覗いてくれている――と。

山を眺め、雲を眺める。人びとは山と雲とに癒やされながら長い旅をした。

けふもまたゆくての花にやすらひぬ山わけごろも袖にほふまで　**兼好**

われのみと夜ぶかく越ゆるみ山路にさきだつ人の声ぞきこゆる　**藤原朝定《あささだ》**

草枕むすぶともなしわけくれてそのままあかす野辺の仮り寝は　**堯孝《ぎょうこう》**

行くままに山の端にぐる心ちして道とほざかる旅の暮れかな　**大内政弘《まさひろ》**

時代がくだるにつれて和歌の題意・趣意は分化をみせる。旅の歌もこの傾向に漏れない。

兼好詠。――今日も道の行く手に桜の花が咲いていたので、花の下で休息することができました。旅衣の袖に花の香が匂って感じられるほどまでに――という。

「山わけごろも」は、山を歩くときに着用する衣。この「山わけ」に、山路をゆく旅で、桜の花を見つけると兼好自身が道を逸れて花の木の下まで分け入ったことが暗示されている。

朝定《あささだ》詠。――こんな夜更けに道を急ぐのは自分だけだろう。そう思いながら越えてゆく山路で、意外にも、先立ってゆく旅人の声が聞こえてくることがあるのです――。

堯孝《ぎょうこう》詠。――草を束ね結んで枕を作るなどしません。旅でする野辺のわたしの仮り寝は、草の茂みを分けてゆくうち暗くなり、そのまま茂みに横たわって夜を明かすのです――。

政弘《まさひろ》詠。――行けばゆくほど山の稜線が後退《あとずさ》りする感じがして、目的地までのみちのりも伸びるように思え、心細くなることがあります。旅路の夕暮れどきは――。

この歌を吟じたとき政弘は、〔月に寄せて〕の項にも言及した業平の一首を思い起こしていたろうか。《飽かなくにまだきも月のかくるるか山の端にげて入れずもあらなむ》。――もっと見ていたいのに早くも月は隠れてしまうのか。山の稜線が後退りして、月を迎え入れないでほしいものだなァ――と、業平は言っている。

旅（二）

本項では名勝名跡と物語とにむすびつく旅の歌を取りあげる。最初に、これまた〈月に寄せて〉の項に引用しているのだが、人麻呂の歌を改めて味わっていただこう。

天《あま》ざかる鄙《ひな》のながぢを漕ぎくれば明石の門《と》より大和島見ゆ　**柿本人麻呂**

――山陰の辺鄙な地方から長い山路を歩き、瀬戸内の海路をひたすら櫓を漕いでもらって、明石海峡まで来た。今この海峡から懐かしい大和の山やまが見える――。

まず、この歌は『万葉集』の古体そのままではなく、人麻呂家集にみる、平安期以降ひろく親しまれていたと思われる歌体を採ったことをお断わりしておく。

「天ざかる」は、天離《ざか》る。天と同じように離れているという意から「鄙」（田舎）の枕詞となった。人麻呂は晩年、石見《いわみ》の国、現在の島根県江津市のあたりに暮らしたとみられる。その人麻呂が久びさに大和の藤原京にのぼることになり、中国山地を越えて、現在の呉の南・音戸《おんど》か、福山と尾道の中間・沼隈か、そのあたりから舟上の人となったと思われる。島隠れ、浦づたいにゆく小舟が明石海峡に近づいたとき、視界がひらけ、生駒・葛城の山並みが兀然《こつぜん》と現われてきたのにちがいない。

唐《から》ころも着つつなれにし妻しあればはるばる来ぬる旅をしぞ思ふ　**在原業平**
時しらぬ山は富士の嶺《ね》いつとてか鹿《か》の子まだらに雪の降るらん　**在原業平**
名にし負はばいざこと問はむ都鳥わが思ふ人はありやなしやと　**在原業平**
信濃なる浅間の嶽《たけ》に立つけぶりをちこち人の見やはとがめぬ　**在原業平**

『伊勢物語』で知られる四首である。京都から東国へ、業平がわずかの伴をつれて漂泊の旅に出立したのを、私は貞観元年（八五九）の春であったとみなしている。

一行は野路《のじ》の里（滋賀県草津市）で東山道《とうさんどう》（中山道）から東海道へ折れた。鈴鹿峠を越え、桑名・鳴海を経て三河の八橋《やつはし》に到った。ここは川の流れが蜘蛛手《くもで》のように分かれ、沢に八カ所も板橋が架かっていたところ。折から沢に生い茂る杜若《かきつばた》が花ざかりであった。

——唐衣は絹糸を締めて織ってあるから硬いけれども、着つづけているうちに柔らかくなり、身体にしっくり馴染んでくれます。都にはそのように馴染んだ妻を置き去りにしているので、遥ばると来たこの旅が辛く切なくてなりません——。

カキツバタの五文字を詠みこんだ折句《おりく》を人から求められ、即興で吟じたとされる一首だ。五七五七七各句の頭の一音をつなげばカキツバタとなる。

道中に時を費やしたらしい。駿河国に入り、五月晦日《つごもり》（貞観元年ならば現行暦七月七日にあたる）に富士山を見ると雪が降っていた。

——時季をわきまえない山だなァ、富士の山は。そもそも今をいかなる季節と心得て、子鹿の背の白いまだら模様のように美しい、この雪の降り積もる光景をみせているのであろうか——。

山容の概念は、山頂・稜線部のみをさす語が「峰・峯」。山頂にちかい斜面をも包摂する語が「嶺《みね》」となる。

業平一行はやがて隅田川《すみだがわ》に到り、京都では目にしたこともない水鳥に出会い、「これがそれ、都鳥」と、渡し守から教えられた。

——都という名をおまえは与えられているそうだから、さァ、そこで尋ねたい、都鳥よ。わたしが愛する女性は京の都で無事に日々をすごしているか否かを——。

業平が「都鳥」に問いかけて安否を気づかっている「わが思ふ人」は、妻ではなく、別のひとりの女性、藤原高子《たかいこ》をさす。業平は天皇の妃《きさき》となるはずの高子に接近したため、藤原氏一族から追われて漂泊の旅に出る破目ともなったのだ。

ところで、都鳥とはユリカモメのこと。カムチャッカから飛来するこの渡り鳥は温暖な水域に冬を越すので、寒冷だった往日、棲息する北限が東京湾・大阪湾の河口域だったのだろう。ちなみに、仁徳天皇によって難波に都が建設されたとき、このカモメは都の入江や水路に大挙飛来して親しまれたところから、難波の都を象徴する鳥、という意味で「都鳥」の名を冠されている。

業平は現行暦でいえば五月十日ごろ八橋の沢に杜若を賞美したか。七月七日には富士の雪に新鮮な驚きを覚えた。そして、隅田川のユリカモメに目をとめたのは十月中旬以降であろう。これ以前には飛来していない。ということは、じつに悠悠緩緩とした東海道中であったことになる。

――信濃の国にある浅間山から立ちのぼる煙を、この東山道をゆく旅人は、遠くから近くからどのように見るのだろう。まず気づくなり、あれは何なのかと、怪しまずにいられないのではないか――。

陸奥《みちのく》まで行き先を延ばし、松島湾に面した塩釜では藻塩焼製塩の研究をまでした業平だが、都の母が重病との知らせに帰京を急ぐことになった。帰途は東山道をとって、これは碓氷峠にさしかかったあたりでの詠であろうか。「嶽」はごつごつした大きな山を意味する。

　空になびく噴煙に目をやりつつ木曽路へむかって道中を急ぐ、業平の心搏が伝わってくる。


年たけてまた越ゆべしと思ひきや命なりけり佐夜《さや》の中山　**西行**

風になびく富士のけぶりの空に消えてゆくへも知らぬわが思ひかな　**西行**

とぢそむる氷をいかにいとふらんあぢむらわたる諏訪のみづうみ　**西行**

西行は生涯に二度、陸奥へ旅をしている。初度行は二十七、八歳。再度行は文治二年（一一八六）六十九歳、東大寺大仏再建のための砂金勧進行脚の旅であった。三首はいずれも再度行の途次に吟じられている。

　——年老いて再びこの山を越えることになろうとは、思ってもみなかったことだ。この年齢まで命を保ったおかげで、佐夜の中山よ、わたしは今おまえの命と連れ立って歩いている——。

　歌の趣意がふかい。山の自然と一心同体となった西行が、中山を人格化して、生命ある悦びを山そのものと分かち合おうとしているかのようだ。

　中山・中山越えという呼び名は各地にみられるが、山裾を巻いて遠まわりしてよい街道が、距離を惜しむかのように山の高みを越えているとき、その高みに中山の名が充てられてきたようだ。「佐夜の中山」は掛川宿と金谷宿のあいだに横たわる険阻な峠で、ここは遠江・駿河の国ざかいでもあった。

——風に流されて刷毛《はけ》で掃いたかのような煙が空の果てへと消えてゆく。あの煙と同じように、どこへ消えるのか、行方も定めがたいわが思いであることよ——。

西行は富士の煙を望見しながら、想念は来し方をふりかえり、沈痛な無常感をもよおしているようだ。

富士山には永保三年（一〇八三）に噴火した記録がある。平安末期から鎌倉時代をとおして、淡くではあったろうが、富士山はこのように噴煙をあげつづけていた。

——ひろい水面に凝結をはじめている氷を、どうしても不気味に疎ましく思うのであろう。可哀相に諏訪湖のうえを、鴨たちがいずこへか飛び去ってゆく——。

「あぢむら」は鴨の群れ。西行は結氷をはじめたばかりの諏訪湖に目をやっている。文治二年は十二月一日が現行暦では一月一日にあたる。おそらくその頃合いの光景であろう。

業平の漂泊の旅がそうであったように、西行また初度行・再度行ともに、往きは東海道、帰りは東山道だった。初度行は年をまたいだ長い旅をした。再度行は陸奥における勧進の結果を早く都へもたらすために、年内に帰路を急いだにちがいない。

おぼつかな都にすまぬみやこ鳥こととふ人にいかがこたへし　宜秋門院丹後《たんご》

こととへどこたへぬ月のすみだがは都の友とみるかひもなし　二条為世女《ためよのむすめ》

——はっきりしないのは気になるわねえ。都に住んでいない都鳥は、「いざ言問《ことと》はむ」と、都のことを尋ねた業平さんに、どのように答えたのかしら——。

旅の歌ではないと異論が出るだろうか。『新古今集』が「羇旅歌」の部に採っているのは、証歌を尊重しての措置であったろう。

——尋ねてみるものの、何も答えない月が隅田川には澄んでいるばかりです。これでは都の友とみなす値打ちが都鳥にはありません——。

「都の友とみるかひもなし」を、——せっかく都の友とともに都鳥をさがす効き目もなく——と読みとることもできる。表現に含ませてあるこの巧みな両義を味わっておきたい。

さくら色に春たちそめし旅衣けふ宮城野の萩が花ずり　藤原有家

旅のみち信夫《しのぶ》の奥もしらるれど心ぞかよふ千賀《ちか》の塩釜　藤原俊成

この二首は、証歌を示すことによって解釈を補完させてもらおうと思う。

前首は、古今集よみ人しらず《宮城野のもとあらの小萩つゆを重み風を待つごと君をこそ待て》および、能因の《都をば霞とともに立ちしかど秋風ぞ吹く白河の関》を証歌とする。古今集よみ人しらずは『恋うた・百歌繚乱』にとりあげた。能因詠は本著の後項で味わっていただく。

昔の人は桜の花が散るのを惜しむところから、晩春には裏地を桜色に染めた衣服を着用した。有家は桜色に裁ち染めした裏地の旅衣で、春霞がたつ都を発《た》ったが、白河の関を越えて陸奥《みちのく》へ到ればすでに秋で、今日、まぶたに見た宮城野を逍遥、旅衣に萩の花ずりをした、と言っている。

萩には萼《がく》に圧毛があるから、萩の茂みを分け歩くと衣服に花びらが模様となって付着する。すなわち「萩の花ずり」である。

後首は、『伊勢物語』にみる業平詠《信夫やま忍びて通ふ道もがな人の心のおくも見るべく》および、『平家物語』「小督」の段で知られる藤原隆房《たかふさ》の作《思ひかね心はそらにみちのくの千賀のしほがま近きかひなし》を証歌とする。

陸奥の名所の一つに信夫山が知られていた。現在、福島市北方の小山にその名が伝わる。陸奥まで流浪した業平は、信夫山のふもとの里でひとりの優雅な女性と知り合い、――信夫山の「しのぶ」という語呂にあやかって、あなたの心の奥まで忍び入る道はないものでしょうか

——と、右の証歌を贈って交際を迫ったのだった。

「千賀の塩釜」は、業平が藻塩焼製塩の研究をした松島湾に面する塩釜の地をさす。

隆房《たかふさ》が宮中での歓談のおり、円座の遠くにいる小督《こごう》から投げられてきた懐紙をひらくと、「千賀の塩釜」と書いてあった。千賀の「近」の語呂から遠い陸奥を近く感じる。「千賀の塩釜」はそこで、隆房さん、あなたは遠くからこちらを見つめているけれど、胸の内は伝わってきているのよ、という隠喩になる。二人の仲はこの馴れ初めからすすんだらしい。しかし小督は高倉天皇に召されてしまった。逢いたいが逢えない。隆房は右の証歌を小督の御簾《みす》の内へ投げ入れた。——恋しさを抑えきれず、思いは空に充ちるほどです。それゆえおそばに近づきましたが、こんなに近い甲斐もなく、塩釜の煙は空しく立ちのぼっておわるのでしょうか——。

俊成はそこで空想の旅を楽しみつつ言っている。——陸奥の旅の道中では、信夫の奥も知られているから引かれるけれども、わたしの心は千賀の塩釜へかよって行ってしまうのだ——と。


忘れなむ待つとな告げそなかなかに因幡《いなば》の山の峰の秋風　**藤原定家**

来てみれば峰たひらなる高野山《たかのやま》のぼらぬさきの心地こそすれ　**大隈言道《ことみち》**

定家の歌は題詠で「秋の旅」という。これまた証歌があるからこそ映え立つ作なのだが、歌意をまず汲もう。

——風よ、わたしの故郷の人のことは忘れてくれないか。その人がおまえの帰りを待っているなどと、生半可にわたしに注進したりはして欲しくない。「待つ」ことを知らせるので有名な因幡の山の峰をふく松風ではあっても、今は秋（飽き）風でもあるはずなのだから——。

証歌は百人一首でも知られる、在原行平の《立ち別れいなばの山の峰に生《お》ふるまつとし聞かばいま帰り来む》。「いなば」に「往なば・因幡」を、「まつ」に「松・待つ」を掛けて、——お別れして因幡の国（鳥取県）へ行きますが、因幡の山の峰をおおって生えている松にちなんで、わたしを待っていてくださると聞こえてくれば、直ちにあなたのもとに帰ることにしましょう——と、行平は言っている。

定家詠はじつに巧妙に証歌の趣意を宙返りさせてしまったことになる。

さて、掉尾は江戸末期までくだる。この言道詠の素朴で枯淡な味わいを注目しておきたい。

——遠い旅路を来てみれば、高野《こうや》山頂のなんと平らで広大であることか。山頂全体が霊場だが、これではまだ峰まで登り着いていない心地がする——。

高野山は大門から壇上伽藍・諸子院域・墓地域を経て弘法大師廟まで、七キロ強の平坦な山頂山内を歩かねばならない。言道は生涯のほとんどを九州福岡に暮らした歌人なので、「来てみれば」の初句を痛感させられる。

眺望

一定点から見わたす遠くまでの情景。さらにその情景のおもむき。すなわち「眺望」である。たとえば「海上眺望」などという結題《むすびだい》の歌は平安期から見出されるが、題詠での「眺望」は正治元年（一一九九）に成立した『御室五十首』がはじまりであった。だから、この視点の歌は案外に新しい。

まず『御室五十首』から定家の「眺望」詠二首を味わっていただく。しかし、以下の諸作は必ずしも「眺望」の題詞があって詠まれているわけではない。私の恣意による収集であることをお断わりしておく。

かへりみる雲より下のふるさとにかすむこずゑは春のわかくさ　**藤原定家**

わたのはら波と空とはひとつにて入る日をうくる山の端もなし　**藤原定家**

前首。――振り返る後方の雲間の下に古里が覗き、かすかに木々の梢とわかるのだが、その敷き連なった緑がわたしの目を欺いて、まるで春の若草が萌え立っているかのように見える――。

高みからの眺望で、遠い距離感がうかがえる。それにしても定家らしく晦渋な作であり、語の両義性が駆使されて情景をとらえているところを汲まねばならない。「かすむ」は、かすかにしか見えないという「霞む」と、だます・欺くという「掠む」の両意。「春」は、芽ぐむ意の「張る」でもある。「こずゑは春のわかくさ」とは、木々の先端は若芽が吹いてまさに春であり、遠目に若草と見間違える、とも言っていることになる。

後首。――果てしない大海原《おおうなばら》、波と空とは交わって一つとなり、没する夕日を受け入れる山の稜線もない――。

「わたのはら」は海《わた》の原《はら》。私はこの作を定家に見出したとき、思い比べたのが、ランボオの詩句、小林秀雄訳の「また見付かつた／何が、永遠が／海と溶け合ふ太陽が」だった。

駒なめて打《うち》出《い》での浜を見わたせば朝日にさわぐ志賀の浦なみ　後鳥羽院

箱根路をわが越えくれば伊豆の海や沖の小島に波のよるみゆ　源実朝

院詠。——駒を並べ、打出浜《うちで》を高みから見わたす今、朝日をあびて騒ぐかのよう、並び連なって浜にうちよせる、湖岸沿いの幾条もの波頭の線条が何とあざやかなことか——。

現在の大津市、ＪＲ琵琶湖線の膳所《ぜぜ》駅から湖岸よりを、行政区画上の地名で「打出浜」という。木曽義仲が憤死した粟津松原に近く、義仲寺《ぎちゅうじ》もこの地にある。連戦連勝、北陸道を西進して京都をめざした義仲は朝日将軍とよばれた。志賀の山越えをして打出浜あたりを見晴るかすとき、人びとは等し並みに義仲を回想し世の有為転変を思ったにちがいない。

駒並み、浦並み（波）が音韻の反復で照応するのみならず、高みの情景としても起承転合する、後鳥羽院二十一歳、早くも天稟《てんぴん》をのぞかせた作だ。

実朝詠。——箱根の山路を越えて来てみると伊豆の海があらわれた。視界がひらけて、沖の小島に波の打ち寄せているのが手に取るように見える——。

証歌として万葉歌が沙汰される作なのだが、私は似かよう格調から後鳥羽院の前作を念頭に詠じられている心証をおぼえる。「箱根の山をうち出でてみれば、波の寄る小島あり」云々と実朝自身の詞書があり、その「うち出でて」からも院詠を慕っているように感じられる。実朝はちなみに後鳥羽院より一回り、十二歳の年下。そして、この作また二十一、二歳の詠である。

汐《しほ》がれのひがたの磯の波まよりあらはれ出づるはなれ岩かな　　六条知家《ともいえ》

海原や波間にみゆる笹竹のひと葉ばかりの海士《あま》のつりふね　九条道家《みちいえ》

知家・道家は同世代。知家は作歌指導を定家から受けた。一方、新勅撰集の撰進を定家に勧めたのが道家である。

——海水が引いてしまっている干潟。浅瀬となった渚に、波の絶え間から離れ岩が姿を顕わしてくれている——。

知家は見慣れた風景の変化を吟ずるのに巧みだった。磯というからには岩の多いここは海辺。平生はその海辺のやや沖に頭だけしか出していない離れ岩が、ほぼ全貌を見せたのであろう。

——大海原だなァ。沖あい遥か、まるで笹の葉一枚の大きさだが、見えみ見えずみ、漁師の釣舟が波間にもてあそばれている——。

道家のこの作は題詠「眺望」。まさしく広びろした海面を遠くまで視界にしたおもむきがよく出ている。

雲のゐる外山《とやま》のすゑのひとつ松めにかけてゆく道ぞはるけき　宗尊《むねたか》親王

田の面《も》より山もとさしてゆく鷺《さぎ》のちかしとみれば遥かにぞ飛ぶ　伏見院

みるままに山はきえゆく雨雲のかかりもらせる真木《まき》のひともと　永福門院《えいふくもんいん》

たちのぼるけぶりさびしき山もとの里のこなたに森のひとむら　進子《しんし》内親王

親王詠はいう。――雲のかかる外山のふもとに一幹の松が見える。あの松を目当てに歩こう。けれども、野を分けてゆく道のなんと遠いことか――と。

宗尊親王は後嵯峨院第二皇子。鎌倉幕府に迎えられ第六代将軍となったが、廃せられて帰京して以降、憂愁の日々をおくった。

院詠はいう。――水田から大空にはばたいた鷺が山のふもとを目ざして翔《かけ》る。巣はあそこかとみなした梢を越えて、なんと、さらに遥かへ飛んでゆく――と。

伏見院は後嵯峨院の皇孫。鷺は高木の梢に営巣する。院の推測は見当外れであったわけだ。

女院詠はいう。――見るみるうちに雨雲が山をおおい隠してゆく。けれども、すぐれた一本の樹木が、なんと、雨雲を寄せつけず、己れを隠し洩らさせている――と。

永福門院は伏見院の中宮。真木はすぐれた木の意。とくに直立する高木をさすばあいが多い。「もらせる」の「せる」は使役で、雨雲に隠し洩らされているあの木は神杉ではないかしら、といったおもむき。

内親王詠はいう。――山のふもとに見える里からうっすらと煙が立ちのぼる。里の手前、こちらのほうには森が一つ、こんもりと盛りあがる――と。

進子内親王は伏見院の皇女。遠景の寂寥、近景の生動、眺望のなかに対比をみごとにおさえている。

いにしへの契りにかけし帯ばかり一筋しろき遠の川波　**後《ご》水《みずの》尾《お》院《いん》**

里びとの直《なほ》きこころもみゆるかな県《あがた》にかよふ道のひとすぢ　**井上文《ふみ》雄《お》**

江戸期からこの二首を。後水尾院は一〇八代天皇。文雄は幕末の医師でもあった。

院詠は、――遠い昔に相愛の男女が契りのしるしに一本につないだ帯かと思うほど、遥か彼方まで、一筋の川の流れが白く波うっていることだ――という。

往古、日本伝来の機《はた》にかけて織られた帯が倭《し》文《ず》機《はた》帯《おび》とよばれている。幅の狭い長い帯で、夜の床を共にする男女は、倭《し》文《ず》織の帯を解き交わし、末端を結び合わせて臥したようだ。

後水尾院はいずれの山に立ったのだろう。山の高みからの水量豊かな川の眺望は、まさしく解き垂らした帯のごとく見晴るかせる。

文雄詠はいう。――里びとの素直な、飾り気のない心さえ窺えるではないか。遥か彼方の小集落まで真直ぐに伸びている。ひとすじの道が――と。

「県」は都からみた地方を意味するが、田舎、人家の少ない辺鄙なところをもさす。

山里

人間は生まれたその瞬間から自然のなかに自然の一部として存在する。人それぞれの自己形成も、人対人の関係によってうける訓育よりも大きく、自然からうける恩恵によって培われてゆく。

古来、日本人の多くはこのような自然観を身につけ、実社会での生活体験を重ねるにつれて遁世を希求し、山里をめざした。

山里はもののわびしきことこそあれ世の憂きよりは住みよかりけり　よみ人しらず

山里に憂き世いとはん人もがなくやしく過ぎし昔かたらむ　西行

——山里の暮らしは心細いうえ、退屈することなどもあるけれども、世の中の煩わしさに苛《さいな》まれることを思えば、よほど住みやすいと気づかされます——。

古今集よみ人しらず。この一首は、仏道修行をめざす人以外にも、古代から山里志向があったことを代弁している。

――この山里に世の中を疎ましく思って遁世をした人がいてくれるといいのだが。後悔する思いばかりで過ごした在俗時を互いに語り合って反省をしてみたい――。

西行は高野山で長い修行をする直前、二十九歳のころ、山麓の天野集落にしばらく草庵生活をおくった。その当時のこれは述懐だろうか。

初刈りのおしね採《と》りほし今ははやにへするほどになれる山里　**源師光**

秋の月きりのまがきにすみなれて影なつかしきみ山べの里　**後鳥羽院**

この二首は、正治二年（一二〇〇）に後鳥羽院が主催した『初度百首』中、「山家」の題詠である。

師光詠はいう。――家々は晩稲《おくて》の初刈り、束ね干しをして、今は神仏への新嘗《にえ》、お供えをも済ませた様子だ。秋も深まって、百舌《もず》までが慌ただしく速贄《はやにえ》に精を出しているではないか。この山里では――と。

「おしね」は晩稲。「今ははやにへするほど」が、「今は早、新嘗《にえ》するほど」と「今は速贄するほど」の掛け詞。新嘗《にえ》・贄《にえ》は新嘗《にいなめ》に同じで、秋の収穫物を朝廷・神仏などに奉献すること。モズは冬期の餌にするためカエル・トカゲなどを捕らえ、ハゼの木など尖った枝先に刺しておく。すなわち「百舌の速贄」で晩秋の山里の風物詩であった。

後鳥羽院詠はやや難解で、大意を示そう。――秋の月は光が澄んでいるから、霧のただよう苑地の垣根をまで照らし出してくれている。霧ぶかい山里を照らしていた月の光が懐かしい。あの山里の家をいまいちど訪れたいものだ――。

「懐かし」という語の原義は、そばへ近寄っていたい。山の辺の秋は夜霧が深いが、月は山里に澄み（住み）慣れているだろう。山里の家の垣根を夜霧の透きから照らし出していた月の光（影）が、かけがえのないほど慕わしい。先項で味わってもらった《志賀の浦なみ》とほぼ同時期に詠ぜられており、情調にとむ作といえよう。

いつかわれ深山《みやま》の里のさびしきにあるじとなりて人に訪はれん　慈円

尋ね入る深山の奥の里ぞもとわがすみなれし都なりける　道元《どうげん》

慈円のこの一首もじつは、『正治初度百首』「山家」への出詠作である。

――いつの日かわたしは深い山里のさびしい草庵にあるじとなって、旧交のある親しい人に訪ねられたいものだ――。

慈円は護持僧として歌帝後鳥羽院のそばに伺候《しこう》していた。生涯に四度天台座主に就いた慈円だが、この作を詠じたのは、初度の座主を辞して真剣に隠遁を考えていた時期にあたる。歌帝の前作を知ったうえでの詠作であれば、「人に訪はれん」の「人」は歌帝を念頭に着想を得たのかもしれない。

さて、道元の作には「父母所生身《ぶもしょしょうしん》を詠ず」と詞書が付されている。「父母所生身」すなわち父母があって生まれたところの身とは「我《が》」のない身。道元の語彙《ごい》では、悠久の昔から仏道に救済されている男女の二滴をもらって現に生息する身が「父母所生身」であり、「父母所生の自己」である。そこで一首の大意はいう。

――尋ねたずねて分け入らねばならない深山の奥の里のようなところが本来、仏道の祖師たちが山々と心を照らし合って暮らした、山々によって心を清めてもらった都なのです。つまりは、その祖師たちを父母にいただいて生まれているに等しいわが身にとっても辺鄙な山里こそが都なのです――。

あなたはなぜ、越前の山境などに大仏寺（永平寺）をひらいたのか。人びとが問うので答ともした一首である。

南宋に仏道修行をした道元はそもそも、師の如浄《にょじょう》和尚から、「尋常（平生）応《まさ》に（必ず）青《せい》山《ざん》・谿水《けいすい》を観るべし」と説示され、帰国していた。

山里よ心のおくのあさくては住むべくもなきところなりけり　藤原良経

奥の谷にけぶりもたたばわが宿をなほあさしとや住みうかれなむ　藤原良経

良経は『新古今集』に仮名序を執筆した。巻一巻頭歌も良経の作。新古今歌壇最大の功労者である。

前首。——山里よ、わたしのように求道心のなお浅い人間は、住むことのむずかしいところであるなァ、おまえのもとは。草庵を結んでみて、はじめてそれに気づかされたよ——。

政界の中枢にもあった良経は、施政上の悩みから一時的な遁世を何回か試みている。そのつど、自然のきびしさに撥ね返されてもいたようだ。

後首。——わたしが庵をもつこの谷より奥の谷筋に煙が立てば、ここはまだ山深いとはいえないことになる。そのときはこの庵を捨ててもっと奥へさまよい、住み移ることにしてみよう——。

さびしさもならひにけりな山里に訪ひくる人の厭《いと》はるるまで　兼好

たまさかにかげする人も薪《たきぎ》おふすがたばかりの谷の細みち　　**肖柏**

兼好は言う。——この草庵に暮らす寂しさにも慣れてしまったなァ。こんな山里まで訪ねてくる人があると反って煩わしく思ってしまうほどに——と。

「山里のすまひもやうやう年へぬることを」と、詞書が添っている。

肖柏は言う。——ときたまに通りすぎる人があります。けれどもその人影たるや山で折り取った焚木を背負う姿ばかり。ここはそんな谷の細みちを眺める山里の暮らしです——と。

こちらは題詞に「山家人稀」とある。

閑居

〔無常〕の項で『堀河百首』の雑部全二〇の題目を網羅したのだった。そのなかに「山家」「田家」という題があったのを記憶してもらっているだろうか。閑寂な暮らしにもよおす感懐、また閑寂な暮らしへの憧憬は、「山家・田家」の題のもとに詠みつづけられていた。「閑居」という題詠があらわれたのは、ようやく、「眺望」とともに『御室五十首』からである。

鎌倉期以降も定数歌において「山家・田家」の組題は重んじられたので、「閑居」とのあいだに趣意の明瞭なへだたりがあるわけではない。

この曲折から本項では、一五首中、「閑居」の題詞をもつ作は四首を、「山家」詠も五首、「田家」も一首を採っている。

住みわびてわれさへ軒の忍ぶ草しのぶるかたのしげき屋戸かな　周防内侍《すおうのないし》

牛の子にふまるな庭のかたつぶり角《つの》ありとても身をな頼みそ　寂蓮《じゃくれん》

もとめすむ宿の爪木を折りなれて煙さびしき昨日けふかな　藤原家隆《いえたか》

誰かはと思ひたえても松にのみおとづれてゆく風はうらめし　藤原有家《ありいえ》

周防内侍《すおうのないし》は後冷泉・後三条・白河・堀河の四朝に出仕した。

――独り寂しく住みつづけてきたわたしまでもがこの家から退去するのを、軒に茂る忍ぶ草よ、辛抱してくださいね。懐かしく思い出すだろう場所がたくさんある、なんと住い住まいだったことでしょう――。

「軒」に、退き、の意も。「しのぶる」も、忍ぶ・偲ぶ、の両意を掛ける。「かた」は場所。忍ぶ草は朽ちた屋根に繁茂する。「しげき」に忍ぶ草がいちめんに茂るさまも含ませてあって、もはや家屋そのものが人の暮らしをうけつけないほど古朽してきていたのではあるまいか。

詞書によれば、同居していた母にも兄弟姉妹にも先立たれてしまった晩年の詠。内侍は柱にこの歌を書きつけて立ち去ったのだとも伝わっている。

寂蓮は藤原定家の従兄。三〇代半ばで脱俗、嵯峨に草庵を結んでいた。

――庭のかたつぶりよ、牛の子に踏まれないよう気をつけなさい。牛と同じように角があるからといって、自信をもちすぎてはいけないよ――。

先著『和歌で感じる日本の春夏』に採った寂蓮の作に《庭のおもを草にまかせて住むほどに

庵《いほり》までこそ人に知らるれ》もある。両詠から嵯峨の草庵暮らしがまさしく閑居であったと伝わってくる。

家隆の作は最晩年の七十五歳、百首歌中の「山家」題詠。

――願って手に入れた草庵暮らし。庭まわりの雑木から小枝を折り取ることも習慣となって身についた。炉にくべるその焚木の煙も細ぼそとさびしい昨日きょうであることよ――。

有家の作が守覚法親王《しゅかくほっしんのう》主催の『御室五十首』より。出詠者一七名が「閑居」を二首ずつ詠んでいる。これは、その「閑居」題詠三四首中の一首である。

――訪れてくれる人がない。誰かはと人を待つ思いが絶えたにかかわらず、松にばかり風がなお音をたててゆく。松の梢を吹きとおる風に、気くばりのないのが残念だ――。

「おとづれ」は「音づれ」が原意で「訪れ」ともなった。風をうらめしく思う。一方、「待つ」と名をもつ「松」がうらやましい。

なにとなく住む山人の庵《いほり》まで憂き世を厭《いと》ふ伴《とも》と見えつつ　**寂身《じゃくしん》**

あらはれてわが住む山の奥にまた人にとはれぬ庵むすばむ　**西園寺実氏《さねうじ》**

寂身詠はいう。――山で働く人がとりたてて変わった様子もなく住んでいる小屋までを、現世を厭離した仲間の閑居かと、眺めて見るごとに思ってしまう——と。

鎌倉前期、作者は遊行僧だった。これは晩年、三河の滝山に庵住したころの作らしい。

実氏詠はいう。——世にひろく知られてわたしが住む山荘の奥に、これはこれで、人に訪ねられることのない、隠れた草庵を営みたいものだ——と。

こちらは「山家」題詠。太政大臣を最後に出家して間もなくの作だ。実氏は公経の長子なので、現金閣寺の地にあった広大な父の山荘を継承していた。おそらく、金閣寺の背後、衣笠山の奥への閑居を思い立ったのである。


奥山のやまのあなたも外山《とやま》ありその里も花この里も花　**鑁也《ばんや》**

薪《たきぎ》こり菜つみ水くむたよりありてわが世へぬべき山の奥かな　**宗尊《むねたか》親王**

鑁也詠。——外山があり、前山があって、奥山がある。ここから眺める奥山のむこうがわも地勢は同じ案配だろう。あちらの里も花ざかり、こちらの里も花ざかり——。

作者は新義真言宗祖の覚鑁《かくばん》から鑁の一字をもらったのかもしれない僧侶で、「高野山上人」とよばれている。

これは自詠「閑居百首」中の一首。意図的にとぼけているかとも思えるが、ひねもす花と向き合う暮らしなのだろう、悠々閑々の心境が頬笑ましい。

親王詠。——薪を伐《き》り、菜っ葉を摘み、清水を汲む。頼みとする拠りどころに事欠かないから、ここはわたしが心おきなく一生を過ごせる山の奥かもしれないなァ——。

題詞に「山家」とあって、宗尊親王はこの一首を詠じて二年後に、六代将軍を廃されている。鎌倉に在っての作だが立場は微妙で、すでに隠棲同様の日常を強いられていたのかもしれない。

つくづくと独りすぐすも情けおほし石木《いはき》をやどの伴《とも》とながめて　伏見院

いほり鎖《さ》すそともの小田に風すぎてひかぬ鳴子の音づれぞする　洞院実泰《さねやす》

院詠。——もの静かにただ独り日をすごすのもいいものだ。情趣が大きく湧いてくる。庭の配石や樹木を親しい仲間として眺めているうちに——。

伏見院は持明院統。「閑居」と題詞あり。「やど」は狭義に屋敷の庭先をさす。ここでは院御所の苑地をさしているだろう。

実泰詠。——庵を閉めきっている。裏手の小さな稲田を風が吹きぬけるから、引いてもいない引板《ひた》が、まるで来訪者があると告げるがごとく、勝手気ままに音をたてるではないか——。

こちらは「田家」題詠。実泰は大覚寺統で、伏見院と院政を競った後宇多院に仕える重臣だった。「鳴子」すなわち引板は鳥獣の害を防ぐ装置。板に竹筒などが掛け連ねてあるから、縄を引くと板が鳴った。

世にすむと思ふこころを捨てぬれば山ならねども身は隠れけり　**夢窓**

そむく身はさすがにやすきあらましになほ山ふかき宿もいそがず　**兼好**

夢窓は言う。——俗世間に暮らしつづけようと思う心情を自分は捨ててしまっていると気づきさえすればよいのです。そうすれば、山に逃げこむまでもなく、どこにいても、人間の身体はおのずから隠れてくれるものなのです——と。

兼好は言う。——世を捨てて出家した身は、なんといっても気楽なものです。これをせねばあれをせねばと予定を立てることもないので、もっと山深いところへも、いつでも隠れることができると思って、べつだん、急ぎはしません——と。

両詠とも尤も至極。出離を尋常ではないことのように考えるところには、まだ煩悩がはたらいていると教えてもくれる作だ。

ある時は在りの遊《すさ》びの世の憂さもまたしのばるる山の奥かな　**本居宣長**

朝なあさなつもれる雪を湯にたきて谷の清水も汲まぬころかな　**大隈言道**

木の葉たく煙も細し世をかろく思ひ捨てたる宿の夕ぐれ　**井上文雄**

江戸期の作、この三首は順に、「山家」「雪中山家」「閑居煙」と題詞がみられる。

宣長詠。——時として、人里で世間並みに過ごしていたころの、在るのに慣れて苦にもしなかった日常の煩わしさ、そういったものも、それはそれで懐かしく思い出されてくるのです。山の奥の暮らしであっても——。

在るのに慣れて日々をいたずらにすごすことを「在りの遊び」という。

言道詠。——朝が来るごとに積もっている雪を湯に沸かします。谷までおりて清水を汲むのは一苦労。ありがたい、このごろです——。

文雄詠。——落葉を焚く煙が細ぼそとあがります。何の未練もなく世間を見捨てて身軽になったような気分に浸る、わが家の庭での夕まぐれのひとときです——。

雑の春

「雑《ぞう》春」「雑《ぞう》秋」という部類立てが第三代勅撰の『拾遺集』に設けられて以降、季節を題材としながら雑歌の性質をみせる詠作が多くなっている。
本項には、春という季節の移りゆきに感応する心そのものを詠じている作、細分化した題材を詠じているため雑の部に配されるようになった作、そういう春歌をとりあげた。

のどけしな豊葦原《とよあしはら》のけさの春かぜのすがたも水のこころも　祇園梶子《かじこ》

来る春はみねに霞をさきだてて谷の筧《かけひ》をつたふなりけり　西行

わが屋戸をとふとはなしに春のきて庭にあとある雪のむらぎえ　夢窓

梶子は元禄宝永（一六八八―一七一一）のころ、京都の祇園感神院《ぎおんかんしんいん》（八坂神社）の門前で腰掛け茶屋を営んだ女流歌人。

——気分が晴ればれします、新春の今朝は。風のそよぐ様子もうららか、水の底もおだやかに澄んでくれていて——。

立春がきて、年も明けた朝、若水を汲む悦びを詠じている。「豊葦原」は日本の美称。古来、湿地がひろく葦が生い茂り穀物が豊かに実る国であったから「豊葦原の瑞穂《みずほ》の国」とよばれてきたように。「水のこころ」という「こころ」は、浄水の湧き出る泉、井戸などの底をさす。

——おとずれる春は、峰から嶺《みね》へとまず霞をたなびかせ、それから、凍りついていた谷の筧の水が解けはじめると、筧を伝って来てくれるのだなァ——。

西行は初春を表象する題材「霞」「解氷」を重ね詠みしたからであろう、みずからこの歌を雑の部に配している。

——わたしの住まいをとくに選んで訪うという気配ではなく春は来たのだが、庭に、まるで人の足跡がついたかのように、雪が斑文を描いて消え残っていることよ——。

夢窓は甲州笛吹川の上流にかまえた草庵で三十九歳の春をむかえた。その正和二年（一三一三）の詠である。

ふりつもる若菜の雪の花筐《はながたみ》はらはでこれも家づとにせむ　木下長嘯子《ちょうしょうし》

浅沢のこひぢなれども芹《せり》つめば昔しられて濡るる袖かな　松永貞徳

長嘯子は言う。――野で摘みとった若菜を手提げ籠に入れている。春の淡雪が降り出し、籠の若菜にまで花が咲いたように積もってきた。払い落とさないで、この雪をもわが家への手土産にしよう――と。

「花筐」は花などを摘んで入れる籠。「家づと」は、家苞、すなわち家へもち帰るみやげ。往日は藁・草を束ねて食品などを包み、それを「苞《つと》」とよんだところから土産の意が派生した。

貞徳は言う。――浅い沢であり泥地だけれども、こういうところで芹を摘むと、昔から伝わる説話を思い起こすから、泥水でばかりか、もよおしてくる涙にも袖が濡れてしまうなァ――と。

「こひぢ」は、泥《こひぢ》をさし、恋路をもさす。「昔しられて」という説話には『恋うた・百歌繚乱』でも触れているが、いまいちど言及しておこう。

その昔、ひとりの舎人《とねり》が禁庭の朝清めをしていると、風が起こって、後宮の御簾《みす》を吹きあげた。舎人の眼底にそのとき、御簾の内で芹らしきものを食している嵯峨天皇の妃、檀林皇后の麗姿が焼きついた。それからというもの、舎人は皇后の美しさに今一度接したいとねがい、芹を摘んで、ひそかに御簾のあたりに置くようになった。年を経たのだが効験はなかった。舎人は物思いに沈み、ついにむなしく命をおとしたという。

春野やくしわざおぼえて草燃やすけぶりの靡《なび》きおもしろきかな　橘曙覧《あけみ》

片山に畑《はた》焼く男はた焼かばみ山ざくらは避《よ》きてはた焼け　藤原長能《ながよし》

曙覧は越前福井に暮らした幕末の歌人。明治へ改元される十日前に没している。

――春に野を焼く慣習をわきまえて草を燃やしてくれている。煙の靡いてゆく風景に、この時季にふさわしい情趣をおぼえるなァ――。

定数歌ではおおむね、立春・霞・若菜・残雪・梅・柳といった順に題詠がなされていた。「野焼」は題詞の多様化にともなって「残雪」と「梅」の間あたりに配される雑題でもあった。

長能はさかのぼって拾遺集時代の歌人。

――片山で畑《はたけ》を焼いている百姓さんよ。畑に接している野を焼くならば、あそこに見える山桜にだけは火を近づけないように。桜からは離れたところを焼くにとどめておくれ――。

結句「はた焼け」の「はた」を傍《はた》・畑の掛け合わせと味わいたい。なお、この一首は、三句「はた焼かば」が「かの見ゆる」と改変されて、『拾遺集』「雑春」の部に入集している。

朝日さすまがきの竹のむらすずめ声のいろこそ春めきにけれ　藤原実家《さねいえ》

年ごとになにゆゑとなく冬をへて春にあふちの実はのこりけり　大隈言道

都べはちまたのやなぎ園の梅かへり見多き春になりにけり　上田秋成《あきなり》

春雨のなごりの露の玉椿おつるおときく暮れもありけり　井上文雄

季の移りゆきをたどる感覚でこの四首を配列してみた。実家詠は平安末期、つづく三首は文化文政期から江戸末期にかけての作である。

実家詠。——朝日に映える竹藪の奥で雀たちがさえずっている。声に嬉しげな張りがあって、さえずりの音調が春らしくなってきたなァ——。

スズメは竹藪に集団で巣をかける。この一首、上句で「まがきの竹の叢《むら》」と読み、「群《むら》雀」と重ね読みをして、下句でも同じく「春」に、声の色（ひびき）が「張る」掛け詞をも汲みたい。

籬《まがき》といえば通常は柴・竹などを粗く編んだ垣をさす。けれども、「庭も籬も秋の野良」などと慣用されて、籬は景物としての奥行きをもつばあいがある。そこから、「まがきの竹の叢」と読むところに、竹藪そのものが垣の役割をなして家屋を囲う、情景の奥行きが感じられてくる。

言道詠。——来る年ごと、何の心配もなく冬をすごして春に出会ったという風情ではないか。

この春もいまだに、たくさんの実が楝《おうち》の木に残っているのだなァ――。

オウチはセンダンとよばれている落葉高木だが、本来の古名「楝」にもどしたいものだ。センダンでは香木の栴檀《せんだん》に間違われやすいから。

オウチの実は茱萸《ぐみ》のような形と大きさで黄熟する。野鳥は美味しい木の実から啄《つい》ばんでゆくから臭みのあるオウチの実は残される。稀にナンテンやセンリョウの実まで野鳥が食べつくす年はオウチの実も姿を消すことがある。

芽吹きは未だし。骨ばかりでそそけ立つ枝という枝に楝の実が揺れる風情は、春とはいえ、うらさびしい。

秋成《あきなり》詠。――都の方角は、通りすぎた路上の柳、梅園に咲く紅白の花、それらが瞼の奥に刻まれて残るからか、何回となく振り返って見てしまいます。そんな、春らしい春になってくれました――。

糸柳の小さな芽が徐々に青柳へと萌えたってゆく。申し合わせたかのように、ちらほらと開いた梅の花が咲きそろってゆく。循環する季の風趣をなんと適確に吟じていることか。

秋成は京都で、当時は洛外（都の外）であった知恩院門前や南禅寺境内の小庵に暮らし、洛中（都）へと往来した。そのおもむきもここに詠まれている。

文雄詠。――春雨が降ったなごりで露をとどめている玉椿の花は、落ちると音をたてるのです。深閑とした庭からその音が聞こえる夕暮れもありました――。

「閑庭椿」と題詞が添う。私は床柱にかかる釣瓶から椿の花がぽとりと畳に落ちた音を耳にしたことがある。「玉椿」は美称だが、八重椿と察せられるから雨露を含んでいる花は重みもあり、その落下の音はぽとり程度ではなく、屋内まで聞こえたのではなかろうか。

花ゆゑに知るもしらぬもとめくれば春は人目のしげきやまざと　**藤原公重《きんしげ》**
円居《まとゐ》する人のなかにもうち垂れて咲きまじりたる糸桜かな　**大隈言道**

公重詠はいう。――桜の花が咲くために、知る人も知らない人も花を尋ね求めて来るから、春は人の出入りが騒がしくなるなァ。どこもかしこも山里は――と。

「とめくれば」の「とむ」は、尋《と》む・求《と》む。百人一首でも知られる源宗于《むねゆき》の古今歌《山里は冬ぞ寂しさまさりける人目も草もかれぬと思へば》と対比させて味わうところに生彩をおびてくる一首だ。公重は西行と同い年。公重自身、宗于詠を意識しつつこの作を詠じているだろう。

言道詠はいう。――車座になって花見をする人のなかにも垂れさがって、うち群れる人たちに咲きまじっているではないか、糸桜が――と。

「糸桜」は枝垂れ桜に同じ。花見酒が交わされる団欒《だんらん》。「円居」は団欒そのものをも意味している。

声たてぬ蛍はやらじ秋しこばはや待つとしれかへるかりがね　松永貞徳

なづな生ふる園生の胡蝶かすかなる花にはかなきやどりをぞする　肖柏

をりにあへばこれもさすがにあはれなり小田の蛙《かはづ》の夕暮れの声　藤原忠良《ただよし》

桜の花どきに、秋に飛来した雁《かり》の種類が北の国へ帰ってゆく。

貞徳詠。——わたしは声を出して秋の到来を知らせるなどできない蛍を使者にしたりはしない。けれども、秋が来るやいなや、早くもおまえたちの飛来を待ちはじめるのを心得て去ってくれ。北へ帰る雁がねたちよ——。

「かりがね」は、ここでは雁の異名。『伊勢物語』四十五段に、旧暦六月末、明日から秋という夕べに業平が詠んだとされる《行《ゆ》くほたる雲のうへまで往《い》ぬべくは秋風ふくと雁に告げこせ》という作が知られる。すなわちこの一首の証歌である。

晩夏に光って、高くまでのぼるのはヘイケボタル。業平詠は——飛び去ってゆく蛍よ、雲の上まで行くことができるならば、下界ではすでに秋風が吹いているから早く渡って来るよう雁に知らせてくれまいか——と言っている。

肖柏詠。——ペンペン草の生えまざる庭に飛び舞う蝶ちょうよ。人目にたたない花をようやく見つけたね。不憫なことだ。空しく慌ただしい寄生をくりかえして——。
「胡蝶」は蝶の異称。ナズナ（ペンペン草）などアブラナ科の十字花の植物を慕うのはモンシロチョウが主で、目的は蜜を吸うより産卵にあると思う。怖ごわと周囲を窺って止まりと飛び立ちをくりかえす振る舞いが痛いたしい。

忠良詠。——今がその時季という頃合いに耳底にすれば、これまたやはり味わいぶかく心に沁みて聞こえるものだなァ。小田で鳴く蛙の夕暮れの声も——。

忠良は後鳥羽院歌壇の重鎮だった。『老若五十首歌合』に出詠された一首だが、試みに、この歌合の顔ぶれを記せば、左方老は、忠良・慈円・定家・家隆・寂蓮、右方若は、後鳥羽院・良経・宮内卿・越前・雅経である。

桜の花が散り果てたころ、田に水が引かれて蛙が鳴きはじめる。夏の到来がちかい。

雑の夏

旧暦では四・五・六月が夏であった。現行暦とのあいだにおよそ四〇日前後の偏差があるから、現行暦の五月十一日から八月十日までを対象とする感覚で、本項を味わっていただきたい。

早苗だにまだとりあへぬ山里に刈りほす麦の秋はきにけり　**下河辺長流《ちょうりゅう》**

くれなゐの色ふかみ草さきぬれば惜しむこころもあさからぬかな　**藤原教長《のりなが》**

竹の子も世のうきふしをそへがほに窓につのぐむ夏はきにけり　**正徹**

長流詠。――早苗さえもまだ植えつけをおわっていない山里に、刈り取った麦が干されてゆく。早くも四月、麦秋の季節がきたということだ――。

「麦秋」の語は旧暦四月の異称として親しまれていた。長流は江戸期の古典学者、〔述懐（二）〕にも登場してもらっている。

教長《のりなが》詠。――紅の色がふかい牡丹《ぼたん》が咲いたので、散らないでくれよと、花を惜しむ心情も浅くはなく、独りでにふかくなってゆくではないか――。

ボタンの異名を深見草《ふかみぐさ》という。教長は平安末期、崇徳院歌壇で活躍した。

正徹詠。――竹の子までもが、世を過ごす辛さ・悲しさを分かち合おうと言いたげに、窓の外に伸び立ってゆく。いよいよ夏がきたではないか――。

「うきふし」は憂き節。「ふし」が竹の「節」と同音なので、竹の縁語ともなった。正徹は東福寺で書記をつとめた禅僧でもあるから、この「窓」は禅の円相をあらわす円窓にちがいない。

正徹詠は〔述懐（一）〕でも二首をみてもらった。円窓には節目もあざやかに青あおと伸び立つ若竹がよく似合う。

垣根にはもずのはやにへたててけりしでのたをさに忍びかねつつ　**源俊頼**

ときつどりながね雲井にとどろきて星の林にうづもれぬらん　**源俊頼**

二首ともにホトトギスが詠じられている。

前首はいう。――垣根には百舌《もず》の速贄《はやにえ》が刺したてられたままになっている。ほととぎすの目につかないはずはない。にもかかわらず、どうしているのか、ほととぎすは――と。

百舌の速贄は〈山里〉の項で師光詠にみてもらった。「しでのたをさ」はホトトギスの異名で「死出の田長」と漢字が当てられてきているが、私は「四手の田長」と当てるのがふさわしいとする見解を『和歌で感じる日本の春夏』に述べている。ご一読ねがいたい。

俊頼は奇語・俗語を積極的にとりいれた歌人で、家集をみずから『散木奇歌集《さんぼくきかしゅう》』と題しているほどだ。ホトトギスは垣根を好むが冬は日本を去る鳥だから、モズは安全とみて贄（冬餌）を刺し立てたのか。さらに、その餌が放置されたのは間抜けなモズの度忘れか。否、ホトトギスは南の国から初夏に飛来する。そのホトトギスの美しい声を聞きたいがため故意に刺し残された餌だとすれば、モズは間抜けどころか深謀遠慮。否々、ホトトギスは干涸《ひから》びた食べ残しなど見向きもしないだけなのかもしれない。いろいろ玩味してみよといわんばかり。なるほど、これも奇歌とよぶのがふさわしい一首である。

後首はいう。――ほととぎすの長かったさえずりは天上にまでとどろいて、今ごろは星の林のなかに吸いこまれてしまったのではないだろうか――と。

ホトトギスのさえずりの、透明で、嬉々として高い声調の印象の、これは最高ともいってよい表現ではないだろうか。「ときつどり」もホトトギスの異名で、時鳥と漢字が当てられる。「星の林」は星のたくさん集まるところを林と見立てた語。銀河（天の川）とうけとめたいところだが、天空は運行しているから、宵から未明にかけ、ホトトギスが人里でよく鳴いてくれる現行暦の六月上旬前後、銀河はいまだ天空の東南に隠れて見えない。

さみだれに宮木も今やくだすらん真木たつ峰にかかるむら雲　**後鳥羽院**

燃えはてむ後もやみぢや契りけむ端山のともし瀬ぜのかがり火　**藤原家隆**

夏の日の長きさかりのねむの花ゆめかとばかり匂ふいろかな　**熊谷直好**

後鳥羽院の一首目は、隠岐の行在所で想いを京都へ馳せつつ詠じられた作である。

——五月雨《さみだれ》が降りつづくので、宮木も今こそ好機到来とばかり、筏に組んで川をくだされているのではあるまいか。見渡せばこの島にも、高木が林立する峰に雨をもたらす怪しい雲が垂れてきた——。

「さみだれ」は梅雨期の長雨。「宮木」は宮殿の造営材。「真木」は柱に適する檜など直立する高木をさす。

平安京では、承久擾乱の遠因となった事件の一つで、内裏の殿舎・門廊が焼失していた。丹後の国がその修復造営を課役されていたから、宮木は丹後・丹波から保津川・清滝川を筏でくだされた。しかし、渇水期と結氷する厳冬期は両川とも運行不能となる。歌帝には内裏修復造営の遅滞を憂慮する感情が、隠岐にあってもつよく働いていたのであろう。

家隆は「五月闇《さつきやみ》」とよばれる梅雨期の夜の暗黒を詠んでいる。

――火が燃え尽きた後も迷わないように、人びとと闇路のあいだに約束が交わされているとしか思えない。里山にちらつく照射《ともし》の火よ、川瀬のあちこちに揺れる篝火《かがりび》よ――。

照射と書いて「ともし」と読ませる。火串《ほぐし》に松明《たいまつ》をともして鹿をおびきよせる火。梅雨期の鹿は若葉を食しているから肉が美味であり、鹿狩はとくに五月闇の山でおこなわれた。「かがり火」は、鵜飼《うがい》の小舟がへさきで鮎をひきよせるために焚く火を、ここでは指している。

直好の作は仲夏（旧暦五月）もおわる頃合いの詠。

――夏の長い日ざかりに眠るがごとく花を咲かせる合歓《ねむ》の木よ。おまえに出会ったわたしも夢のなかにいるのかと思うほど、やさしい花が美しく映え立っていることだ――。

昼のいちばん長い夏至《げし》がすぎるとネムは淡紅の房《ふさ》のような花をつける。これは梅雨のおそらく中休み、晴れあがった一日の感懐だろう。ネムの花が咲きおわれば長かった梅雨も明ける。


外山には草葉わけたるかたもなし柴刈るしづの音ばかりして　**藤原清輔**

たたまりて蕊《しべ》まだ見せぬ葩《はなびら》のぬれ色きよし蓮の朝露　**橘曙覧《あけみ》**

夏山のをちにたなびく白雲のたち出でて嶺《みね》となりにけるかな　**源頼実《よりざね》**

清輔詠。――この里山を縫う小径《こみち》には人が通って草葉を分けた形跡もない。木立の奥から、農夫が柴を刈っているらしい音が聞こえてくるばかりで――。

「山路草深」と題されていて、盛夏のおもむきが出ているが、蟬の声は未だしであったのだろうか。

曙覧《あけみ》詠。――重なり合って花床《かしょう》をまだ見せない蓮の花。朝露が清らかに花びらを濡らしている――。

蓮の花は、初日は壺咲き、二日目は椀咲き、三日目は全開して蜂巣のような花床（蕊）をみせる。これは二日目の花か。朝日をうけて露の光る花びらが心象の像をもたらす。

頼実《よりざね》詠。――夏山の遠く、中空にたなびくにすぎなかった白雲が、見るがうちに立ちのぼって、大きな山のような嶺になってしまったではないか――。

夕立はどこへ降らせるのだろう、こちらまで来るのかと、入道雲を見つめつづけたのかも。

頼実は後拾遺集初出の歌人。

氷室山《ひむろやま》あたりは冬の心ちして梢の蟬ぞ夏とつげける　**俊恵《しゅんえ》**

ひぐらしの鳴く片山のならの葉に風うちそよぐ夏のゆふぐれ　**寂然《じゃくぜん》**

俊恵詠は、――氷室が営まれている山の、氷室がみられる一帯は、ひんやりとしていて冬の気分になったことよ。梢からもれる蟬の声がいまはなお夏と教えてくれてはいたのだけれども――という。

「氷室」は雪を踏み固めた天然の氷を貯蔵する穴小屋。夏に氷を削り出して飲料にも暑さを凌ぐためにも消費されていた。俊恵が耳にした蟬の声は、盛夏の蟬、アブラゼミ・クマゼミなどだろう。

寂然詠は、――ひぐらしは片山のどの木で鳴いているのか、もの哀しい声がする。風もまた片山にそよいで、楢《なら》の木までさやかに葉音をたてている。わびしい夏の夕暮れであることだ――という。

ヒグラシが鳴きはじめると秋がちかい。寂然は古今集よみ人しらず《ひぐらしの鳴く山里の夕暮れは風よりほかに訪ふ人もなし》を念頭にしているだろう。「片山」とは上賀茂神社本殿の片がわの小丘、片岡山かもしれない。とすれば、この寂然詠を証歌としたのが、百人一首で知られる家隆の《風そよぐならの小川の夕暮れはみそぎぞ夏のしるしなりける》であるだろう。

雑の秋

旧暦の秋は七・八・九月の三カ月。秋のはじめには、七月七日の七夕に感懐を寄せて、天の川に落ち合う牽牛星と織女星を詠じる。四季歌における長いならわしであった。

本項では、七夕の行事にはふれずに天の川が扱われている作をまず取りあげる。雑の秋らしい観点で、季の移りゆく情調をたどってゆきたいと思う。

天の川ながれてくだる雨をうけて玉のあみ張るささがにの糸　**西行**

秋風の荻《をぎ》の葉すぐるゆふぐれに人待つひとの心をぞ知る　**源頼実**

——天の川が夜空を流れくだり、無数の星屑が降ってくるかと思える。休むことなく捕虫網を張る細蟹《ささがに》の糸に、玉となった星屑が雨粒のように光るかと見えるほどだ——。

「ささがに」はクモの雅名。小さなカニに似るところからいう。西行は休むことなく捕虫網を仕上げてゆくクモの作業を観察していたか。その網のなかに、天の川が滝のように映し出されてきたのであろう。

四〇日ほどの偏差で、七夕は、現行暦で八月十七日前後。大気の澄んでいる土地ならばこういう光景を実見できるが、それは二十四節気の「立秋」をむかえ、八月も中旬に入る頃合いからである。

――秋風が荻の葉をそよがせてゆく夕暮れには、葉ずれの音を、もしや待つ相手の訪れかと聞き誤る人があったのも尤もと思う。その人の心情までが偲ばれることだ――。

頼実は関白頼通の従者だった。オギはススキに似る。人びとは秋の到来を自然現象ではまず、朝夕にオギをそよがせる風の音に実感していた。頼通のもとで詠作の指導をしていた大中臣輔《すけ》親《ちか》に、《待つ人にあやまたれつつ荻の音のそよぐにつけてしづ心なし》という一首も伝わる。


川岸にうかべすてたる舟にだに綱手づたひにきぬる葛花《くずばな》　**大隈言道**

秋の野に咲きたる花をおよび折りかき数ふれば七種《ななくさ》の花　**山上憶良**

言道詠。――川岸に浮かばせて放置してある小舟にまでも、葛が舫《もや》い綱を伝って蔓を這わせてきてしまったのだ。その葛が花をつけている――。

川岸の土手に繁茂して土壌の崩壊を防ぐ役割をクズは果たす。蝶形をした紅紫の小花が愛らしく、香りも芳しい。

憶良詠。――秋の野に咲いている花を指折り数えてみれば七種類の花がある――。

『万葉集』は、この歌につづいて、いま一首の、よく知られている憶良詠、《萩《はぎ》の花尾花《をばな》葛花なでしこの花をみなへしまた藤袴《ふぢばかま》朝顔が花》を収める。こちらは五七七・五七七の六句からなる旋頭歌《せどうか》。ハギ・ススキ・クズ・ナデシコ・オミナエシ・フジバカマ・アサガオ。これが憶良の数える秋の七種の花である。アサガオだけは現在の何にあたるか、諸説があって未詳。なお、ナデシコは古今集以降、夏の季花となった。

秋の野はこぼれぬ露にしるきかな花みる人もまだ来ざりけり　藤原清輔

朝まだき袂《たもと》に風のすずしきは鳩ふく秋になりやしぬらん　藤原顕季《あきすえ》

栗も笑《ゑ》みをかしかるらんと思ふにも出でやゆかしや秋のやまざと　右京大夫《うきょうのだいぶ》

清輔詠は、――秋の野はこぼれないで草葉にとどまる露をみれば、人が来たか来ていないかがはっきり判じられるなァ。この野へは花を見ようとする人もいまだ足を踏み入れてはいないのだ――という。

「花みる人」とは、ことに萩の花をたずねる人をさしていると思われる。萩は異名で野守草とよばれるほどで、秋の野を彩る花の主人公だった。

萩は葉の裏に圧毛がある。だから、滴下しそうにみえて落ちない露が葉裏の尖端に銀白に光る。清輔がおとずれた朝の野には、夜の大気がおいた露、萩の葉の下露が、人にふれられていないから滴下することなく、凛としてかがやいていたのであろう。

さて、清輔の祖父が顕季である。俊成・定家の御子《みこ》左家《ひだりけ》の流れに拮抗した六条藤家の始祖、この顕季の作は、『堀河百首』の「立秋」題詠中にみえる。私は節気の立秋にとらわれず、季を少しずらせて味わうことにした。

歌意はこう言っている。——夜が明けきらない早朝、袂に風が涼しく感じられるから、ようやく鳩が吹かれる秋となったのであろうか——と。

秋に数名が寄って鹿・猪《しし》などの猟をする狩人は、両の掌を合わせて鳩の鳴き声のような音を吹き、獲物の居場所を仲間に知らせた。「鳩をふく」にはしかし、この本意のみでなく、寓意をも汲みたくなる。寒さで手の指先がかじかんだとき、わたしたちは鳩を吹くような所作をする。そこで、——早朝は袂に風が涼しく感じられるから、そのうち鳩吹く所作がみられるほど、きっと秋も深まってしまうだろう——と、「なりやしぬらん」の助動詞「ぬ」に未来完了の意を汲む賞玩をもしておきたい。

右京大夫には、秋の山里で湯治をする友に贈った歌十首が伝わる。友とは建礼門院に出仕していた当時の女官仲間。十首はいずれも「秋のやまざと」と結句されているのだが、そのうちの一首を拾ってみた。

歌意は、――このごろは、毬《いが》がはじけて栗の実もあらわれ、興趣に富んでいることでしょう。そう思うにつけても、いやもう、訪ねてみたい、温泉にも浸かってみたいと心がひきつけられます。秋の山里には――という。

毬から覗く栗の実はまさしく頬笑んでいるかのよう。「いでやゆかしや」を、出かけて行きたや・出で湯もゆかしやと、重ね読みをしてみた。

うたたねも月には惜しき夜半《よは》なればなかなか秋は夢ぞみじかき　**足利尊氏《たかうじ》**

こずゑふく風のひびきに秋はあれどまだいろわかぬ嶺の椎柴《しひしば》　**藤原良経**

あなかまし竈《かま》のしりへのきりぎりすよなべのつづりさせとなくなり　**香川景樹《かげき》**

足利初代将軍尊氏は、戦塵をあびるさなかも詠作を怠らない、教養ゆたかな歌人であった。

――仮寝をするのも月が出ていると思うと惜しくなる夜がつづくために、夜長とはいうものの、反って秋は、夢を見る安眠の時間が短くなってしまいます――と、一首は言っている。

椎は小枝が密生して常緑の小葉を繁らせる。椎の小枝は落葉樹が裸となるころ、切り透かして柴とするのが、里山などの手入れの慣わしであった。そこから椎の木そのものが「椎柴」とよばれていた。

――梢を吹きわたる風のひびきから秋の深まりゆくのが感じられるのですが、遠目にはいまだに紅葉する木と見分けがたく、葉の色も区別のつかない、山の嶺一帯に群生する椎たちです――。良経は言っている。

景樹は文化文政期に新風を唱えた歌人。熊谷直好・木下幸文《たかぶみ》の師にあたる。

――ほれ、またやかましい。かまどの裏がわに棲みついたこおろぎが、夜なべ仕事に早く冬の衣類を縫いつづれと鳴きつづける声が聞こえてきます――。

「きりぎりす」はコオロギの古名。とりわけ、ツヅレサセコオロギをさしてよばれていた。庭で鳴いていたコオロギが夜の冷えこみで屋内に居場所を移したのであるから、秋もかなり深くなってきている。

思ふことさしてそれとはなきものを秋の夕べを心にぞ問ふ　　宮内卿《くないきょう》

おぼつかな秋はいかなるゆゑのあればすずろにものの悲しかるらん　　西行

両詠とも『新古今集』に三夕の歌につづいて収まる。

前首。——物思いはとくにこれといってしていないのに、秋の夕暮れはなぜこのように寂しいのか、わたしは自分の心に尋ねてみずにはいられません——。

秋の夕暮れは何かにつけて哀れが身に沁み、感傷にもひたりやすい。宮内卿は理由のない悲しさをもよおすのは何故かを自問している。

後首。——どうもよく分からない。秋はどのような根拠があって、このように思いがけなく、もの悲しい気分におちいってしまうのであろう——。

こちら西行詠は、寂寥感がこれといった自覚もなくきざすさまを、「おぼつかな」「すずろ」の二語が巧みに表わしている。

照る月のひかり冴えゆく夜半なれば秋の水にもつららゐにけり　**摂津《せっつ》**

冴えわたる星よりしげき槌《つち》かずに砧《きぬ》うつ里の多さをぞ知る　**橘曙覧《あけみ》**

摂津詠はいう。——照っている月の光が冴えわたってゆく深夜だからでしょう。秋とはいえ池の水にも氷が張ってしまったかと、そんな感じがいたします——と。

「つらら」は氷。柱状の氷をさすのみでなく、平板状の氷をも、張りつめた状態をツララとよぶ。作者は平安中末期の斎院女房。この「つらゐにけり」が斬新であったからか、頼政・西行・良経なども表現を追随した。

曙覧詠はいう。――冴えわたる星の数より多いかと思うほど、間断なく槌の音が聞こえてくる。砧をうつ里がいかに多いかを、いまこの音によって教えられているわたしです――と。

織りあがった布地を石または木の台にのせ、木槌で叩く。織目をつめ生地を柔らかくする仕上げの作業なのだが、擣衣《とうい》とも、砧《きぬ》をうつともいう。そして、叩き台と木槌の双方を合わせて「砧《きぬた》」とよばれていた。

往日の村里では、都市生活の人びとから請け負った擣衣にまで、秋の夜長、女性たちが精を出した。曙覧の耳もとへは、あの里この里から、遥かに遠い里からまで、擣衣の音がもの悲しい波動となって伝わってきていたのにちがいない。

並《な》みたてる紅葉《もみぢ》のいろにしるきかな時雨も山をめぐりけりとは　**俊恵《しゅんえ》**

秋はつる引板《ひた》のかけ縄ひきすてて残る田の面《も》の庵《いほ》のさびしさ　**藤原宣方《のぶかた》**

俊恵詠。――並び立っている木々の紅葉《こうよう》の染まりに、予想していたとおり明らかである。時雨も山をめぐって移ろっていたのだということが――。

紅葉は時雨に降られては乾き、降られては乾きするごとに、染まりを深めてゆく。峰に早く麓に遅い紅葉の色合いに、俊恵にはすでに何度もとおりすぎた時雨の降り具合までが、手に取るごとく分かったのだろう。

宣方詠。――秋も尽き果てたので、鳴子の引き縄も手にされることなく放置されている。刈り田のほとり、見張り小屋にはもはや人影もない。寂しいことだなァ――。

詞書に「田家の心を」とある。作者は両統迭立期、大覚寺統の廷臣。農夫がひねもす鳴子を引いて鳥を追い、鹿を払った、苦難のあとを見つめている。

雑の冬

十・十一・十二月が旧暦では冬。現行暦とのあいだに四〇日前後の偏差があるわけだが、節気の「立冬」は現行暦で十一月八日ごろ。歌人たちは冬期への移りを「節気」にもうかがい暦日をも重んずる感覚で詠作にいそしんでいる。

枯れし野《ぬ》の尾花がうれの霜みれば秋のゆふべの白露おもほゆ　**本居宣長**

霜さゆるあしたの原の冬がれにひと花さけるやまとなでしこ　**藤原定家**

刈らざりしすすきまじりの冬の田の穂にいでぬひつち哀れさびしき　**三条西実隆**

——冬がきて草枯れの野に立ち、すすきの穂先いちめんにおいている霜を目にすると、わたしはおのずから、秋の夕べの草葉に光っていた白露を思い起こしてしまいます——。

宣長は新風と古風を詠み分けている。これは家集で古風のほうにみえる一首。「うれ」は末《うれ》で、植物の葉・枝・穂などの先端を意味する。

――霜がおいて冷えこみのきびしい朝の原、冬枯れの草むらに、うれしや、一輪とはいえ、やまとなでしこが深紅の花を咲かせてくれている――。

定家は二十五歳の文治二年（一一八六）、西行の勧進に応じて「二見浦百首」を詠進した。これはその一首。前項でふれたようにナデシコは季が夏と定まっていて、花の盛りは梅雨の真っ只中である。しかし、二年草なので、秋にも咲き、冬が来ても小春日和の朝、いじらしく花をひらくことがある。定家はナデシコをいとおしみ、秋の花・冬の花にも、このように目を細めた。

――刈り取りを免れたすすきの混じる冬の田にひつちが生い立つ。青あおと茂っているが、おまえたちは穂を出すことができない。可哀相に、見ていて気分が滅入ってくる――。

「ひつち」は刈ったあとの稲株から生え立った芽。枯れてなお穂を風になびかせるススキが目に入るので、実隆はいっそう哀れをもよおしたのだろう。

みぞれふる端山《はやま》がしたのおそ紅葉《もみぢ》ひとむらみゆる冬の夕ぐれ　**藤原家隆**

踏み分くるわれよりさきの跡もなし朽ち葉にうづむ木々の下みち　**小沢蘆庵**

思ふどち円居《まとゐ》せる夜は唐錦たたまく惜しきものにぞありける　**よみ人しらず**

家隆詠はいう。――人里にちかい前山のふもと、常緑の木々の群生するなかに、ひとまとまりの遅い紅葉《こうよう》が映えています。みぞれが降る、陰気な、薄暗いこの冬の夕ぐれに――と。「みぞれふる」冷たさが修飾するのは結句の「冬の夕ぐれ」。家隆は見わたす周囲の光景すべてを寒ざむと感じながら、この染め残された紅葉だけに温もりを見出しているようだ。

蘆庵詠はいう。――わたしより先立って人が踏み分けている形跡さえもない。なんとまァ、朽ち葉に覆い隠されているではないか。この林の木々の下道は――と。

盛りあがって積もるナラ・クヌギなど柞《ははそ》の類の枯れ葉を踏みしめるとき、初雪に跡をしるすに似た心の昂《たかぶ》りをおぼえる。蘆庵は枯れ葉の敷物を前に、嬉しい立ち往生をしている。

――気の合う仲間同士が車座になって楽しく語り合う夜は、唐錦を裁ち切るのがためらわれるように、お開きにしようかと座を立つのが惜しまれてなりません――。

これは古今集よみ人しらず。「思ふどち」は、親しい者同士。「唐錦たたまく惜し」は、美しい唐織の布を裁とうとするのは惜しまれる、という意で、そこから、座を立つのも惜しいを引き出している。冬の夜の囲炉裏ばたに車座になってする団欒《だんらん》が、とりわけ「円居」とよばれていた。

駒とめて袖うちはらふかげもなし佐野のわたりの雪の夕ぐれ　藤原定家
みわのさき夕しほさせばむらちどり佐野のわたりにこゑうつるなり　藤原実家《さねいえ》

――駒をとどめて袖に積もる雪を払いおとす物陰も見あたらない。佐野の渡しには、雪のしんしんと降るこの夕暮れに――。

この著明な定家詠は、正治二年（一二〇〇）後鳥羽院が主催した「初度百首」に出詠された。『万葉集』にみえる《苦しくも降り来る雨か三輪の崎狭野《さの》の渡りに家もあらなくに》を証歌として詠じられている。「佐野のわたり」は、和歌山県新宮市三輪の崎の南西、佐野川の河口に近い渡しであった。

定家はところで、『詞花集』にみえる源俊雅母の《夕霧に佐野の舟橋おとすなり手馴《たな》れの駒のかへりくるかも》をも念頭に一首を詠じているかもしれない。となると、定家詠には、無季の雨の万葉歌を雪の季歌に塗りかえたにとどまらない、鑑賞の領域が深まってくる。

俊雅母の作はこれまた著明な万葉歌《上野《かみつけ》の佐野の舟橋とりはなし親は離《さ》くれど我は離《さか》るがへ》を証歌としている。群馬県高崎市上佐野を流れる烏川に、往古、小舟を繋いで板を乗せた舟橋が設けてあったらしい。

定家は「佐野のわたり」と言っているが「三輪の崎」の語句はみえない。「わたり」には、渡り・辺《わた》り、すなわち渡し場・近辺の両意があるから、小舟が橋として渡してあった佐野のあたりも浮かんでくる。私は牽強付会に陥っているかもしれないが、このような曖昧性をただよわせて読者を操るところが定家の詠作の極意でもあるから、私はこの一首で敢えてそこに蠱惑《こわく》されたといってもよい。

――三輪の崎に夕潮が満ちると、千鳥の群れが佐野川を遡上する潮を越えて移って来ます。その千鳥たちの声が佐野の渡しのあたりまで聞こえてくるのだそうです――。

実家詠は詞書に「うみのへんのちどり」とあり、「こゑうつる」に、越え移る、という意をも汲んでみたい。なお、実家の家集は文治三年（一一八七）以前に成立しているので、定家はこの作をも知ったうえで前首を詠じていることになる。

雪のふる夜ごろは闇もなかりけりさりとて空に月はみえねど　**松永貞徳**

松が枝《え》のおほへる寺は降る雪にもるる瓦の色も寒けし　**三条西実隆**

にほどりのしたこぐ波したたぬかな池の氷やあつくなるらん　**藤原長能《ながよし》**

一首目。――雪の降りつづく夜のあいだは闇も見あたりません。だからといって、空に月は見えないのですけれども――と、貞徳は言う。

闇夜だからこそ積もった雪の反射で周囲がほんのり明るく見える。この雪明りに風情をおぼえて、月をもときおりは見せてくれないかと空にねだっているような俳諧性がおもしろい。

二首目。――松の枝が差し交わして仏堂を覆う古寺は、雪の降るさなか、降り洩らされている瓦の色さえも寒ざむと感じられるではないか――と、実隆は言う。

「古寺の雪」と詞書が添う。松の緑も瓦屋根も、雪に濡れそぼっていれば、その色艶はさほど冷たくは映じないものだ。乾いたまま残されている瓦の部分のほうが反って、凍《い》てついてしまったかのように冷たくみえる。

三首目。――鳰鳥《におどり》が水面下を漕ぎまわるので立つはずの波が、いっこうに立たないではないか。池に氷が張りつめてしまい、その氷が厚くなっているのだろうか――と、長能は訝《いぶか》る。

「にほどり」はカイツブリの古名。この水鳥は潜水の名手。水面下をスクリューでも装着しているかのように辷りまわり、じつに長い潜水をもくりかえす。

歌人を興じさせていたカイツブリはいずこ。池の底に潜むのか。氷が厚くなったため、他の沼沢へ巣を移したのだろうか。


雪うづむ園のくれたけ折れふしてねぐら求むるむら雀かな　**西行**

山里のすすきおしなみ降る雪に年さへあやな積もりぬるかな　**後鳥羽院**

年波も押しつまるにつれ雪のなかにも春への動きがみえはじめる。竹藪に巣をかけた雀たちの災難もそんな一つといえようか。

——雪に埋まる庭の竹藪では、雪の重みで呉竹が折れ伏してしまい、雀たちが新たなねぐらを探して啼いている。可哀相だが、如何ともしがたい——。

西行は「雪、竹を埋むといふことを」と、この作に詞書を添えた。呉竹は淡竹《はちく》の異名。淡竹は丈が高いから撓《しな》いもすれば折れもするらしい。ねぐらを失った群雀《むらすずめ》たちは、いずれへ落ちついたのだろう。

後鳥羽院の作は隠岐の行在所における詠。ススキは葉とともに稈《かん》を叢生《そうせい》させて大きな株をつくる。

——山里のすすきを押しなびかせて雪が降り積もっている。この雪と同じように、年さえもが無常にも積もってしまったことだなァ——。

「おしなみ」は、押し靡《な》み。ススキは百本以上もの稈が一株となって密生するほどであるから、降雪は地表へとどかず、稈と稈との隙間に積もり溜ってゆく。ついにその雪の重みですべての稈が押し伏せられてしまう。

後鳥羽院は季節の移りゆく趣きをこのような自然界の変化に見出しながら、日々のつれづれを慰めていたのであろう。「あやな」の語意に、無常にも、理不尽にも、という慨歎を汲みたい。ススキの稈が降雪に押し伏せられるように、不如意な遷幸の年数も積もって、この年も尽きようとしている。

雑の恋

新古今後の歌壇を先導した歌人として、藤原家良・藤原為家・六条知家・藤原信実・真観（葉室光俊）の名が挙げられる。本項はこの五名が『新撰和歌六帖』のために詠じた実験的な恋歌を取りあげる。

後撰集時代に『古今和歌六帖』が成立して、以降の歌人たちに親しまれていた。これは約四五〇〇首の和歌を二五項目五一七題に分類して六帖に収めた類別和歌集、いわば作歌のための手引書である。本項に採取する恋歌を実験的詠作とみなすのは、家良たち前記五名が『古今和歌六帖』の類題そのままを、各人一首ずつ、『新撰和歌六帖』に詠じているところによる。

具体的にいえば、『古今和歌六帖』の第五帖、「雑思」の項の六四題を詠じた作群中から、本項は九題一六首を味わうことになる。

いまこそは思ふあまりに知らせつれ言はで見ゆべき心ならでは

藤原為家

思ひかね知らせそめつる筆のあとうちつけならぬ言の葉ぞなき　藤原信実

二首ともに類題名「言ひはじむ」より。

為家詠は、——今となっては思い詰めるあまり、愛しているよとあの女《ひと》に告白してしまいました。わたしの心情は、口に出して言わないでも相手に見透かせるような、軽がるしいものではありませんので——という。

信実詠のほうはいう。——耐え忍ぶのが苦しいので、恋しい思いを手紙で知らせはじめたのですが、その内容をかえりみると、深く考えてもいない、性急なことばかりを並べたてているのです——と。

飽かぬ夜をつきそつきそといふほどにげに白むまで別れかねつつ　藤原為家

忘れめや屋戸《やど》のつまどに立ちいでて明くるをしばし待てと言ひつる　六条知家

類題名「のちのあした」より。逢って夜床を共にするようになった、ある早朝のこと。

為家詠。——これで満足ということのない夜を、まだ明けないで、明けないでと度重なって言っているうちに、とうとう、外が明るくなるまで別れられなくなってしまっているのです

——という。

男女の恋愛段階は、互いに自由を拘束しないため、第三者に顔を知られないよう、夜が明けきらない暗いうちに別れるのが、儀礼であり約束事であった。

知家詠はいう。——忘れるものですか。家の戸口まで見送ってくれて、道が明るくなるまで、もうしばらく待っては、と言ってくれるほどになりました——と。

「つまど」は、妻戸。家屋の端のほうに設けてある両開きの板戸をさす。

いかがせむ死なば共にと思ふ身におなじかぎりの命ならずは　**真観**

さりとてはさもあらましの床なかに人をいだきて幾夜あかしつ　**藤原信実**

前首は「あひおもふ」、後首は「夜ひとりをり」の類題名で詠まれている。

真観詠はいう。——どうすればいいでしょう。死ぬときも一緒にと言い交わしている身でありながら、ふたりの保つ生命の期限が同じでないと分かったならば——と。

信実詠は、——あなたの悩みはそうだとしても、わたしなどは、なんとまァ、ふたりで臥す予定であった床のなかに、独りでまぼろしの彼女を抱きしめ、幾夜をも明かしつづけているのです——。

山風もしぐれにきほひ寒けれど妹とし濡ればながき夜もなし　藤原家良

黒髪のみだれてかかる手枕《たまくら》はすきまにかよふ風だにもなし　藤原為家

おのづから手枕はづし寝なほればわれ思はずと妹むつけたり　真観

三首とも「臥せり」の類題で。

家良詠。――外は山風も時雨と競うがごとく吹きつのり、寒くはあっても、妻と抱き合ってしっぽり濡れてさえいれば、長い夜もあっという間に明けてしまいます――。

この作の艶美な節といえば四句目。「妹とし濡れば」の「し」は強調。この句を「妹と死ぬれば」とも読んでほしいと家良は求めているかのよう。

為家詠。――彼女を抱く手枕は黒髪が乱れて肩を覆ってくれ、熱い呼吸《いき》もかかります。黒髪の透き間をとおる風さえもありません――。

衾《ふすま》（掛け布団）から腕の出る手枕は肩先が冷えるもの。ところが、冷えなど感じず、むしろ風が少しはほしいぐらいだと言っているようにさえ思える。ご尤も、ご尤も。

真観詠。――自然にはずれたと言ってよいほどなのですが、たまたま手枕をはずして寝る姿勢を改めると、わたしの妻のばあいは、思ってもらっていないと機嫌を損ねてしまうのです

——。

あかつきに起きてさぐれば人もなしあなあさましや妹は去《い》にけり　**藤原信実**

けふぞ知るあらぬところに臥しそめてわれを飽きたつ方違《かたたが》へとは　**六条知家**

はや来ませ逢はぬ日かずを数へても今宵はきみをみよといふよぞ　**真観**

一首目は「あかつきに起く」。二首目は「一夜へだてたる」。三首目は「二夜へだてたる」。この三作の類題である。

信実詠はいう。——夜明け前に目が覚めて手さぐりしたところ、となりに触れるはずの人体がありません。なんとまァ、妻は消え去って自宅へ帰ってしまっていたのです——と。

結婚後も夫婦が同居しない通い婚、それも夫が妻のもとに通う形態が一般であったが、この作によって逆の形態もみられたことが分かる。

知家詠。——今日というこの夜は感じます。妻が思いも寄らないところに宿泊をはじめて、わたしに独り寝をさせるのは、わたしを飽きるようになったがための方違《かたたが》えだということを——。

陰陽道《おんみょうどう》の説で、外出する目的地が天一神《なかがみ》の巡行する方角と重なるばあい、災いを受けるとされていたので、前夜は吉方《えほう》に宿泊し、方角を変更して目的地に向かうことを、「方違え」という。妻は連夜の共寝に嫌気が差して、方違えを口実に使ったらしい。知家はそう言っている。

真観詠。――早くおいでなさい。二日も顔をみせないで、逢っていない日数をかぞえても、今宵はあなたを見ようという、三夜、三日目の夜ではありませんか――。

来む世にもまためぐり逢ふ契りあらばおなじ辛さをなほやかさねん　藤原家良
いざさらば来む世をのちの契りにて憂きをも厭《う》しと思ひとがめじ　藤原為家
いにしへの報ひにいまもつれなくは後の世とてもさぞな恨みむ　六条知家
めぐり逢はむ来む世の闇の契りをば夢のうちにや結びおかまし　藤原信実

掉尾に四名の同題作をみていただく。類題名は「来む世」。死後の世界、現世をおわって次におとずれるかもしれない後世が詠じられている。

――来世においても、あなたとわたしに再びめぐり逢う宿縁があるならば、この現世で舐めているのと変わることのない恋の辛さを、懲りることなく、相変わらず重ねようではありませんか――と、家良。

――さあ、それでは、来世を共にすることも先々の約束なのですから、この現世の辛さ疎ましさをもきっぱりと忘れ去ってしまいましょう——と、為家。

——前世からの因縁《いんねん》であなたは現在もこんなに薄情なのだとすれば、来世に一緒になってもわたしはきっと、恨みごとばかりをあなたに並べる羽目になるのでしょうね——と、知家。

——来世にもめぐり逢おうと誓い合う、先の見通しの立たない約束ですけれども、あなたとのあいだにその約束をば、夜の夢のうちであっても結び交わしておきたいものですね——と、信実は言っている。

天象・地気

「天象」は天体にみられる現象、「地気」は大地の生気が起こす現象。風と雲は天象でもあり地気でもある。月は人びとが和合と感応をめざした特別の天体であったから、これを別に扱い、和歌では日・星・風・雲などが「天象・地気」の題のもとに詠じられている。

たづね入る山した風のかをりきて花になりゆく峰の白雲　**寂蓮**

さびしさを憂き世にかへてしのばずは独り聞くべき松の風かは　**寂蓮**

前首。——わたしが桜の花をさがし求めて登ってゆく山はいつも、地表が花の精気に充ちているからか、吹く風が足もとから香ってきて、仰ぎ見る峰にかかる白雲までが、おもむろに、花が咲いていているかのように見えてくるのです——。

「たづね入る山、下風の」と切って読む。植物を育てる大地の生気が立ちのぼるから、雲さえもが花となって咲く。寂蓮の感応はそのような趣意である。

後首。——寂しさを、苦しい世の中を耐え忍ぶのと同様な状態におき替えて辛抱しないことには、松を吹く風など独りで耳にできるものではありません。それほど物悲しく聞こえてくるのです。松風というものは——。

松にあたる風の音は、優雅な友があって共に聞いてこそ、松韻・松籟《しょうらい》とたたえられる幽玄なひびきを味わえるのではないか。ただ独り聞いていては、悲しい寂しさを掻き立てられるばかり。こちらの作はそう言っている。

西の峰にうつろひそむる朝づく日よもの山にぞ影はみちゆく　西園寺実兼《さねかね》

はるばるとかさなる峰のうすくこく日かげににほふ夕暮れの山　日野俊光《としみつ》

実兼は鎌倉期、両統迭立時の大官。俊光もほぼ同時期の文官である。

——西に望む山の峰から照らし出しはじめている朝日よ、ありがとう。さあ、今から、四方の山に光はいっぱいに広がってゆく——と、実兼。

題詞に「朝天象」という。「朝づく日」は、朝日そのものをさす措辞。「朝づく日よ、四方《よも》の山にぞ」と折り返して読みたい。早朝の光彩の顕現を粛しゅくとした感謝の気分で直視しているかのよう。

——遥か遠方まで幾重にもかさなる、見晴るかす稜線が、淡く濃く落日の光に彩り分けられている。夕暮れの風趣をみせる山々よ——と、俊光《としみつ》。

前首の朝づく日にたいして、夕づく日。そして、こちらは夕天象。実兼《さねかね》は〔閑居〕の項に一首をみてもらった実氏《さねうじ》の孫で、公経・実氏が営んだ北山第を継承していたが、俊光はその北山第で催される歌会の常連でもあった。

闇ふかき心の空のあけぬ夜はいつ赤星の光をも見む　**三条西実隆**
月ならで涼しきかげは夏の夜の闇にはれたる天《あま》の川波　**三条西実隆**

前首は「暁」の題で。——煩悩のふかい身だから夜は低俗な夢をみるうち眠りに陥ちてしまう。しかし、その煩悩の闇のふかい心の空が明けない夜こそいつか、暁に目覚めて赤星の光を仰ぎ、心を洗い直したいものだ——と、歌意はいう。

「赤星」は、日の出前に東の空にかがやく金星、明けの明星のこと。奇しくもこの一首は、実隆が数え年六十一歳の還暦を迎えた永正十年（一五一三）に詠まれている。赤い衣類を着せてもらい祝宴を催した直後の作なのかもしれない。

後首は「天象」の題で。——月ではなくて涼しさを覚える光といえば、夏も尽きる晦日《つごもり》のころ、闇の夜空にくっきりとあらわれる銀河の星屑の耀きでしょう——。

星座も動いているので、月の隠れる晩夏の夜でなければこの天象は生じない。

山の端《は》にかかるとみるも吹きかへてまた跡もなき風の浮き雲　**中院通村《みちむら》**

暮れにけり山よりをちの夕日かげ雲にうつりし跡の光も　**中院通村**

通村詠には〔ふるさと〕の項でも接してもらった。二首ともに元和年間（一六一五—二三）の作である。

前首。——山の稜線にかかるかと見るものの、風の向きが変わったので、ふたたび、行方《ゆくえ》も分からなくなりました。浮き雲は——。「雲」と題詞あり。「風の浮き雲」は、風に吹かれて動き流れる雲。

後首。——暮れてしまったなァ。山より遠い彼方から夕日の光が雲にだけ映えていた、その跡形といえる薄明りさえも——。

こちらは「薄暮雲」と題詞にいう。通村は雲にのみ残光が反射していた、その薄暮の雲を瞼によみがえらせている。

色もなく香もなき風をこころにて姿さだめぬ空の浮き雲　松平定信《さだのぶ》

風をあらみしづ心なき村雲にそれもまたたく夕《ゆふ》つづのかげ　松平定信

定信は徳川八代将軍吉宗の孫にあたる。「よもぎ」「むぐら」「あさぢ」の三巻からなる家集『三草集』を遺した。

前首。——色もなければ香も匂わない風を外から見えない拠りどころとしてしまい、姿をも定めず、風に求められるまま、どこへであろうと赴くのだなァ、空の浮き雲は——。この作は「よもぎ」から。

後首。——風の機嫌がわるいので落ち着いた気分ではない群がり集まる雲たちへ、それでも関心をひこうと瞬きをおくっているようだ。夕つづの耀きは——。こちらは「あさぢ」から。「夕つづ」は、夕方に西の空にきわだつ金星、宵の明星をさす。

飛ぶ鳥のかげはたえたる夕ぐれの野沢の水にうかぶしら雲　木下幸文《たかぶみ》

夕闇の庭のさまこそ淋しけれただ遣り水の音ばかりして　木下幸文

前首はいう。——空を飛ぶ鳥の姿はもはや見られなくなった。夕暮れの野中のたまり水に、空の雲、幽かに白さのわかる雲だけが浮かんでいる——と。

夕暮れどきの野沢の水に映る鳥として、よく詠まれていたのは晩春の雲雀《ひばり》であった。幸文はまだ飛んでくれるかと夕雲雀を待っていて、念頭には、日野忠光の作《影うつす野沢の水の底みればあがるもしづむ夕ひばりかな》などがあったかもしれない。

後首はいう。——夕闇の忍び寄る庭の風情とはこんなに淋しいものなのか。わずかに聞こえてくるのは遺り水の流れる音のみで——。

「遺り水」は外の小川・溝などから引き入れて庭につくった水の流れ。「夕やみ」と題詞を添えているところに、逢う魔が時とよばれてきた時刻の妖しさを実感しつつ紡いだ一首と思われる。宣長の『鈴屋集』から、《世の中の憂きこと聞かぬすまひかなただ山水の音ばかりして》などにも親しんでいたか。

富士

万葉長歌の一節に、《日の本の、大和の国の、鎮めとも、います神かも、宝ともなれる山かも》と、富士山は謳われている。この山こそは日本の国の鎮護としてもまします神であり、国の宝ともなっている山でもある、という。和歌ではおおむね「富士の嶺《ね》」「富士の高嶺《たかね》」とよばれてきた。

「峰《みね》」は山頂のみを表象するが、「嶺《みね》」は山頂のみでなく高み一円を包摂する、と先に書いた。富士山の均整のとれた雄大で優美な山容を表現するには、峰・岳・嶽などではなく、嶺・高嶺の語がなんとよく似合っていることか。

ここには万葉から江戸末まで時代順に一二首を撰んだ。味わっていただこう。

富士の嶺にふりおく雪は六月《みなづき》の十五日《もち》に消《け》ぬればその夜ふりけり　**笠金村《かなむら》**

——富士の嶺に積もっている雪は、六月の十五日に消えてしまったとすると、いつもまた、その夜のうちに降ってきていたなァ——。

作者は万葉宮廷歌人のひとり。「消ぬれば」の「ば」が恒常的な条件を表わし、「けり」が意識していなかった事象に気づいた詠嘆を表わす。

『駿河風土記』逸文にもこの歌どおりの神秘さが伝わる。暦の平均偏差、四〇日を念頭に、富士の初冠雪の報道に接するごと、この歌を私は思い起こしてきた。径庭は現在もほとんどない。

時しらぬならひをいつも絶たじとやけぶりにかすむ富士の嶺の空　藤原雅経

田子《たご》のあまの屋戸までうづむ富士のねの雪もひとつに見ゆる冬かな　藤原信実

雅経は言う。——時節などに関知はしない習性を絶やすまいというのか、富士山は噴火をつづけ、上空はいつ見ても煙にかすんでしまっている——と。

富士山は平安・鎌倉期をとおして噴煙をあげつづけたようだ。雅経は二十九歳で後鳥羽院の近習となるまで一〇年ちかく鎌倉に下向していた。これは鎌倉から遠望しての感懐だろうか。

信実は、——田子の浜辺に暮らす漁師たちの小屋までが雪に埋もれている。富士の裾野から田子の浦まで、うちつづく一つの雪景色に見える冬となったなァ——と言う。

版によって、富士の嶺・富士の根・富士のね、表記が分かれる。山腹のみならず広大な裾野をも視界にする一首なので、根も頷ける。富士は山地から噴出した火山ではなく平地から噴出している。田子の海辺も確かにこの高嶺の根元なのだ。根という表記も捨てきれず、そこで「富士のね」を採った。

まだ出でぬ朝日のかげのうつるにぞ富士の嶺たかきほどぞしらるる　日野俊光

いかにして雲よりうへにつもりけん空に見えたる富士の白雪　道我《どうが》

田子の浦はまだはるかなる東路《あづまぢ》にけふより富士の高嶺をぞみる　頓阿《とんあ》

俊光詠は、前項でみた実兼と同じ天象の捉え方をしている。

――まだ朝日は昇らず、どこにも光は射していない。というのに、富士の山頂部だけはすでに光をうけて耀いているではないか。富士の嶺がいかに高いか、その状態をこの光景から教えられる――。

崇高きわまりないこれは光景。歌意として書き加えておきたいと思うほどに。

道我は南北朝期の真言僧で、頓阿・兼好などの後ろ楯でもあった。

――どのようにして雲より上に積もることができたのだろう。空に見えているではないか。

降ったばかりの富士の白雪が――。

新古今のころから「横雲の空」という歌語が目立って遣われはじめている。横雲は層雲の一種で、とりわけ夜の明け方に山ぎわにたなびく雲をさす。道我が目にした富士は横雲が山腹を離れつつあるところだったのだろう。夜のあいだに積もった雪が、神秘なほどに、横雲より高い山腹を白く染め出していたのである。

頓阿詠は、赤人の万葉歌《田子の浦ゆうち出でて見れば真白にぞ富士の高嶺に雪は降りける》を口ずさんでいたからこそ詠まれている。

――田子の浦はまだ遥かに遠い先だけれども、富士の頂きをちらちら望見するところまで東路をやって来た。さァ、きょうから日を追って、高嶺がくっきりと見えるようになってゆくのだ――。

駿河湾に面した田子の浦は、富士山頂から真南にあたる。頓阿のうたいぶりは昂ぶる感情を抑えていて折目正しく、枯淡な味わいが匂う。

富士の嶺は雲居にたかし大比叡《おほひえ》やはたちあげてもいかで及ばん　**正広《しょうこう》**

夜の雨たかねの風にけさ晴れてさらにさやけき富士の白雪　**中院通村《みちむら》**

正広《しょうこう》の作は、駿河の藤枝で詠まれている。師の正徹亡きあと、文明五年（一四七三）の秋、東下りの途中だった。

――富士の嶺は雲のかかる彼方の空に高い。たしかに、比叡の山を二十《はたち》、積みあげるとしても、いかんせん、及びそうもないほどだ――。

業平の東下りで知られる『伊勢物語』九段が、《時しらぬ山は富士の嶺いつとてか鹿《か》の子まだらに雪の降るらん》と業平の実作を示し、「比叡の山を二十《はたち》ばかり重ねあげたらむほど（高さ）して、形《なり》は塩尻のやう」と記している。塩尻は揚浜式塩田で海水に浸すために堆積された砂山。京都の比叡山は八三九メートルであるから、二〇倍すれば途轍もない高さになってしまう。とはいえ、正広はこの日、藤枝の小山に登って富士のほぼ全容をはじめて遠望、その高さ・大いさに圧倒されたようだ。

通村《みちむら》の作のほうは、寛永四年（一六二七）四月はじめ、官務をもつ関東下向の途中の詠。

――夜来の雨と高嶺を吹く風に汚れを消してもらったのだろう。けさは晴れわたって、いっそう清らかではないか。富士に積もる白雪が――。

二句から三句目にかけて、高嶺の風に消され、けさは晴れて、と掛け詞を汲んで読みたい。

通村はこの一首の直前に、「雨の降るに藤枝を過ぐとて」と詞書して、《今日もなほ濡れてやをらむ降る雨に春の名残の花の藤枝》と詠じている。雨の降るなか、藤の花の一房《ひとふさ》を折り取って藤枝を過ぎたらしい。藤枝のあたりは東国へむかう旅人が、富士とはじめて向かい合う立地に恵まれていたのであろう。

海原のかぎりをみせて白波のつきぬる空にうかぶ富士の嶺　**松平定信**

空のうみ雲のなみまに蓮葉《はちすば》のひるがへりたる富士の柴山　**香川景樹**

富士の嶺のみゆるところはあまたあれど名さへゆかしき三保の松原　**木下幸文《たかぶみ》**

日の本のやまとごころの動きなしるしはふじの高嶺なりけり　**井上文雄**

定信詠。――広大な海面にさわぐ白波が水涯《みずぎわ》をみせて尽きてしまう彼方。大空に浮かぶ富士の高嶺が、まるで大海原からそそり立っているかに思える――。

白河藩主で老中となった定信は、探香丸と名づけた船をもっていた。海上から富士を眺望した赤人に倣おうと、定信も愛船で田子の浦の沖合へ漕ぎ出したのかもしれない。

景樹詠。――空を海と見立てていうのだが、雲の波間に巨大な蓮の葉が裏返っているかのようだ。富士の高嶺と裾野にひろがる柴山の眺望は――。

万葉歌に富士の裾野を「富士の柴山」と表現した例がある。深い樹海が往古にはいまだ低い雑木しかみられない原野だったからだろう。富士山は貞観六年（八六四）、永保三年（一〇八三）の噴火が知られるが、宝永四年（一七〇七）にも噴火して溶岩が流下している。景樹が富士を目のあたりにしたのは文政元年（一八一八）。宝永噴火の跡がまたまた柴山とよんで不自然ではない景観を呈していたとも考えられる。

蓮の夏葉は水面から長い柄をのばして、ほぼ丸い楯形の葉をひらく。形姿といい色合いといい大きな蓮葉の裏面になぞらえたのも、それなりに面白い連想だ。

幸文《たかぶみ》詠。――富士の嶺の見える景勝地はたくさんあるとしても、その名称にまで心ひかれるのは、三保の松原です――。

謡曲『羽衣』の一節を現代文にしてみよう。「三保の松原の春色を見よう。三保が崎の眺め、清見潟の月、富士の雪、いずれも春の曙は類いのない趣きである」と。ここは田子の浦の西南、駿河湾に面した小半島。天女が羽衣を松の枝に掛けたまま、それを忘れて風景に見とれるほど、富士山を望む白砂青松の景勝地であった。

文雄詠。――日の本の大和心は万葉長歌にうたわれたとおりで動きはありません。富士の高嶺があくまでも変わることなく、大和心の表象となってきているのです――。

万葉仮名では、富士はおおむね「不尽《ふじ》」と書かれていた。この表音表記を最も素直に解すれば、火煙の尽きることのない山、という意味であったろうと思う。文雄はこの一首に「不二《ふじ》」、すなわち比べるに二つなき山、と題詞を冠している。

鶴

和歌における題目は、かねて言及してきたように『堀河百首』において定型化をみたが、ここにまた堀河百首題の三項を〔鶴〕から〔松〕〔竹〕の順に設けることにした。

成語に「松上の鶴」という。このツルがコウノトリの誤認であるとは、ひろく知られているだろうか。本著の掉尾〔古詠にちなんで〕の項で山辺赤人の著明な一首をみていただくことになるけれども、赤人が《葦《あし》べをさして田鶴《たづ》なきわたる》と詠じたように、現在よぶところのツル科の鳥、鶴の名称はタヅであった。

とはいっても、堀河百首題の「鶴」はコウノトリをさしているかといえば、そうではない。

『堀河百首』は百の題目を一六名の歌人がおのおの一首ずつ詠じた百題百首である。

「鶴」は、タヅ一一首・ツル三首・マナヅル二首が詠じられて、計一六首となっている。そのうえツル三首はコウノトリと推定できるわけでもない。

本項はこのツルとタヅとの関連、曖昧模糊とした絡みを明確にしたいとも思う。

海原に霞たなびき田鶴《たづ》が音の悲しき夕《よひ》は国辺《くにへ》し思ほゆ　大伴家持
鶴《たづ》が音の聞こゆる田居《たゐ》に廬《いほ》りしてわれ旅なりと妹《いも》に告げこそ　よみ人しらず

前首は、防人《さきもり》派遣業務に携わっていた当時の家持が、難波の港に任地へ赴く防人たちの乗船を見送り、「防人の情《こころ》」を察して詠じた歌とされている。

——海上に霞がたなびいて、田鶴の声が悲しく聞こえる夜は、ふるさとの父母や家を思い起こすことだろうなァ——と。

万葉歌で「田鶴」の原語は多頭・多豆・多津などと表音表記されていて、多頭が最も多い。この歌も「多頭」である。瀬戸内海岸の葦辺や沖州などにみられたのは、タンチョウが主だったのではなかろうか。

後首のよみ人しらずは、「鶴」を『万葉集』でタヅと読ませている数少ない例の一つ。出稼ぎの農夫の歌であろうか。

——鶴の鳴き声が聞こえる田圃《たんぼ》の仮小屋に寝起きをして、わたしは独り旅先にあるのだと、誰だっていい、妻に知らせてくれないものか——。

前後にみる歌の配列から「田居」が刈り入れのおわった秋の田圃をさすと推定できる。さらに、秋の刈り田でタヅが落穂を啄ばんでいたのだとすれば、ツルの習性から察して、農夫が聞いたのはナベヅルの鳴き声だったかとも思えてくる。

あさりつる入江の蘆《あし》べ潮みちて浦路はるかに田鶴かけるみゆ　**後崇光院《ごすこういん》**

おりゐつつ昨日は田鶴やあさりけん濁りしままに凍る沢水　**大内政弘**

舟寄する葦《あし》べは遠く群れ立ちて沖の白洲に田鶴あさるみゆ　**武者小路実陰**

室町期の作二首と江戸期の作一首。

一首目。——餌をさがし求めていた入江の蘆の茂みまで潮が満ちてしまったので、海岸づたいを遥か彼方へ、田鶴が翔けてゆくのが見える——という。

後崇光院は正徹《しょうてつ》とほぼ同時期に歌作活動をした。詞書に結句そのまま「たづかけるみゆ」とある。

二首目。——降りては翔け、降りては翔けして、昨日は田鶴が餌をあさったのだろう。濁ったままで沢水が凍っているではないか——という。

政弘は〔旅（二）〕の項にも登場してもらった。この作には「沢水」と題詞が添う。

三首目。——舟が近寄るのに気づいて葦の茂みから遠くへ群れ立った田鶴なのだ。沖の白砂の干潟に餌あさりをする田鶴たちが見える——。

実陰もすでに二作をみているが、こちらは江戸中期の堂上歌壇の重鎮であった。

夕づくよ沢べに立てる葦田鶴《あしたづ》の鳴く音かなしき冬はきにけり　**源実朝**

松たかき洲浜に立てる葦田鶴は鳴く声ながら絵にうつさばや　**三条西実隆**

実朝詠はいう。——上弦の月がすでに中空にある今は夕暮れ。沢のほとりに立って鳴く葦田鶴の声がいよいよ哀切に聞こえる冬がきてしまったなァ——と。

寒さがつのり沢水が凍結すれば餌がとぼしくなる。田鶴はそれを歎くのか。葦の茂る水辺に群れる田鶴という意味で「葦田鶴」は歌語として成立している。ところが、鎌倉期ともなるとタンチョウに限定した雅名となっていたのではないか。私はそんな心証をも払拭できない。

実隆詠はいう。——高い松が背景となって、浜辺の砂地に立っている葦田鶴の姿といい佇まいは、鳴く声もろともに絵に写し取りたいと思わずにいられません——と。

題詞に「鶴立洲」とあって、初句が「松たかき」と詠まれているところに留意したい。鶴に似て松に営巣する鳥を鶴とよぶものの、ここに詠まれているのは松がそばにあっても決して樹木には止まらない、正真正銘の鶴、容姿も秀麗な葦田鶴である。詠調から実隆にそこを強調する意図があると感じられてくる。

真名鶴《まなづる》は沢の氷のかがみにて千歳のかげをもてやなすらん　西行

見るになほこの世の鳥のすがたともいさ白鶴《しらつる》の立てる松かげ　三条西実隆

岸による波かとぞ見る池水のみぎはに遠く立てる白鶴　上冷泉為村《ためむら》

西行詠。――真名鶴は沢の氷を鏡にして自分を映し出し、鶴は千年といわれる容姿を保てるように身づくろいを怠らないようだ――と、歌意はいう。

マナヅルはタンチョウほど多くはないが、往古から冬鳥として日本に飛来していたのは確かなようだ。タンチョウが葦田鶴とよばれるようになって、これも真正のツルの仲間とみられたところから、真鶴《まなづる》・真名鶴と名を冠されたかとも思われる。

実隆詠。――見るにつけて相変わらず現実に見る鳥の姿態とはとてもいえない。さあ、白鶴の立っている松の陰へ行ってみよう――と、歌意はいう。

三句から四句にかけてを、「すがたともいさ知らず、いさ白鶴の」と掛け詞を折返して読む。この白鶴という名はソデクロヅル（袖黒鶴）の異名とされる。事典によれば、地上に立つとき初列風切羽《かざきりばね》の黒い色が隠れ、全体が白い大きな鳥という印象に変わるらしい。実隆はそこに妖怪変化《へんげ》を見るような思いを禁じえなかったのだろう。

為村詠はいう。――岸にしぶくはずなどない波がうち寄せたかと見えるではないか。遠くの池のほとり、水ぎわに立っている白鶴が羽ばたくので――。

為村は江戸期冷泉家再興の祖。この作は遠くの地上で白鶴が羽をひろげたりすぼめたり、翼をうち合わすところを目にしているのでは。

松が枝《え》に鶴の卵子《かひご》の巣立ちつつ千代へんほどは君ぞみるべき　源行宗《ゆきむね》

すむ鶴のつばさの霜も年ふるき松に契りて幾世へぬらん　正徹

ともなはば鶴のかひごの巣くふまで緑にしげれ屋戸の松が枝　飛鳥井雅康《まさやす》

さて、この三首の「鶴」はコウノトリを詠じている。いずれも、祝賀といってよい類《たぐい》の歌である。

一首目の歌意は、――松の枝に鶴の卵から雛が巣立ちつづけております。大君よ、鶴は千年という、その千年も経過するぐらいは、あなたさまもこの目出度い鳥をごらんになることになりましょう――という。

行宗は金葉・詞花集時代の中堅歌人。この作は崇徳天皇に献じたと思われる百首歌中に「鶴」

の題で見出される。

二首目は、――松の枝に棲む鶴の翼におく霜も年を経ています。古くからみられる老松と鶴は睦まじい仲を保とうと誓い合って、どれほどの年月を経てきているのでしょうか――という。正徹はこの作に「寄鶴祝」と題詞を添えている。一群の祝言歌のなかに見出される晩年の作。松上の鶴を愛でながら、交誼のある人物と互いの長寿を祝い合ったのかもしれない。「つばさの霜も年経《ふ》り、古き松に契りて」が掛け詞。

三首目の意は、――わたしと同じ思いならば、鶴の卵が孵化し、鶴が成鳥となって棲みついてくれるまで、わが家の庭の松の枝よ、枯れることなく緑を保って茂ってくれるように――、となろう。

雅康は藤原雅経の後裔で、実隆にやや先立った室町期歌人。この作は「松作友」とある。松に友ができたことを祝っているようだ。

コウノトリ科の鳥は樹上に眠り、好んで松に営巣するそうだ。ツル科の鳥が木に止まることはない。

いま一つ、気づかされるのは、ツルは鳴くが、コウノトリは鳴かないということ。本項に採った田鶴も葦田鶴も鳴き声をあげている。しかし、松上の鶴を詠む歌に鳴く音は全く聞き出せない。

松

松は万葉集以来、四季を通じて和歌の題材でありつづけた、代表的な樹木である。寒さにも暑さにも耐えて色を変えない針葉の緑、松翠《しょうすい》が清らか。長い樹齢を保ちつづける風姿が秀麗。松にあたる風のしめやかな響き、松韻も耳底から消えることはない。

たまきはる命はしらず松が枝《え》を結ぶ心は長くとぞ思ふ　**大伴家持**

ときはなる松のみどりも春くればいまひとしほの色まさりけり　**源宗于《むねゆき》**

家持は言っている。――人間の寿命というものは分からない。わたしが松の枝を結ぶ心のうちはただ、この生命が長くあってほしいと思うからこそである――と。

これは年初、今日いうところの「松の内」の作であろうか。元日から十五日までを「松の内」とよぶ。松飾りで新年をことほぐからだが、根つきの門松のみならず、松は切り枝でも、一五日間は水なくて緑を保つ。その旺盛な生命力が尊ばれたところに「松の内」という表現と習俗が育ってきた。

「たまきはる」については〔懐旧〕の項で私見を述べたが、ここでは生命を讃《たた》える枕詞。「結ぶ」の意は、手に取って念ずる。万葉歌でも、このようにすでに、松の枝にあやかって長寿を願っていた。

宗于は言う。――一年をとおして変わることのない松の緑であっても、春がくれば、いま一段と色が深くなるような気がいたします――。

寛平五年（八九三）、後宮での歌合における詠。宗于は宇多天皇の従兄弟で臣籍にくだった歌人。

優《う》婆《ば》塞《そく》が朝菜にきざむ松の葉は山の雪にやうづもれぬらん　**曽禰好忠《よしただ》**

琴の音に峰の松風かよふなりいづれの尾より調べそめけん　**徽《き》子《し》女王《じょおう》**

ときは木のみどりはなべてかはらねど風のしらべぞ松はことなる　**肥後《ひご》**

「優婆塞」についてまず一言。この語は在俗の身だが出家者同様に仏道修行に励む人をさす。好忠が異色の歌人として注目された拾遺集時代、たとえば比叡山延暦寺で諸堂に勤務し、仏に花を供えるなどの雑事にあたった堂守たちが優婆塞とよばれている。

——山に暮らす堂守たちが困惑しているのではあるまいか。摘み取ってきて細かく刻み、朝の食菜として煮る松の葉が、おそらく降り積もった雪に埋もれてしまっているだろうから——。

平安期の聖道の仏教では、往生を期する志の深い人たちが、わが身の命終したあとに遺骸から死臭が発しないよう、死が近づいているのを自覚すると、食生活を木の実・松葉・草のみに切り換えていた。このいわゆる木食《もくじき》生活をした人たちの遺体からは薫香が匂ったという記録が多くある。

好忠は下級官吏で各地を転々としているが、京都の自宅に在るときは、毎朝、起きぬけに比叡山を望見、合掌していたかと思われる。山の伽藍の堂守をするのは老いた優婆塞たちで、好忠はその木食のありさまを知っていたのであろう。

——琴の音に、峰から吹きおろしてくる松風のひびきが似通っています。いったいこの松韻は山の稜線のどのあたりから聞こえてくるのでしょう。琴を弾くとすれば、どの緒で奏でることができるでしょうか、この響きを——。

徽子女王《きしじょおう》も拾遺集歌人。山の稜線を意味する「尾」に琴の「緒」を掛け合わせている。

——葉の緑を保ちつづける樹木、常磐木《ときわぎ》はどの種類もすべて同じような色をしているのですが、吹く風によって奏でられる葉ずれの音の諧調は、松だけがきわだって素晴らしいではありませんか――。
肥後は堀河百首の作者、一六名中のひとり。この作も『堀河百首』に出詠された。「ことなる」には、異・殊のみならず琴、その音が琴に似るという意も含ませてあるか。松韻・松籟《しょうらい》ともいう松風のひびきの幽玄さを讃えている。

谷の戸にひとりぞ松もたてりけるわれのみ友はなきかと思へば　**西行**

久《ひさ》に経てわが後《のち》の世をとへよ松あとしのぶべき人もなき身ぞ　**西行**

西行は五十歳の仁安二年（一一六七）十月、四国讃岐への旅に京都を発っている。まず悲運の生涯を讃岐に閉じた崇徳上皇の霊魂を白峰の陵墓に弔い、それから空海の誕生地、善通寺に向かった。この二首は善通寺滞在中の作。

前首はいう。――谷の入口に松までが独りで立っているではないか。友がなくて寂しいのはわたし一人のみかと思っていたのに――と。

善通寺御影堂の裏山に西行は庵を結んで越年しているのだが、そこが谷の入口、この松のそばであったようだ。

後首はいう。――松よ、久しく生き長らえて、このわたしの後世を弔っておくれ。こうして弘法大師の跡を慕い、庵を結んで、おまえと語り合う仲となっているのだが、じつは、このわたしの跡を偲んでくれるだろう人とてない身なのだから——と。

西行は、また独りぼっちにもどしてご免、と松に詫びつつ、桜の花が咲くころ旅のわらじを穿《は》いたようだ。

海山とものゝあはれを思ふには磯も高嶺もただ松の風　**慈円**

あらはれてまた冬ごもる雪のうちにさも年ふかき松の色かな　**藤原定家**

慈円詠。——海とともに山とともに、しみじみ味わう情趣というものを思い浮かべてみれば、磯辺であれ高嶺であれ、それは松に吹く風につきると言ってよいのではあるまいか——。歌意はいう。

定家詠。こちらは題詞に「寒松」とあり、——雪が消えて姿をみせればまた雪に隠れて冬ごもりをしてしまう。雪が降るなかで、いかにも年が深まったことを思わせる松の風情であることよ——と、歌意はいう。

ふくたびにいやめづらしき心ちして聞きふるされぬ軒の松風　**夢窓**

さびしさはをちの高嶺の夕日かげなきにぞまさる松のひともと　正徹
人すまぬ池辺にたてるそなれ松かぜのなびかすままにふりつつ　正広
引き植ゑし松によはひをゆづりおきて苔の下にや千世のかげみむ　宗祇
老いせじの松のときはを思へばや植ゑて砌《みぎり》にみぬ人ぞなき　烏丸光広《みつひろ》

夢窓詠は坐禅と瞑想に明け暮れていた修業時代の作かと思う。

――風が吹くたびにますます清新な心地がして、いつまで聞いていても飽きることがない。軒端からひびく松風の声は――。

これこそが風が松葉を煽《あお》るから生じる空気の振動、心が澄んでいなければ感知できないひびき、狭義の松韻であり松籟である。

正徹詠は「暮山松」と題詞にいう。

――寂しさは彼方の高嶺を照らす落日の光が消えた一瞬に増してしまうのを覚えます。暮色が濃くなり、山中に松の一樹がとつぜん目にとまったりして――。

正広詠は自歌合から。「寄月恨恋」と題する左歌に、この作を「閑居松風」と題する右歌として合わせている。

――人の訪れのない池辺に磯馴松《そなれまつ》のような松が知られている。わたしはあの松にひとしい。

風に靡かされるまま年月を経つづけて――。

「閑居松風」は「閑居待風」の寓意。俳諧歌といってよい一首なのだ。海辺にみる、強い潮風をうけつづけるため枝も幹も低く傾いている松が磯馴松とよばれる。松である正広は池辺に閑居して、意中の女性である風を待ちつづけていたのかもしれない。

宗祇詠には「老後、草庵に松をうゑ侍りし」と詞書が添う。

――子《ね》の日に引いて植えた小松に、この世に生きる年の長さは譲り与えておいて、わたしは苔むした墓の下で、千年も育つという松の姿を見ることにしようか――。

正月初の子の日に、野山に出て根の長い小松を引き、長寿を祈願した行事を「子松引き」という。宗祇は行事で引いた小松を庭に植えつけ、一息ついたところで、この感懐をもよおしたのにちがいない。

光広は江戸初期の堂上歌人。一首は寛永十年（一六三三）の詠。

――老いるまいとする松の不変の緑を思うからか、人びとは庭の敷石のそばなどに松を植えて、折おりに目をとめないではいられないようだ――。

「砌」は庭などの目につきやすい場所、何ごとかの行なわれる時、存在する場と時の両方を意味する。

竹

竹は姿形に気品が感じられるところから、古く中国の文人に最も愛された植物である。節目の正しい成長ぶりを讃えて、わが国では松・梅と並べて新年の飾りものともされてきた。松竹梅の三種は「歳寒三友」になぞらえられ、東洋画の伝統的な冬の画材でもあった。和歌において竹は、冬にかぎらず四季をとおして詠じられて、すぐれた風姿の作が今日に伝わっている。

わが屋戸のい笹むら竹ふく風の音のかそけきこの夕べかも　**大伴家持**

呉竹を屋戸のまがきに植ゑしより吹きくる風も友とこそなれ　**寂蓮**

家持の作は天平勝宝五年（七五三）、春二月に詠じられている。

――わたしの家の笹と叢竹《むらたけ》を、吹きつける風がわずかながら揺らしているらしい。その幽かな音が聞こえてくることよ、この夕方は——。

竹風は漢詩の題材となっていたが、和歌ではこの万葉歌が初であったかと思われる。

——呉竹をわが草庵の垣根がわりに植えてから、竹を友としているのはもちろん、吹きとおる風とも親しい間柄になっていることだ——。

「呉竹」は淡竹《はちく》。こちら寂蓮も建仁元年（一二〇一）の作で、二月の歌合に出詠されている。

竹の葉に風ふく窓はすずしくて臥しながら見るみじか夜の月　**宗尊《むねたか》親王**

独り寝もならはざりせば竹の葉に霰《あられ》ふる夜をえやは明かさん　**宗尊親王**

宗尊親王には四種の家集が現存する。この二首は最後の晩年の集『竹風和歌抄』から。二首ともに文永六年（一二六九）の作である。

前首。——窓の外は竹の茂み。竹の葉をそよがせる風が窓から入ってくれるので、涼しく夜を過ごせます。臥したまま、窓をとおして見ているのですよ、短い夏の夜の月をも——。

「窓」は通風・採光などのために屋根や壁に設けた穴をいう。

後首。——独り寝はいつものことです。しかし、もしも独り寝に慣れ親しんでいないならば、竹の葉に霰があたって音をたてる、このように深閑として冷えこむ夜は、どのようにすれば明かすことができるのでしょう――。

親王は、愛する人の温もりを失って夜を過ごせない己が身に啞然となった和泉式部の自虐の一首、《竹の葉にあられ降るなりさらさらに独りは寝《ぬ》べき心地こそせね》を思い起こしている。

うきふしもさぞならふらむわが友と植ゑて年ふる窓の呉竹　**公順《こうじゅん》**

うつし植ゑてげにわが友といまぞしる心むなしき窓の呉竹　**洞院公賢《きんかた》**

鎌倉後期から南北朝にかけての二首。公順は〔ふるさと〕の項にみてもらった藤原秀能《ひでよし》の曾孫にあたる。

――この世を生きる浮き沈み、憂き節を、わたしに倣っておまえも体験してくれているのかもしれないね。わたしの友としておまえを植えてから年月も経ったものだ。窓に覗く呉竹よ――。

淡竹は稈《かん》の節目の間隔をそろわせて成育する。歌人たちはその節に目をとめ、憂き世の節目を一つ一つ乗り越えたことを回想した。

――竹藪から移し植えて、まさしくわたしの友となってくれたと、今はそう思っている。真っ正直で心のひろく清らかな、窓から見える呉竹よ――。

公賢《きんかた》は竹の稈の内部、空洞を心に見立てている。「心むなし」い、虚心坦懐な淡竹は、わだかまりのない話し相手ともなっていたのであろう。

朝夕に生ひゆく竹の皮衣ぬぎおく園《その》と見えて涼しき　**正徹**

呉竹を馬となしつるいにしへを思ふもこひし窓の北風　**正徹**

木にもあらじ草にもあらじひととせに生ひのぼりたる竹の高さは　**三条西実隆**

正徹詠。前首はいう。——朝に見た竹の子が夕べには竹の皮もひらいて目を瞠るほど伸びあがっている。若竹が衣を脱ぎおいて生長を競い合う場かと思うと、このひと区切りの土地は見るも爽やか、心地よい——。

一定の植物を他から仕切って育てている一区画の土地を「園」とよぶ。

後首。——頑是ない少年のころ、呉竹で竹馬を作って遊んだものだ。思い起こすのも懐かしい。窓から見えるその呉竹を北風がそよがせている——。

こちらには「窓竹」と題詞が添うので、窓から現実に淡竹が覗いているからこその回想だ。正徹が暮らした禅堂。南正面で内陣は仏殿。左右の外陣に北窓が明いていたような結構が想像される。禅堂の北裏は風を遮るための竹林であったのでは。「窓の北風」にそんな想像をさせる喚起性を感じる。

実隆詠はいう。――木でもない草でもない。なんと一年間でこれほどまで伸びあがるのだから。竹のこの高さは――と。

真竹は淡竹の倍ほど、二〇メートルまで伸長する。実隆は真竹を見あげているのであろうか。宗尊親王は和泉式部の一首を思ったが、こちら実隆の脳裏には、古今集よみ人しらず《木にもあらず草にもあらぬ竹の節《よ》の端《はし》にわが身はなりぬべらなり》があったかも。蛇足だが、古今歌は節《よ》に世《よ》を掛けて、世の中の半端者になりそうだと歎いている。


素直《すなほ》なる中の心をならひてやわが友とみし庭の呉竹　**霊元院《れいげんいん》**

むなしきをおのが心の操《みさを》にて千世ふる竹の色もかしこし　**小沢蘆庵**

あしひきの遠山里の篁《たかむら》は雲のおりゐぬ時なかりけり　**木下幸文《たかぶみ》**

霊元院詠の意は、――おまえの稈の内部の素直な心をわたしは手本としてきている。認めてくれるかい。おまえを友として見てきたから頼むのだ。庭の呉竹よ――という。

「素直」には、素朴で飾り気がない、ありのままで正直、両意がある。「むなし」と同様、淡竹の稈の清らかな空洞を表わすのに歌人たちが重用した語である。「てや」は、みずからの意思・願望などを打ち明けて相手に念を押す連語。

霊元院は江戸も中期にかかるころ、堂上歌壇の牽引者だった。

蘆庵詠はいう。——稈の内部の空虚さを自身の心の不屈の信念として、長い年月を経ても緑の色を変えない竹は、なんと奥床しい姿であることか——と。

不屈の信念と言い換えてみた「操」だが、この語は節操ともいう。竹の節目の正しさを暗示して「操」そのものが竹の縁語なのだ。

幸文は言う。——足がおのずから引き寄せられる思いがする、遠い山里の竹の叢林《そうりん》ですが、いつ望見しても叢林の梢に雲が降りていない時はありません——。

「篁」は「竹叢《たかむら》」に同じ。藪とよぶより広い竹の密生している叢林を篁はさす。竹の叢林には霧が発生しやすく、層雲がたなびきやすい。自然がみせるその妙理を観察した裏づけのある一首だと思う。

出離

出離《しゅつり》するとは、煩悩を断ち、迷いの世界すなわち現世を離れて仏法を頼みとし、解脱の境地を求めることをいう。出家するとは、家族などとの関係を断ち、世俗を離れ、仏戒を受けて僧尼となることをいう。

歌人たちは概ね出離をしているのだが、出離とともに出家をもして解脱を遂げようとした人が多くみられる。

憂き世をばそむかば今日もそむきなむ明日もありとは頼むべき身か　**慶滋保胤《やすたね》**

今日こそは初めて捨つる憂き身なれいつかはつひに厭《いと》ひはつべき　**能因**

かりそめの憂き世の中をかきわけてうらやましくも出づる月かな　**大江匡房**

保胤は日本で最初の往生伝を書いた文人。この一首は「法師《ほっし》にならむと出でける時に、家に書きつけて侍りける」と詞書が添って、伝わる。

――憂き世に背いて出離するなら、今日ただちに出家したほうがよいと思うのだ。明日も生きているとは保証されているわが身ではないから――。

　長徳三年（九九七）に六十三歳で往生したとみられる保胤だが、出家したのは寛和二年（九八六）だった。

　能因の作も詞書に「出家しに行くとて、ひとりこれを詠む」とある。

歌意は、――すでに出離をしているが、今日というきょう改めて世間を捨てるこの辛い身だ。出家をしておけば、いつの日か完全にこの世間を離れて解脱を遂げることができるだろう――という。

　能因のこの出家は二十六歳の長和二年（一〇一三）ごろであったと考えられる。ところが、能因は自分の手で育てなければならない幼児をもつ身であった。そこで、出家はしても宗派・寺院生活には縛られない私度《しど》の沙弥《しゃみ》、あるいは聖《ひじり》として、子の面倒をみながら世間とは不即不離の日々をおくったように思える。「はじめて」を、改めて、の意に解して歌意を汲んだのも、右の予測が成り立つところに拠る。

　匡房の作は、周防内侍が尼になったと聞いて贈った一首と伝わる。

――憂き世はその場かぎりで虚しいですね。その世の中を掻き分けて去られたとは、羨ましいかぎりです。あなたのご出家を知って、裏山から昇ってくれる清らかな月を仰ぐような気分になりました――。歌意はそう言っている。

周防内侍は〔閑居〕の項で作を見てもらったのだった。平安仏教は漸次、極楽往生を保証するパスポートでもあるかのように、死期が近いのを自覚する富裕な在家層に出家受戒を勧める内実をみせている。内侍の出家はその類いの受動的な性質であったかもしれない。家集の詞書によれば、匡房がこの一首を届けたところ、昨夜、本人は命終したとの返事があったという。

世を厭ふ名をだにもさはとどめおきて数ならぬ身の思ひ出でにせむ　西行

世を捨つる人はまことに捨つるかは捨てぬ人こそ捨つるなりけり　西行

身の憂さを思ひ知らでや止みなまし背くならひの無き世なりせば　西行

いづくにか身を隠さまし厭ひ出でて憂き世に深き山なかりせば　西行

一首目。――現世を厭離したという評判だけでも、それでは、世間にとどめおくことにして、それを取るに足らないこの身の思い出にしよう――と、歌意はいう。

西行は『山家集』にみるこの歌の詞書によれば、「霞に寄する述懐」と同じ心を詠んだとする。

「霞に寄する述懐」とは《そらになる心は春のかすみにて世にあらじとも思ひ立つかな》という作をさす。春霞のように空の彼方に消えてゆきたいと西行は言い、出離する意思を固めようとしているが、こちらはすでに出離し、僧形となる出家の日も差し迫っての心境であっただろう。

二首目。これは「よみ人しらず」として『詞花集』に採られた、西行の最初の勅撰入集歌である。じつは、初句の「世を捨つる」が『詞花集』では「身を捨つる」と差し替えられている。措辞のこの改変は、作者の意思ではなく、撰者の恣意。作者名を伏せられたところにも、未だ若かった西行の存在そのものが軽くあしらわれた感をうける。

初句を「身を捨つる」に変えて、この二首目を味わってみよう。――身を捨てて出離をする人間は、仏に救われて悟りがえられるのであるから、じつは身を捨てることにはならない。出離をしない人間のほうが、仏に救われようと願っていないのであるから、反って身を粗末に捨てたに等しい状態にあるのではないか――。歌意は、このような逆説が真実として成り立つことに出離をしてはじめて気づいた、と言っていることになる。

では、ここに提示したとおり、初句が「世を捨つる」では、どのような歌意となるか。西行は天台・真言の僧侶をさして「世を捨つる人」と詠んだのではないだろうか。

――正式に得度をする宗門の僧侶たちは、世を捨てることにはなりません。わたしのように私度の沙弥となり、市井の聖の仲間入りをさせてもらって清らかな生活をおくってこそ、まことに世を捨てることになるのではないでしょうか――。これが私の汲みたい歌意であり、西行の真意もここにあっただろうと思われる。

この二首目は、家集でも『西行法師集』のほうにみえるのだが、異本『山家集』の一本にも採られて、そこでは「年ごろ嵯峨に知りける聖のもとへ尋ねきて出家をとげけるほど、いかにと申しければ」と詞書が添う。この詞書を肯定してみよう。この二首目は髪をおろして直後、導師となってもらった聖から心境を問われて、即答した歌だということになる。

三首目。――この身の悩みを解決もできず、晴ればれとした気分にもなれないで、一生を終わることになったかもしれない。もしこの今、現在が、出離して出家するという慣わしのない時代であったとするならば――。歌意はそう言っている。

この三首目も『法師集』のほうで詞書に「出家後よみ侍りける」とある。

四首目。「憂き世に深き山なかりせば」という、この歌の下句に私は留意する。――どこに身を隠せばよいのであろう。憂き世を厭離したのだが、その憂き世に深い山がなかったならば――と、歌意は言っていることになる。憂き世すなわち俗世間にたいする深山は、通常、別世界として意識される。ところが、深山もまた憂き世の内であるという認識を西行はここに覗かせているのだ。

すでに二首目の「世を捨つる人はまことに捨つるかは」とも詠んで、西行は俗世間と交わる天台・真言の官僧を批判した。平安仏教の根元の地として「深き山」は、天台の比叡山・真言の高野山である。だが、そこは冥加料と引き換えに極楽往生のパスポートを発行するといってもよい、すでに憂き世の内となっている。

西行は二十三歳で出家したものの、三十歳のころから高野山に草庵を結び、山内の紛争処理にあたっている。鳥羽法皇から課せられた使命だった。――いかんせん、憂き世には遁世の場所として選べる深い山がほかには無い――。一首には反語表現で、この悲哀もが詠みこまれているようだ。

数ならぬわが身にひとつうれしきはこの世をおもひ捨てしなりけり　寂然《じゃくぜん》
世の中の憂きは今こそうれしけれ思ひ知らずは厭はましやは　寂蓮《じゃくれん》

寂然詠はいう。――取るに足らないわが身で一つ誇らしく思っているのは、わたしのばあいは現世を厭うから出離したのではなく、現世を愛惜するから出離したのだということです――と。

寂然の出離は西行より遅れること三年だった。ふたりは生涯の友。〔心をしのぶ〕の項などから記憶されていると思う。この述懐を前出の西行歌一首目と対照してもらいたい。互いに意識し合うところも大であったことが窺える。

寂然すなわち藤原頼業《よりなり》は、鳥羽・崇徳両上皇の確執の板挟みとなった。出離は国政を紛糾させないための誇らしい選択であった。まさに「この世をおもひ捨て」たのである。

寂蓮詠はいう。——世の中に生きる辛さは今かえって快く思い出されます。もしも辛さを知らなかったらこの世を厭って出離したりしたでしょうか。しなかったことでしょう——と。「ましやは」は反実仮想。出離し、出家したからこそ今は安らかな心境でいられるのだと、この述懐は遠回しに言っている。

のがれこし身にぞ知らるる憂き世にも心にもののかなふためしは　兼好

いかにしてなぐさむものぞ世の中をそむかで過ぐす人に問はばや　兼好

兼好が出離したのは延慶元年（一三〇八）、二十六歳。出家受戒は三十歳ごろで、三十三歳ごろから数年間を修学院におくっている。修学院は比叡山の西麓、天台延暦寺三千坊中の一院だった。この二首は修学院籠居中の述懐である。

前首。——現世からのがれ、出離した身となって納得したことだ。憂き世にも物事が心の思いどおりになる前例もあるということを――。

この作は西行の境涯をとりわけ理想にしたい心情となったところに詠まれているだろう。後首。――どのようにして気分を晴らしているのか、世の中を捨てないで日々を過ごしている人たちに尋ねてみたいものだ。尋ねてみよう――。

世の中に執着する人に心の安らぐ時があるのか。出離したからこそ安らぎを得ることができた、という感懐が詠ませている。

世を捨つる身には定むる宿もなしこころの奥を庵とぞする　**夢窓**

憂きことのなほこのうへに積もれかし世を捨てし身にためしてやみむ　**良寛**

夢窓詠はいう。――憂き世を出離している身には、ここと定める宿などない。心の奥に大円《だいえん》覚《かく》、つまり仏《ほとけ》の完全な覚りをいただいているから、その心の奥だけが住処《すみか》なのさ――と。

三十八歳から一〇年間が夢窓の流浪期だった。「直以大円覚為我伽藍、東去西留、未曽暫離其中」。直《た》だ大円覚を以ってわが伽藍としているため、東に去り西に留まるも、未だかつて暫しも其中《そこ》を離れず。先生はなぜ宿を定めないのかと問われるたび、夢窓はつねに右のごとく答えていたようだ。

良寛詠はいう。——心を悩ませることが、なおこれ以上に積もるなら積もるがいい。現世を出離してしまっているこの身に耐えられるかどうか、確かめてみようではないか——と。五合庵に良寛が定住したのは四十歳の寛政九年（一七九七）。直前の二年間、父親の入水自殺などが原因で、行脚中の四国から帰郷した良寛は、越後の各地を転々としている。その彷徨中の詠であろうか。出家の身にも父の不慮死は試練だった。良寛はその試練を耐えぬいた。

辞世

辞世という語は、この世を辞する、つまり命終することを意味するが、詩歌とりわけ和歌では、死に臨んで詠みのこす歌をさすようになった。臨終の場では以心伝心といってよい事態も起こりうる。そこで、本人のかたわらにあって本人の死を見届けることになる人物が、本人に代わってものした詠作も、和歌では本人の「辞世」として扱われている。

ももづたふ磐余《いはれ》の池に鳴く鴨《かも》をけふのみ見てや雲隠《くもがく》りなむ　**大津皇子《おおつのみこ》**

鴨山《かもやま》の岩根《いはね》しまけるわれをかも知らにと妹《いも》が待ちつつあるらむ　**柿本人麻呂**

大津皇子は天武天皇第三皇子。朱鳥元年（六八六）、父天皇崩御の直後、謀反の嫌疑で十月二日に捕らえられ、翌三日に二十四歳で死を賜《たま》わった。皇子の辞世はそこでいう。

――磐余の池で鳴いている鴨たちのように、たくさんの人が列をなし泣いて別れを惜しんでくれるのを、今日を最後にわたしは見て、死んで雲の彼方へ消えてゆくことにしよう――。

「ももづたふ」は百伝《ももづたふ》。「百」は漠然と多数をさし「伝」は列なるを意味する。「ももづたふ」は、鴨が列をなして鳴き泳ぐように、多くの人が並び立って泣くさまを表わす。皇子は訳語田《おさだ》の自邸で死を賜わったが、「磐余」は自邸に近い池であった。私は鴨族の人たちが磐余の池の堤に並び、死に臨む皇子を悼んだのではないかと自説をもつので、次首のあとにその一端を開陳させてもらう。

前首・次首ともに『万葉集』所収。前首は詞書に「大津皇子、死を被りし時に、磐余の池の堤にて、涙を流しての御作」とあり、次首の詞書は「柿本朝臣人麻呂、石見《いはみ》の国に在りて死に臨む時に、自ら傷みて作る歌」とある。さて、人麻呂の辞世はいう。

――鴨山の岩の根元を枕に倒れ臥しているわたしなのに、それとは知らず、妻はわたしの帰りを待ちつづけているのであろうか――。

石見（島根県）に「鴨山」と名をもつ山は伝わらない。これは鴨族の一団が生活の根拠とする山という意味なのではなかろうか。「岩根しまける」の「まける」は、巻《まく》・枕《まく》・負《まく》の受動態と考えられる。

『万葉集』はこの辞世につづき、人麻呂の妻の作《今日けふとわが待つ君は石川の峡《かひ》に交《ま》じりてありといはずやも》を載せている。妻の作から「鴨山」を巻くように流れていたのが「石川」で、人麻呂はその谷間に鴨族の人たちによって匿《かく》まわれていたかと予測できる。

この国土に早くから定住する国つ神系の氏族が、遅れて渡来した天つ神系の氏族に抑圧されていた。石の武器は銅に劣る。銅の剣は鉄に折られる。鉄の農具は深く耕し、木の農具は浅くしか耕せない。天つ神系は鉄をもち、国つ神系はもたなかった。そこに、殿上《てんじょう》と地下《じげ》という両者の階層序列が決定していた。

国つ神系から、磁鉄鉱・砂鉄の採掘に乗り出してたたら吹き鉄製錬に成功したのが、建角身《たけつのみの》命《みこと》を祖とする鴨族である。大津皇子は鴨族から有能な人材を殿上に引きあげようとしたために誅されたのではないか。殿上には官職が五位以上でないとあがれない。人麻呂の受ける扱いは六位相当であった。人麻呂も殿上を求めたがために、石見に隠れざるをえない憂き目をみたのではあるまいか。

鴨長明に、京都の下鴨神社で詠じた一首、《石川や瀬見の小川の清ければ月もながれを尋ねてぞすむ》が知られている。下鴨神社の祭神は建角身命。この作の「石川」は鴨川をさすが、「石川」は砂鉄が採掘されていた川を意味する。鴨川も上古代、上流で砂鉄が採掘されていた。人麻呂の妻が詠んだ石見の「石川」もしかり。「石見の国」も磁鉄鉱を発見できる国という意味をもつだろう。

さらに一つ。私は『恋うた・百歌繚乱』に大津皇子と石川郎女《いらつめ》の相聞歌を採った。この娘女は出自不明ながら鴨族から出仕した官女なので「石川」とよばれていたのであろう。大津は異母兄の草壁皇子から、その愛妾となっていた石川を奪ったのだ。大津に死を宣したのは草壁である。石川娘女との密通も大津皇子が粛清される遠因の一つとなっていたのかもしれない。

つひにゆく道とはかねて聞きしかどきのふ今日とは思はざりしを　在原業平

声をだに聞かで別るる魂よりもなき床に寝む君ぞかなしき　よみ人しらず

『古今集』に辞世の歌が六首みえる。そのうちのこれは二首である。

前首。――最後には死出の道を行かねばならないと以前から聞いていたものの、その門出がまさか昨日きょうとは。こんなに差し迫ってきているとは思わなかったなァ――。『伊勢物語』百二十五段でも知られる辞世だ。業平が死をまのあたりにして、なお、このように天衣無縫であったとは。

後首。――あなたのお声を聞くこともできないでわたしは死んでゆきますが、そのお別れするわたしの霊魂よりも、帰ってみえれば、わたしのいない床にあなたは独りおやすみになるのですから、そのあなたのほうがお気の毒に思えてなりません――。

このよみ人しらずは、詞書があって、夫が遠国に下向している間に、都にとり残された妻がとつぜん発病、衰弱しきって息をひきとる直前に詠みおいた歌という。

いづれの日いかなる山のふもとにて燃ゆる煙とならんとすらむ　**選子内親王**

おぼつかなまだ見ぬ道を死出のやま雪ふみわけて越えむとすらむ　**良暹《りようぜん》**

草の葉に門出はしたりほととぎす死出の山路もかくや露けき　**田口重如《しげゆき》**

選子内親王は長元八年（一〇三五）、七十二歳の没。五七年間という長きにわたって賀茂斎院をつとめたので、大斎院とよばれている。

——生涯を終える日が近いと思う。わたしはいつ、どんな山のふもとで火葬に付され、燃え尽きる煙となろうとするのだろうか——。

折から土葬・火葬が貴顕のあいだで錯綜する時代であった。火葬を意思表示したあとに詠まれた、遺言がわりの辞世とみる。

良暹《りようぜん》は康平七年（一〇六四）前後の没。天台僧で洛北大原に隠棲していた。

——待ち遠しいことだ。見たことのない道をゆくのが。死出の山を雪をも踏みわけて越えようとするのであるから——。

「病おもくなり侍りけるころ、雪のふるを見てよめる」と詞書にいう。覚束無し、という語は、判然としないから不安、判然とするのが待ち遠しい、両極の意をもつ。良暹は開悟の心境にあったろうから、後者の意とみるのがふさわしいかと思う。「死出の山」という成語は「あの世」と「この世」とを隔てる山という意でよく用いられていた。

重如《しげゆき》は、道長との政権争いに敗れた藤原伊周《これちか》の家人であったか。『金葉集』でのみ、二首の辞世が知られる。

――草の葉のもとに、この世から門出をしたのだ。ほととぎすよ、死出の山路もこのように、草葉が露に濡れているのかね――。

貴族社会には、死臭が殿舎を穢すという判断から、死期の迫った病人を外に移す慣わしがあった。身分が高ければ加持僧の私房などへ移されたが、主家で患った重如《しげゆき》は板戸に載せられて、草の茂みへ放り出されたのである。ホトトギスは異名の一つに「死出の田長《たおさ》」とよばれる。この鳥は死出の山から飛来するとみなす人たちがあった。草の上に倒れ臥して息も絶えだえの重如に、ホトトギスの鳴き声が聞こえたのだろう。

重如のいま一首は、《弛《たゆ》みなく心をかくる弥《み》陀《だ》仏《ほとけ》ひとやりならぬ誓ひたがふな》。――阿弥陀さま。怠ることなくあなたさまの名号を心に称えつづけてきたのです。摂取不捨のご誓願どおり、お浄土に迎え入れてくださいますように――。草の上の重如は、間もなく、こうも詠じて息を引き取ったとされる。

つひにゆく道とはよそに聞きしかどわれにて知りぬきのふけふとは　**藤原教長**

われ去りてのちにしのばむ人なくば飛びてかへりね鷹島《たかしま》の石　**明恵**

この二首は、辞世として採るものの、なんと軽やかに吟じられていることか。俳諧味さえもが感じられる。

教長詠。——最後には行かねばならない道だと、業平公の辞世で聞き知っていましたけれども、とうとう、わたし自身が体験することになったのです。昨日といい今日といい、死出の道への門出が迫っているのを——。

気おくれもせず、遠慮もなく、これほど本歌に似せることに徹した詠作はめずらしい。「われにて知りぬ」の格助詞「にて」が歌の姿を立たせている。

明恵詠。——わたしが世を去って後、おまえを大切にしてくれる人がいないならば、鷹のように大空を飛翔して島へ帰りなさい。鷹島の石よ——。

明恵は、三十四歳で高山寺をひらいた建永元年（一二〇六）以前、しばしば神経衰弱におちいり、故郷の南紀に帰って保養している。その折、瞑想の日々をおくったのが、南紀の洋上に浮かぶ孤島、すなわち「鷹島」であった。

文鎮がわりにも愛用していたのか。高山寺でつねに机の上においていた石らしい。

わが恃《たの》む御法《みのり》の花のひかりあらば暗きに入らぬ道しるべせよ　後鳥羽院

をはりにと釈迦も阿弥陀もちぎりてし十たびの御名をわすれしもせず　藤原秀能《ひでよし》

前首。――わたしが帰依する有難い経典の教えが光を失わないであるならば、死出の山路に迷わないよう、お願いしたい、道案内を――。

後鳥羽院の最晩年は『法華経』の読誦《どくじゅ》を日常とする生活であったようだ。「御法の花」は実りの花とも表わされ、『法華経』を比喩する。

不如意な隠岐の日々では、現実に仏法に結縁《けちえん》して教導を請う善知識を見出せなかったと思われる。無明の世界に迷い込まぬよう、後鳥羽院は『法華経』を最後のよりどころとして生涯を閉じた。

後首。――臨終に称えるようにと、お釈迦さまも阿弥陀さまも摂取を約束してくださっている十念を忘れなどするものですか。十念を遂げてみせましょう――。

秀能は、〔ふるさと〕の項で一端を示したように、後鳥羽院から篤く信頼された近臣だった。これは臨終に立ち会う導師（善知識）から辞世をのこせと勧められて詠じた一首であるという。

臨終正念と十念については〔命・死〕の項にふれた。ここで「十念」は、「南無釈迦牟尼仏」あるいは「南無阿弥陀仏」と、名号を十回称えて事切れることをさす。

露の身のきえてもきえぬおきどころ草葉のほかにまたもありけり　木下長嘯子《ちょうしょうし》

待てといふに隙《ひま》ゆく駒はとどまらずいざさは終《つひ》の旅よそひせむ　小沢蘆庵

長嘯子は言う。――露のようにはかないこの身は草葉の上に消えても、消えない命のおきどころが、草葉ではない他のところに、そういえばやはり在るのだった――と。

「辞世」とみずから銘うっている。長嘯子が没したのは慶安二年（一六四九）八十一歳。結句「またもありけり」があざやかである。「またも」の意が、やはり。「ありけり」が、死の迫った今となって命のおきどころが仏国土にあると気づいた、と示唆している。

蘆庵は言う。――待ってくれというのに、歳月はあっという間に過ぎてしまう。止まってくれなかった。さあ、それでは、最期の旅支度にとりかかろうか――と。

昔の人は物の隙《すき》から戸外へ目をやっていて、道を駆けゆく馬が一瞬に消える速さを感じた。「隙ゆく駒」は、そのように、歳月も迅速に過ぎてしまうという譬え。蘆庵は享和元年（一八〇一）七十九歳で没した。

挽歌

挽《ばん》の字は葬送のさい棺を載せた車を引くことを意味する。挽歌はほんらいその引き手たちがうたう歌であった。和歌ではそこから、肉親・縁者・知己などの死、要するに忘れがたい思い出のある人の死を悼む詠作が「挽歌」とよばれる。

うつそみの人にあるわれや明日よりは二上山《ふたがみやま》を弟《いろせ》とあが見む　**大来皇女《おおくのひめみこ》**

妹らがり今木の嶺に茂り立つ夫《つま》まつの木は古人《ふるひと》みけむ　**柿本人麻呂**

まずは、大津皇子を哀傷する、同母姉の一首である。

――現世におき去られてあるこのわたし。明日からは、二上山を弟そのものとわたしは見つづけよう――。

大津皇子の屍《しかばね》は訳語田《おさだ》の邸宅から移して二上山に葬られた。訳語田は現在の桜井市にあたるから、二上山は西方、真正面に望見できる。
「うつそみ」は「うつせみ」の古形。現身《うつそみ》でありながら空蟬《うつせみ》と当て字されるようにもなるのであるから、皇女は慈しむ弟を失った悲しみの身など、この世にあっても、すでに蟬の抜けがら同然、という自認であったかもしれない。

二首目は、『万葉集』巻九に「宇治稚郎子《うぢのわきいらつこ》の宮所」の挽歌として見出される。
――妻たちのもとへ今来るという名の、今木の嶺に茂り立つ、夫の訪れを待ってきた松の木は、かつて古人を見ただろうか、見てくれているといいのだが――。
「妹らがり」の「がり」は、のもとへ、の意。この「妹らがり」が枕詞として地名の「今木」に掛かっている。所在不明のこの地に老いて苔むした松の木がみられたのだろう。

応神天皇は稚郎子への継承を宣して崩じたが、稚郎子は兄の大鷦鷯尊《おおさざきのみこと》が大望を秘めるのを見抜いていたので、皇位を譲ろうとした。だが、大鷦鷯は応諾しない。稚郎子が遂に選んだ手段は自殺だった。兄は難波の宮から宇治へ駆けつけ、弟の屍に跨って号泣した。この大鷦鷯が仁徳天皇である。

稚郎子は女性の愛を知らない若い死であった。人びとはそこで稚郎子のために来世の艶福を祈願した。人麻呂は依頼のもとに追悼の催しなどで儀礼の挽歌をも詠じた歌人。これはそういう一首であり、「古人」は稚郎子をさす。

ちなみに、稚郎子が自殺した「桐原の日桁《ひけた》の宮」跡に、世界遺産の、稚郎子を祭祀する宇治上神社が現存する。

みな人は花の衣になりぬなり苔のたもとよ乾きだにせよ　**遍昭**

うちつけに寂しくもあるかもみぢ葉もぬしなき宿は色なかりけり　**源能有《よしあり》**

仁明天皇が崩御、近臣で寵愛をうけた良峰宗貞は諒闇《りょうあん》（服喪）中に出家して遍昭を名のった。

——人びとはみな、喪服を脱いで華やかな衣服にもどったそうな。涙に濡れて湿ったままの僧衣の袖よ、せめて少しだけでも乾いてはくれないか——。

僧侶の衣を「苔の衣」という。この一首は諒闇が明けた仁寿元年（八五一）春に詠じられている。

河原左大臣として知られる源融《とおる》は寛平七年（八九五）秋に薨じた。能有《よしあり》は『伊勢物語』八十一段でも名高い河原院のそばを通りかかり、こちらの挽歌を築地越しに院内へ投げ入れたかのよう。

——にわかに寂しくなりました。ご主人のいらっしゃらないお屋敷は、木々までが悲しみに暮れているのか、もみじ葉も褪せてあざやかな彩りが見あたりません——。

「うちつけに」は、とつぜんに。融の死は予期しない出来事だったのだろう。能有はこのとき大納言で、翌寛平八年に右大臣となっている。

今はとて飛び別るめる群鳥《むらどり》のふるすに独りながむべきかな　藤原義孝《よしたか》

遅れじと思へど死なぬわが身かなひとりや知らぬ道をゆくらん　道命《どうみょう》

なき人の来る夜と聞けど君もなしわが住む屋戸や魂《たま》なきの里　和泉式部

夢にのみ昔の人をあひ見ればさむるほどこそ別れなりけれ　永縁《ようえん》

義孝詠はいう。――今はこれまでと、帰ってゆく人びとが、飛び別れる群鳥のように見える。現に、この邸宅にいつも群がり巣くった人たちだが、その古巣でわたしは独り父の死を偲んで物思いに沈むことになるのであろうか――。

一条摂政とよばれて権勢をふるった藤原伊尹《これまさ》の葬儀がおわり、散ってゆく会葬者の後ろ姿を作者は眺めている。伊尹の死は天禄三年（九七二）十一月、享年四十九歳。義孝は伊尹の四男で未だ十九歳なのだ。

動詞「ながむ」の二つの意、物思いに沈む・遠くを見わたす、両意を巧みに掛け合わせているところに非凡さが覗く。独り離れたところから人びとを見わたしている実景も迫ってくる詠じぶりだ。

残念なことに、義孝自身もこの二年後、疱瘡を患い、歌才を惜しまれつつ二十一歳で夭折した。

道命詠はいう。――あとを追いたい、遅れまいと思うものの死なずにいるこのわが身だ。あの人の霊魂身はただ独り、まだ冥《めい》途《ど》の旅にあり、見知らぬ暗い道をたどっているのであろうか――。

これは『千載集』が収める一首で「親しかりける人のみまかりにけるによめる」と詞書がある。道命は後拾遺集時代、京都嵐山の法輪寺に住持した天台僧。日本仏教には「中《ちゆう》有《う》」という考え方があり、人は死後の四九日、つまり七週間、仏国土に次の生をうるまで冥界をさまようと考えられていた。

家集では、この作は見あたらず、叔母の死を《遅れたるわが身を歎く折をりにさきだつものは涙なりけり》と詠じているのが目につく。「親しかりける人の」死とは叔母の死をさすのかもしれない。

和泉詠はいう。――今宵は亡くなった人の霊魂がたずねてくる夜と聞いていますのに、君の気配はどこにも感じられません。わたしが暮らすこの家など、わたし自身がすでに魂を失った亡《な》き骸《がら》のようになって身を寄せている親元なのだからでしょう――。

親と同僚の忠告をふりきって和泉は敦道親王と激しい不倫の恋をした。親王は寛弘四年（一〇〇七）十月、二十七歳で薨じている。家続集にみる歌の配列・詞書などから、これは同年大晦日に詠まれた挽歌で、「君」は親王をさしていると分かる。和泉は三十歳だったろう。

宮中に出仕して女官生活をおくった女性は、宮中を「内」、実家すなわち親元を「里」とよんだ。大晦日に精霊がもどって来ると考えられたのも事実で、冥界から通ずる闇路を照らすようにと、宮中や貴顕の邸宅ではこの夜に、徹宵であかあかと松明を焚く慣わしまであった。

永縁《ようえん》詠はいう。――夢でいまだに昔の母を見るので、わたしはいつも夢の中にいるような気分です。夢に母が顕われなくなり、もう夢から醒めたかと自覚する時がくれば、その時がわたしにとっては母との別れなのです――。

詞書に「身まかりてのち久しくなりたる母を夢に見てよめる」とある。永縁は堀河百首の作者のひとり。九歳で父と死別、母のみの手で育てられ、出家して興福寺の僧となった。亡き母を慕う切せつとした心情が吐露されている。

こぞのけふ花のしたにて露きえし人のなごりのはてぞかなしき　**藤原良経**

花のしたのしづくにきえし春はきてあはれむかしにふりまさる人　**藤原定家**

かりそめの宿にせき入れし池水に山もうつりてかげを恋ふらし　**藤原家隆**

西行の死は〔素志〕の項で言及したとおり、文治六年（一一九〇）二月十六日であった。良経の一首目は、翌年の春がきて、定家のもとへおくられた西行を偲ぶ挽歌である。

――昨年の今日、かねての宿願どおり、花の下で露が消えるように亡くなった故人に名残を惜しむ最後の日となりました。一周忌を終えてしまうのに改めて心の痛みを覚えます――。

定家は二首目を良経への返歌とした。

――花の下の雫のように上人が消えられた春のその日が再びきました。あわれにも、人の名は年ごとに昔へと旧《ふ》り増さって忘れられてゆきます。だが、上人の名は人の世に降り増さってゆくでしょう――。

「旧り増さる」から「降り増さる」へのどんでん返しがあざやか。西行にかぎっては、雨が降り増さって人身に滲むように、その名がひろまるだろう。定家は暗にそう言っている。

西行の一周忌に良経・定家が挽歌の贈答をして一六年が経過、元久三年（一二〇六）三月、摂政の良経が薨去した。このたびは、良経を哀悼して、家隆・定家が一〇首ずつ挽歌を贈答しているのだが、三首目は、家隆から定家に呈された一〇首中の一首である。

――過ごされた日々はわずか。その邸宅の池には今も滝口の石組から水が導き入れられています。池水には山も映って、摂政のお姿を求め、慕っているように思えます――。

良経の最期は、専修念仏《せんじゅねんぶつ》を差し止めるか否か、顕官たちの意見が真っ二つに割れるなか、事態の収拾に奔走した過労が原因と思われる、三十七歳の頓死。善美をつくして造営した邸宅に、良経はわずか五カ月を暮らしたのみで急逝したのだった。

釈教

信奉する仏教経典に寄せる感懐が平安中期から和歌に詠まれはじめている。仏教的な自然観照、仏教的な心情、仏教的な寓意、それらを題材とする歌をも総括して、「釈教」という部立名の成立をみた。現在、釈教歌は馴染まれているとはいえない。しかし、和歌の一分野なのであるから、お披露目だけはさせていただこう。

蝶となる人の夢だにあるものを鶴の林のをりまでやみし　**藤原頼宗《よりむね》**

苦しくはわれを恋ふとやこころみに死なぬ命を死ぬとつげけん　**藤原頼宗**

はるかなる花のにほひも鳥の音も心にみえて身にぞきこゆる　**藤原頼宗**

沈むべき人をかなしと思ふには淵を瀬になすものにぞありける　**藤原頼宗**

頼宗は宇治に平等院を創建した頼通の異母弟。藤原道長の長男が頼通、次男がこの頼宗である。

釈尊（釈迦）の入滅は紀元前九四九年二月十五日と伝わっていた。日本仏教は正法千年・像法千年とみなして末法到来を予測したので、平等院鳳凰堂造立の前年、永承七年（一〇五二）から末法に入ったことになる。有識者のあいだでは、末法の不安におののく一方、末法に入るからこそ釈尊の教えを改めて守らねばという機運も高まったので、その一つのあらわれが『法《ほ》華経《けきょう》』の学修だった。『法華経』は二八品《ほん》（章）から成る。歌人たちもこの学修に勤しみ、各品について感想などを一首ずつ計二八首の和歌とする流れが生まれた。頼宗は「法華経二十八品歌」を詠みのこした初期歌人のひとりなのである。

一首目。――蝶となる夢を見た人さえあるとはいうものの、法華経を伝えることになった仏弟子たちは、鶴の林が生じた瞬間を、果たして現実に見た人たちであるのかどうか――。

これは第十四「安楽行品《あんらくぎょうほん》」についての感想。釈尊はこの章で、自分が涅槃《ねはん》（寂滅）してのち、法華経を後世に説き明かす者は、つねに釈迦如来の幻影を見て安息を得ることになると約束していられる。

「蝶となる人」とは、荘子のこと。荘子は蝶となって百年のあいだ花と遊んだ夢を見、覚醒ののち、自分が夢で蝶となったか、蝶が夢見て自分になっていたのか、いずれなのかを疑った。

「鶴の林」とは、釈尊の入滅のとき、周囲に茂る沙羅双樹《さらそうじゅ》が、白鶴をみるように白変し枯朽したと伝わるところに、釈尊の涅槃そのことをさす。

頼宗は「安楽行品」のみせる、学修者をして夢の中に迷いこませる構成の二重性に幻惑されて、荘子の夢をまで引き合いに出すことになった。

二首目。——煩悩に苦しむ衆生がわたしを慕うというのか。それならばと釈尊は、試みとして、死なぬ命を死ぬと告げ知らされたのであろう——。

こちらは第十六「如来寿量品《にょらいじゅりょうほん》」。

如来の寿命は無量で尽きることがない。釈尊は久遠の過去に自分は成仏し、苦患する衆生を救う便宜的手段として涅槃を示したこともあると、この章で明かしていられる。

現実に仏に会うことができれば、衆生は反って煩悩から脱することができない。だから、仏弟子たちに法華経を説く釈尊は、未来の衆生が真に解脱をとげられるように、ふたたび涅槃に入ろうとしていられると伝わってくる。

三首目。——六根を清浄に保てば、遥か彼方から匂う花の香りも鳥のさえずりも、心に見え、身にも沁みて聞こえてくることだ——。

同じく第十九「法師功徳品《ほっしくどくほん》」。『法華経』をよく受持《じゅじ》し、読誦《どくじゅ》・書写をもする法師は、五官が発達し身体の能力も増すと、この章は説く。

人間は眼・耳・鼻・舌・皮膚の五つと、いま一つ、意識のはたらきで、物象の存在を感知する。この六つが清らかならば物象が正しく見える。「六根《ろっこん》清浄《しょうじょう》」とはよく言ったものだ。一首は意根すなわち意識の清浄なはたらきが五根のうえに加わって、物象を的確に把握できるようになったと、頼宗自身の愉悦をもうたいこめているかのようだ。

四首目。――水難に遭って溺れそうな人を痛ましいと思うとき、観音さまは、深い淵をたちどころに浅瀬に変える威神力《いじんりき》を持ってくださっている――。

同じく第二十五「観世音《かんぜおん》菩薩《ぼさつ》普門品《ふもんぼん》」。ここは「観音経」とも別称され、ひろく親しまれている一章だ。衆生の数は百千万億であろうとも、苦しみをもち、観音さま、お助けください、と名を称えれば、この菩薩は即時にその音声を観じ取り、衆生を苦しみから解放してくださる。この章で釈尊はそうおっしゃっている。

頼宗が見つめたにちがいない原文を経典から抜粋してみよう。「若為大水所漂、称其名号、即得浅処」。（もし大水のために漂わされても、〝南無観世音菩薩〟と名号を称えれば、ただちに浅瀬へたどり着く）。

平等院から堤をへだてて宇治川が流れている。平等院に接する堤の即下、淀みのところが、藤原氏一門の子弟たちの占める水練場であった。そんな事実も作用して、火難・風難などではなく、頼宗にこの水難の一首を詠ましめているかもしれない。

月の輪に心をかけしゆふべよりよろづのことを夢とみるかな　**覚超《かくちょう》**
闇はれて心のうちに澄む月は西の山べや近くなるらん　**西行**

覚超の作は「月輪観《がちりんかん》をよめる」と詞書にいう。

――月輪と心が溶け合った夕べから、この世に生ずるすべてのことを、あァ、わたしは、はかない夢にすぎないと見るようになっている――。

月輪観は、月輪を描いた図の前に坐し、自己の心と月輪が一つになるのを観ずる、密教の基礎的な観法とされていた。この観法は心を清浄にするという。覚超は天台の密教僧で、頼宗より四半世紀先立つ。おそらく、図の満月が溶け、わが心に流れこむという、そんな達成感を覚えたのだと思う。

西行の作は「観心《かんじん》」を詠じている。観心とは己が心の内奥を見つめること。これは『新古今集』の掉尾を飾ることになった一首である。

――煩悩の闇が晴れて、わたしの心の空には澄みきった月が住んでくれている。天空の月と同じく心の月も西へむかい、西の山の端が近くなっているだろうか――。

「西の山べ」は西方極楽浄土の隠喩。西行は感じている。西方浄土に往生する日も遠くはない、と。

われだにもまづ極楽に生《む》まれなば知るもしらぬもみな迎へてむ　**源信《げんしん》**

世をすてて阿弥陀ほとけを恃《たの》む身はをはり思ふぞうれしかりける　**永観《ようかん》**

月かげのいたらぬ里はなけれどもながむる人のこころにぞすむ　**法然《ほうねん》**

源信は言う。――せめてわたし独りだけでも、真っ先に極楽浄土に往生したならば、知る人をも知らない人をも、皆すべてを必ず極楽に迎えてみせましょう――。

比叡山の横川で源信は『往生要集』を著わし、日本浄土教の先駆的思想を宣揚した。願生浄土の思念の深さが偲ばれる、これは一首といえようか。

永観《ようかん》は言う。――現世を厭離して、ひたすら阿弥陀如来に帰依するこの身は、浄土への往生はいつになるかと、その日を待ちつづけています。これほどうれしいことはありません――。

京都東山の禅林寺で、永観は弥陀の名号を日に六万遍も称える念仏三昧の年月をおくった。浄土思想が浸透してゆく過程で、源信と法然の中間にあって重要な位置を占めるのが、『往生拾因』を著わしたこの永観である。

法然は言う。――月の光のとどかない人里はありませんけれども、弥陀の光明もまた浄土に思いをめぐらす人びとを洩らすことなく照らしてくださっているのです。人びとの心に住み澄んで、いずれは浄土に導こうとしてくださっているのです――。

釈尊は『観無量寿経』に、阿弥陀仏の浄土を観想する十三種の方法（十三観法）を説かれていて、正観とよばれる第九観に「光明遍照、十方世界、念仏衆生、摂取不捨」の偈《げ》がみえる。一首はこの偈を敷衍《ふえん》したところに詠まれているだろう。

四方八方という周囲全方向に、天上と地下の二方向を加えて十方。弥陀はその光明で十方世界を遍《あまね》く照らし、仏を念ずる衆生をば浄土に摂取してお捨てになることがない。法然は日本浄土宗の開教をこの偈に促されても決意した。

かぎりありて蓮《はちす》の蘂《ずい》と生《む》まれなばつひに思ひのひらけざらめや　**源俊頼**

迎ふるは刹利《せつり》も首陀《すだ》もきらはねば洩れしもせじな数ならずとも　**源俊頼**

俊頼の作は釈教歌といえども相変わらず一癖ある詠じぶりだ。

前首の意は、――死期のあるこの世なので、息絶えて浄土の蓮の花床《かしょう》に生まれないことには、現世では最後まで開悟往生という思いを遂げることはできないのであろうか――という。『観無量寿経』に説かれるところでは、浄土往生には九段階の差異がみられる。現世に功徳を積んで最上段の往生をした者は直ちに諸仏・諸菩薩に迎えられるが、次段階以下は浄土でまず蓮の花床の上に生まれることになる。往生も下段となるに順じて長く蓮の花弁のなかに閉じこめられ、心を清める瞑想をしなければならない。経典のこの説諭に照らすとき、俊頼の反実仮想は鋭いといえば鋭い。

後首の意は、――浄土でのお迎え、摂取には刹利も首陀も分け隔てはないそうだから、お洩らしにならぬようにしてほしい。わたしのような数ならぬ身をも――という。

「刹利」は刹帝利《せつていり》の略で、古代インドの王族の血統をさす。「首陀」は首陀羅《しゅうどら》の略。こちらは四階層あるカーストの、最下位の身分である。

むらさきの雲の林を見わたせば法《のり》にあふちの花さきにけり　**肥後**

色にのみ染めし心のくやしきをむなしと説ける法ぞうれしき　**小侍従《こじじゅう》**

しづかなるあかつきごとに見わたせばまだ深き夜の夢ぞかなしき　**式子《しょくし》内親王**

瑠璃《るり》の地に夏の色をばかへてけり山のみどりをうつす池水　**藤原定家**

肥後詠はいう。――紫野の雲林院《うりんいん》で、見わたす周囲に林のごとく紫雲《しうん》がたなびいていると思ったのですが、それは、仏法に会うという名でもある、楝《おうち》の花が咲いているのでした――と。

雲林院は京都紫野、大徳寺の附近にあった古寺。詞書によれば、肥後は旧暦五月一日、この寺院でおこなわれていた菩提講《ぼだいこう》に参会した。折から境内にはセンダン（オウチ）の花が満開だったのだ。死後の冥福が叶うよう、つまりは極楽往生が遂げられるように経典を学修した講会《こうえ》の一つが菩提講である。赤檀《しゃくだん》・白檀《びゃくだん》・紫檀《したん》の香木を栴檀《せんだん》と総称するが、菩提講には身心を清めるため栴檀の粉末を焚く習わしがあった。

オウチは淡紫の五弁の小花を円錐状に咲かせる。遠くから見わたす花どきのオウチの木立は、まさに淡紫の雲がたなびいているかのよう。現在、オウチはセンダンと名を変え街路樹などとして親しまれている。菩提講も近世以降、栴檀講と名を変えた。オウチの古名が慕わしい私は、栴檀講のころに咲く花、栴檀講の花・栴檀と推移したにちがいないセンダンの呼び名が、オウチにもどってくれないかと願っている。

小侍従詠はいう。――色にばかり染まっていた心を後悔せずにはいられないこの身ですが、「色即是空」と説く経典の教えに出会うことができ、気分の晴れるのを覚えています――と。『般若心経』から「色不異空。空不異色。色即是空。空即是色」の法文を見つめての一首。仏教では、視・聴・嗅・味・触といった感覚が対象とする物質的存在を総じて「色」という。『恋うた・百歌繚乱』でも見てもらえるように、小侍従の半生はまさに「色」にとらわれた劇的な日常だった。

式子詠はいう。――森閑とした暁、いつものように世の中を見わたすのですが、夜はなお深く、わたし自身をふくめて一切の衆生がいまだ迷いの世界の闇のなかにあり、煩悩の夢から覚めていないと思えてしまうのが悲しくてなりません――と。

この一首には「毎日晨朝入諸定《じんてうにふしよぢやう》の心を」と詞書がある。「毎日晨朝入諸定」とは、地蔵菩薩にみる救済の理念をさす成句で、お地蔵さんは朝がくるごとに無我の境地に入り、一切衆生を煩悩の苦から脱せしめようと獅子奮迅の活動をなさっている、そのことを示している。式子は暁の目覚めで、地蔵菩薩を心に深く思慕することがあったのだろう。

定家詠はいう。――盛夏には、山の緑を映す池水といえども、その風情（色）は暑苦しい。水想をしたからか、池水は涼しく清い瑠璃の地に変わってくれたのだった――。

浄土を観想する、『観無量寿経』に説かれている十三種の方法の一つに、水想観がある。「水の観想をするがよい。水の澄みたるさまを見て氷の透きとおった状態を思い浮かべ、瑠璃を観想せよ」。釈尊は勧められる。

極楽浄土の大地は瑠璃からなるとされる。目を閉じても開いても自由に水を想うことができるようになると、水は氷に変わり、氷は瑠璃の大地に変わってゆく。その瑠璃を観じた者にのみ「浄土」が分明になってゆく。

定家は折にふれて水想観を実践していたのではないか。この作からうける私の心証である。

四つのむま三つのくるまに乗らぬ人まことの道をいかで知らまし　**道元**

草の庵《いほ》に起きても寝ても祈ること我より先に人をわたさむ　**道元**

——四つの馬に無頓着な人、三つの車に乗ろうとしない人、それらの人に悟りの境地はひらけるであろうか——。

一の馬は鞭《むち》を見るだけで、二の馬は鞭が体の毛にふれると、馭者《ぎょしゃ》の意のままになる。三の馬は鞭が肉を打つまで、四の馬は鞭が骨にこたえるまで、馭者の意に従わない。

一の馬に等しい者は仏が生を説かれるだけで仏のことばを受け入れる。二の馬に等しい者は仏が生・老を説かれたとき、三の馬に等しい者は生・老・病を説かれたとき、仏のことばを受け入れる。四の馬に等しい者は生・老・病・死が説かれるまで仏のことばを受け入れない。

右は『涅槃経』などにみられる四馬《しめ》の譬え。三つの車は『法華経』第三「譬喩品《ひゆほん》」に語られる羊・鹿・牛の車をさす。

羊の曳く車に乗る者は、自己の解脱のみをねがって修行する「声聞《しょうもん》」の段階、鹿の車に乗る者は、寂静の境地に達したものの未だ自利のみをめざす「縁覚《えんがく》」を表わす。牛の車に乗る者は、声聞・縁覚の段階を経て大いなる悟りをひらき、自利を離れて利他につくす「菩薩」を表わす。

馬も乗り換えていってほしい。車も牛の車に乗ろうと目ざしてほしい。道元の懇請なのだ。

――粗末な小屋暮らしで昼も夜も一日中わたしが心に念じているのは、「自未得度先度他《じみとくどせんどた》」このただ一つです――。

仏教ではもともと、発心《ほっしん》・修行・菩提《ぼだい》・涅槃とすすむのが、悟りへの正道であった。菩提とは、修行を積むことによって煩悩をはらい去った自浄安心の境地。しかし、日本曹洞宗を開教した道元の認識は異なる。道元は自浄安心の境地に達するその前に、「自未得度先度他（自《おの》れは未《いま》だ度《わた》ることを得《え》ざるに先《ま》ず他を度す）」、すなわち、自分は未だ救われていないが、先にあらゆる人びとを救おうという願心を発《おこ》す、そのことが菩提であると言う。

「自未得度先度他」という願心すなわち菩提心は、めぐりめぐって、生命ある他のものにも同じ願心を発させることになるだろう。だからといって、自分はそれによって仏になるだろうと思ってはならない、とも道元は言う。たとえ仏になる功徳が熟して己が体内に充満するのを感じたとしても、なおその功徳を外へめぐらせて、生命あるものたちが仏となる道を得るために役立とうとすべき。その願心が後退することがなければ、さらに一段と深い悟りへむかう願心、真の菩提心が発ってくる。道元はそのように言う。

一首から、「自未得度先度他」と念じて日々をおくった道元の、渾身《こんしん》の決意のひびきが伝わってくる。

関に寄せて

「関」は堀河百首題の一つ。とりわけ多くの和歌を生んでいるのが、平安京から東をみて逢坂の関・白河の関・勿来《なこそ》の関、西をみて須磨の関である。

右に、不破の関・清見が関・足柄の関を加えて、計七関の歌を味わってみよう。

別れゆくけふはまどひぬ逢坂《あふさか》は帰り来む日の名にこそありけれ　**紀貫之**

あらたまの年にまかせて見るよりはわれこそ越さめ逢坂の関　**藤原伊尹《これまさ》**

逢坂の関は、山城・近江の境界をなす音羽山の北山腹に位置して、平安京からみれば、東国へ旅する人を送り迎えする要所であった。

貫之詠の大意。――逢うという名をもつ逢坂の関なのに、別れてゆく人を見送るのだから、今日のわたしは戸惑いを覚えずにはいられなかった。逢坂というのは、どちらかといえば、長い旅から帰って来るだろう人をそこに迎える、その再会の日のための名であったのだ――。

詳細は分からないが、東国へ赴任する友人を逢坂の関まで見送ることになった心境を、貫之はこの一首に託している。

伊尹《これまさ》詠の大意。――あなたの心がいつひらくかを、新しい年が音羽山を越えてくるのを待つように、ただ見てばかりではいられない。今宵こそ、あなたの心をつかんで、逢坂の関を越えたいものだ――。

春は音羽山を越えて東から来る。東郊迎春といい、平安京の暮らしには、元日の朝、逢坂の関の方向を遙拝する慣わしがあった。

これは伊尹が大晦日に、かねてから掻き口説いている女性に宛てた一首。許されぬ仲の男女が一線を越えることを「逢坂の関を越える」とも譬えたので、元旦を迎えて逢坂の関を越えているのは、春ではなくわが身でありたいと訴えているわけである。

人すまぬ不破《ふは》の関屋の板びさし荒れにしのちはただ秋の風　**藤原良経**

小茅《をがや》ふく不破の関屋の板びさし久しくなりぬ苔おひにけり　**飛鳥井雅有《まさあり》**

逢坂の関を発した街道は、琵琶湖岸に出て瀬田の長橋をわたり、野路《のじ》の宿（草津市）から東山道と東海道に分かれた。東山道は近江・美濃・信濃・上野・下野の諸国を縫って陸奥に到る。東海道は伊賀・伊勢・尾張・三河・遠江・駿河・相模を縫って武蔵へ到る。

不破の関は東山道の古代に重んじられた関所で、近江と美濃の国境、関ヶ原に在った。良経詠はいう。――住む関守もいない不破の関の番屋。その板葺きの軒庇《ひさし》がすっかり荒れ朽ちてしまったあとは、ただ秋風がさびしくこの関を吹き抜けているばかり――と。

建仁元年（一二〇一）に詠まれたこの良経の作にたいして、雅有詠は半世紀以上くだっての作。

雅有詠はいう。――不破の関屋は茅葺きで軒は板庇。茅は葺き直されてきているのだろうが、板庇ともども、すっかり古くなっている。茅葺きばかりか板庇にまで苔が生い茂ってしまっているではないか――と。

雅有は、母が北条氏の出であり、自身も将軍時代の宗尊親王に近侍したからか、親王が将軍を廃されて以降も、京都と鎌倉を往還している。鎌倉へは東海道をとるのが通常だった。けれども、良経の作が名高いあまり、東山道をとって古関の実証におよんだ往還があったのであろう。

夜もすがら富士の高嶺に雲きえて清見が関にすめる月かげ　　**藤原顕輔《あきすけ》**

夏の夜の月は清見が関に見つ秋はしのぶの里にながめむ　**慈円**

秋までは富士の高嶺にみし雪をわけてぞ越ゆる足柄の関　**真観**

清見が関は駿河、足柄の関は駿河・相模の境界。いずれも東海道の関所であった。

顕輔詠。——一晩中、富士の高嶺から雲が消えていてくれるように。清見が関から仰ぐ月の、澄み切って、なんと清らかなことか——。

後の名月といえば、九月十三夜。顕輔は詞花集の撰者として知られるが、この一首は長承三年（一一三四）九月十三日に詠まれている。清見が関は三保の松原に近い。北東に富士の全容を望み、駿河湾に面するので眺望が大きくひらけた、ここは観月の名所であった。

慈円詠。——夏の夜の月は念願どおり清見が関で見ることができた。秋の名月はどこで見よう。そうだ、信夫の里で眺めることにしよう——。

「見ぬ」ではなく「見つ」は、行為の単なる完了にたいして、主意的な完了であることを表わしている。「しのぶの里」は現在の福島市。業平詠《信夫やま忍びて通ふ道もがな人の心のおくも見るべく》などから陸奥《みちのく》有数の歌枕となった信夫の地まで赴こうというのである。

真観詠。——秋までは遠くから富士の高嶺に見るのみだった雪が、今は足柄山をまで白く染めている。難儀なことだ。雪を掻き分けて峠の関を越えねばならない——。

足柄山は箱根外輪山の北端にあたる。箱根山中に関所が設けられたのは江戸初期。以前の東海道はずいぶん北方へ迂回していて、駿河から相模へは必ず足柄の関を越えねばならなかったという。

都をば霞とともにたちしかど秋風ぞふく白河の関　**能因**

もみぢ葉のみなくれなゐに散りしけば名のみなりけり白川の関　**平親宗《ちかむね》**

たよりあらばいかで都へ告げやらむけふ白河の関は越えぬと　**平兼盛《かねもり》**

都にて問ふ人あらばいかがせん夜半に越えぬる白河の関　**藤原親盛《ちかもり》**

白河の関は、現在の福島県白河市。東山道の終着点とみてよい関所で、ここを過ぎれば陸奥であった。

芭蕉が『奥の細道』にしるす。「心もとなき日かず重なるままに、白川の関にかかりて旅心定まりぬ。〈いかで都へ〉と便り求めしも道理《ことわり》なり。なかにもこの関は〈三関《さんげん》〉の一にして風騒の人こころをとどむ。〈秋風〉を耳に残し、紅葉を俤《おもかげ》にして青葉の梢なほあはれなり」と。

「いかで都へ」は兼盛詠を、「秋風」は能因詠を思い起こしているわけだ。「三関」は大和朝廷が蝦夷《えみし》に備えて陸奥に設けた白河・勿来・念珠《ねず》の関をさす。

能因は言う。——春霞が立った日に、京の都を霞と道づれをする思いで発《た》ったのだが、いつしか秋風を肌に感じる季節となってしまった。長い道中だったなァ、この白河の関まで——。

二首目の作者は、後白河天皇女御、建春門院の弟で、地方行政を司った弁官である。

親宗は言う。——もみじ葉が紅一色となって地に散り敷けば、関の名は表向きにすぎなくなってしまうのだったよ。白川の関というところは——。

「白」にちなみ、この関には「卯の花」や「雪」をあしらう歌が目につきはじめたので、親宗は意識的に「紅」を対比させたともみなせる。

兼盛は言う。——伝達する手段があれば、なんとかして都へ知らせてやりたいものだ。今日、名にし負う白河の関を越えたのだ、と——。

業平の東下りを憧憬した彷徨であったろうか。能因に先立ち、兼盛も駿河守として赴任した天元二年（九七九）前後に、確かにこの関を越えている。

四首目は平重盛邸で催された歌会における「夜過関路」という題詠。この作者も後白河院の近臣だった。

親盛は言う。——都に帰って、白河はどんなところでしたかと人から問われたとき、いかに答えてよいものやら。白河の関は夜中に越えてしまったので——。

京都を見物したふりをする人に白河の風趣を尋ねたところ、川と思って、夜に舟で通ったから何も見ていないと答えた話、「白川夜船」のことわざが、江戸初期の俚諺《りげん》集『毛吹草』などから伝わっている。「白川夜船」とは、知ったか振りをさし、「白川夜船で高いびき」などともいうから、ぐっすり寝こんでいて何が起こったかに全く気づかないことをも意味する。

白川夜船の先蹤は、じつは京都の地名でも川でもなく、白河の関であったことが、この一首によって分かる。もちろん親盛は実地にこの関を越えてはいず、白河を知らない川と掛けて、風刺・俳諧歌として一首を詠じたわけである。

ちなみに、言い添えておこう。七二代白河天皇、親宗も親盛も出仕した七七代後白河天皇、その「白河」は、譲位後の両院が京都の白河の地に愛着されたがゆえの諡《おくりな》であることを。

はるばると尋ね来にけり東路《あづまぢ》にこれや勿来《なこそ》の関ととふまで　**源顕仲《あきなか》**

さもこそは勿来の関のかたからめ桜をさへもとどめけるかな　**源俊頼**

勿来の関が設けられていたのは、福島県いわき市。これより奥は蝦夷の居住地、立ち入るを控えよ。命名にはそんな意味がこめられたのかもしれない。それにしても、「来る勿《なか》れ」とは愛想のない名がついたものだ。

――遠くまではるばると尋ねて来てしまった。東路で、ここがその、来てはならないという陸奥の入口の一つ、勿来の関ですよ、と人から説明されるところまで――。

顕仲《あきなか》は『堀河百首』の組題「関」にこの作を出詠した。

俊頼の作のほうは家集から。「関路花残といへることをよめる」と詞書が添っている。

――昔から言われているとおり、勿来の関の通行は容易ではないのだろう。桜の花びらが陸奥の彼方へ散るのをさえも差し止めてきたのでは。そう思えるではないか――。

茨城の桜は散りおわっていたのだがと、国境を越え、関を目前に花の梢を見あげたかのような風情。

播磨路《はりまぢ》や須磨《すま》の関屋の板びさし月もれとてやまばらなるらん　源師俊《もろとし》

須磨のせき夢をとほさぬ波の音を思ひもよらで宿をかりける　慈円

西国道は主幹線が瀬戸内海を船でゆく海上路であったから、陸路の関所が少ない。和歌にひろく詠まれた関所といえば、この須磨の関である。

師俊詠はいう。――播磨へ到るここは街道。須磨の関は番屋の板庇が割れ朽ちて月が洩れ入っている。関守の無くなった番屋なので、月の光に守ってもらおうと、隙間だらけの庇を故意に放置してあるのだろうか――。

この関は師俊がおとずれた平安末期、不破の関と同様に、すでに廃止されていた。慈円詠はいう。――須磨の関の、なんと波の音の高いことか。これでは夢見も叶わないだろう。そうとは知らず昔を慕って、うっかり宿を借りてしまったよ――。

師俊がおとずれて四半世紀は経過していただろう。番屋が修繕されて宿泊可能になっていたのかもしれない。ここは海岸まで山塊が迫り出しているその麓、波の音はいつも耳につく。とはいえ、『源氏物語』などで名高い景勝の地であるから、月見を兼ねて往日をしのぶ、慈円のような風狂の士が絶えなかった。

橋に寄せて

「橋」も堀河百首題の一つである。和歌にとりわけ多く詠まれて知られてきたのは、宇治橋・長柄橋《ながらばし》・瀬田の長橋・浜名の橋。この四つの橋が見せている風光を味わっておこう。

波をふむ心ちこそすれ川霧のはれまもみえずたてる宇治橋　源師時《もろとき》

五月雨《さみだれ》に水まさるらし宇治橋や蜘蛛手《くもで》にかかる波の白糸　西行

いざやさは君に逢はずは渡らじと身を宇治橋に書きつけてみむ　顕昭《けんしょう》

をちかたや遥けきみちに雪つもり待つ夜かさなる宇治の橋姫　藤原定家

河音も身に沁みはてて宇治橋の長き夜わたる秋の月かげ　十市遠忠《とおただ》

宇治橋は大化の改新で近江の国が生まれた翌大化二年（六四六）に建造されている。ここは飛鳥京から近江に到る交通上の要衝であったから。記録でみるかぎり、橋脚・桁梁《けたはり》をもつ構造物として最も古いのがこの橋である。

——波の上を踏んでいるかと不安な気分になった。川霧の切れ目も見えない。渡ったのは、霧の真っ只中に架かる長い宇治橋なので——。

師時のこの作は『堀河百首』から。宇治川は橋の上流、指呼の距離の山峡から瀑布のごとく流れ出ていた。霧も山峡から湧き出して、ここは霧の名所でもあった。

前項〔関に寄せて〕に登場してもらった顕輔・顕仲・俊頼・師俊と、本項にみる師時・匡房は、白河院政下の歌壇でしばしば一堂に会する間柄であっただろう。ほぼ同時期に活躍した歌人たちである。

——梅雨の長雨で普段より水嵩が増さっているらしい。宇治橋の蜘蛛手にぶつかる流れに勢いがあり、白糸の乱れるように波が立っている——。

西行がときにみせる率直なうたいぶり。情景を的確にとらえている。「蜘蛛手」は橋脚から上流にむかって斜めにわたした筋交いの支柱。ここに柵を打ちつけておくと出水時に漂流物を食い止めるから、橋脚が損傷を免れる。

——さあ、それでは、彼女と結ばれるまではこの橋を渡るまいと、宇治橋の欄干に書きつけてみよう。この身を「憂し」と思っているわたしだから、気晴らしにも、語呂まで合う宇治橋がふさわしい——。

顕昭は藤原顕輔の猶子。六条藤家にあって抽んでた存在だった。

宇治橋には三の間とよばれる欄干の張り出しが現在もみられる。往日、橋の守護神、瀬織津姫（橋姫）が三の間に祠《ほこら》を据えて祀られていたので、〔挽歌〕の項で言及した稚郎子《わきいらつこ》が夜ごと日桁《ひけた》の宮跡から橋姫のもとへ通うという説話が胚胎した。説話は信奉されて、宇治橋は愛し合う男女が将来の約束を交わす場所となった。遠国へ旅立つ男性は意中の相手に見送られてこの橋から出発するのが慣わしであった。顕昭は語呂合わせばかりでなく、そのあたりの機微を詠みこんでいる。

――あの彼方だ。遥かに登る道に雪が積もっている。これでは稚郎子も宮に閉じこもってしまうだろう。橋姫は可哀そうに待つ夜が重なるばかりではないか――。

定家は古今集よみ人しらず《狭筵《さむしろ》に衣かたしき今宵もやわれを待つらむ宇治の橋姫》を哀憐した歌人のひとり。自身は《寒筵《さむしろ》や待つ夜の秋の風ふけて月を片敷く宇治の橋姫》とも詠じている。

宇治橋のたもとから川の東岸を上流にむかう道が二股に分かれる。川から離れる緩やかな坂道のほうを登れば、桐原山の木立を背に負う日桁の宮跡、宇治上神社が現われる。

――宇治橋は長いから渡りきるまでに川音が身に沁み徹ってしまう。秋の夜も長い。月光が橋を照らして長い影を流れに落としていることよ――。

室町期までくだって、遠忠は大和の豪族。武人ながら和歌を好んで、京都で古典を学ぶために、足しげく奈良街道を往還した。

当時は川幅がひろく橋も長かった。琵琶湖の水量が迸《ほとばし》り出るのは上流の峡谷以外にないから、宇治橋脚下の流れには重い勢いとひびきがある。都からはるばると帰る夜道の長さ、橋の長さ、月影の長さ、川音の凄さ。

津の国の長柄の橋もつくるなり今はわが身を何にたとへむ　**伊勢**

こぼれてもあればたとへてなぐさめし長柄の橋もいまはきこえず　**藤原興風《おきかぜ》**

朽ちにける長柄の橋をきてみれば蘆の枯れ葉に秋風ぞふく　**徳大寺実定**

さもあらばあれ名のみながらの橋柱くちずは今の人もしのばじ　**藤原定家**

摂津の国、難波《なにわ》の長柄《ながら》の橋は、淀川本流の河口からやや上流、現在の大阪市大淀区に架かっていた。弘仁三年（八一二）に建造され、仁寿三年（八五三）に損壊したが、何回か再架が試みられた末に廃橋となったようである。

伊勢は言う。――摂津の難波にみられて、よく長らえてきたものだと語られる長柄の橋も、とうとう命数が尽きたと聞きおよぶ。今はわたしも盛りを過ぎました。わたしの身など何に譬えればよいのかしら——と。

『古今集』がよみ人しらずとして採っている《世の中に古りぬるものは津の国の長柄の橋とわれとなりけり》が、多くの人の口の端にのぼっていたようだ。伊勢はそれを意識してこの一首を詠じたかとも思われる。

興風は言う。——損壊して人馬が渡れなくても、形さえとどめてくれれば、何かに譬えて気分をまぎらすことができたのだが。長柄の橋の話も今は出なくなったなァ——。

興風は生没年が明らかでないが、伊勢とほぼ同年齢と推定される。伊勢の前作の語句「つくるなり」の解釈が、昔から「尽くる（無くなる）なり」「作る（架け替える）なり」両様に割れている。伊勢と興風が関心をもった当時は、この橋はけっきょく、尽きたままで、架け替えられなかったのではあるまいか。

実定は言う。——最近、長柄の橋は朽ちてしまった。その橋を尋ねて来てみたところ、橋は形をとどめず、いちめんの蘆の枯れ葉をただ秋風がさわがせているばかり——と。

実定の生まれは伊勢・興風より約二五〇年の後代で、この作は治承三年（一一七九）の詠。「にける」がごく近い完了を表わしている。おそらく、伊勢・興風の実見することのなかった橋が再架されたものの、その橋も朽ちてしまったのだ。

定家は言う。——長柄の橋がついに架け替えられないのは残念。それはそれとして、名前のみが長く伝わってきている長柄の橋の橋柱よ。もしも橋そのものが朽ちていなかったなら、今を生きるわたしたちも、おまえをこのように大切に扱って、懐かしむことはなかっただろうよ——と。

こちら定家の作は建保三年（一二一五）の詠。先立つ元久元年（一二〇四）七月、後鳥羽院は長柄の橋の朽ち残った橋柱で作らせた文台を、寄人《よりうど》たちによる新古今集の撰歌作業が大詰めにきている和歌所に据え置いた。『新古今和歌集』の竟宴《きようえん》をみたのは、この翌元久二年である。定家は膨大な資料をその上に積んで撰歌の取捨・部類立てなど困難な作業をつづけた文台に呼びかけるように、この一作をものしたのであろう。

真木の板も苔むすばかりなりにけり幾世かへぬる瀬田の長橋　**大江匡房**

さよふけて瀬田の長橋ひきわたす音もさやけし望月の駒　**平忠度《ただのり》**

にほの湖《うみ》やかすみてくるる春の日にわたるもとほし瀬田の長橋　**藤原為家**

瀬田の長橋は琵琶湖から瀬田川が流れ出る起点に架けられた橋。瀬田川は下流で宇治川となる。逢坂の関から出発する東路《あずまじ》は、東山道をゆくにも東海道をとるにも、この橋を渡らねばならなかった。

匡房詠。——真木の敷板も苔が生えるまでになっているではないか。いったい幾年代を経てきたのか、この瀬田の長橋は——。

これも『堀河百首』の組題作。長治二年（一一〇五）に詠じられたことになる。「真木の板」は堅牢な材質の木板。

橋とは、橋脚・桁梁で構築されるより古くは、おおむね、舟橋・浮橋・継橋・岩橋《いしばし》のことであった。浮橋は筏を繋ぎ合わせたもの。岩橋は浅瀬に飛び石を並べたもの。堀河百首が成立したころ、瀬田の長橋はいまだ、橋脚となる柱をところどころに打ちこんだ上に敷板を継ぎ足してゆく継橋の外見をとどめていたのかもしれない。

忠度詠。——夜も更けて、瀬田の長橋から、望月の駒が曳かれてゆく、橋板を打つ馬蹄《ばてい》の音が伝わってくる。さわやかな音のひびきであることだ——。

平家都落ちのさい、世がしずまれば一首なりとも勅撰集にお採りあげをと、忠度は自作百余首を書きとめた巻物を俊成に托した。《さざなみや志賀の都は荒れにしを昔ながらの山桜かな》を俊成はよみ人しらずとして採ったが、これもまた巻中の一首である。

東国から朝廷に献上される馬を、中秋の深夜、馬寮《めりよう》の使いが逢坂の関まで出向いて受納する「駒迎え」とよばれる行事があった。忠度は、駒迎えの時刻に合わせて曳かれてきている馬たちであり、信濃の望月牧場からの貢進が常態であるのを知るところに、「望月の駒」と詠んだのであろう。

この長橋は、時代がくだるにつれて「瀬田の唐橋」ともよばれている。穿った推測になるが、栄耀をきわめる平家政権は唐様の華麗な結構の橋に架け替えたばかりであったのではないか。忠度は夜営で新しい橋の警備にあたっていて、馬蹄のひびきに一入《ひとしお》の感慨をおぼえたのかもしれない。

為家詠。——琵琶の湖よ。霞がたなびいて春の一日が暮れてゆくが、わたしには渡り切るのも骨が折れるよ、この瀬田の長橋は——。

これは為家も老いて出家してのちの、文永二年（一二六五）の詠である。

鎌倉幕府の実権が確立して、この橋をゆきかう東西の交流が頻繁となっていた。源平の争乱にも承久の擾乱にも戦禍を被った橋梁は、どのような復旧をみせていたのであろう。

潮みてるほどにゆきかふ旅人や浜なの橋と名づけそめけん　源兼澄

東路や浜名の橋の朝霧にをちこち人の声かはすなり　藤原家隆

うちわたす浜名の橋の月の夜に松かげまでは行く人もなし　津守国冬《くにふゆ》

この橋は東海道の要衝で、浜名湖から遠州灘に注ぐ浜名川に古代から架かっていた。

兼澄の作が詠まれたのは永観元年（九八三）で、――潮が満ちているときに行き来する旅人が、おそらく、川岸に砂地が見当らなくなっているので、浜が無い橋と名づけはじめたのであろうか――と、歌意はいう。

湖と海をへだてる陸地はごく狭く、しかも、いちめんの松林で、東海道はその林のなかを縫っていたらしい。狭い陸地を短い浜名川が切断していた。松が水ぎわまで迫り出しているから浜辺が無いという、地名起源をこの作は示唆している。

家隆の作は承元元年（一二〇七）の詠で、障子絵和歌である。歌意は、――東海道のここは名所。朝霧がただよう浜名の橋上で、それとわかる遠来の旅人、近在の仲間、いずれもが風景を賞《め》でて話を交わしているようだ――という。

この年、後鳥羽院が京都白川に最勝四天王院を建立、全国から四六カ所の名勝地を選んで障子絵に描かせた。そして、歌人一〇名にそれぞれの絵に添える歌を詠ませた。「浜名橋」は、雁《かり》の群が秋霧のなかを見えつ隠れつ飛翔する眼下に橋のみえる構図で、橋上には家隆が詠じているごとく屯する人の姿があったのだろう。

国冬《くにふゆ》の作は元応元年（一三一九）の詠。――浜名の橋上からざっと見わたしたところ、松林のなかまで消えてゆく人はひとりもない。皎々と月が照らしてくれているから、人びとは皆、橋上に立ち止まって月を仰いでいることよ――と、歌意はいう。

昼間なら、夜であっても月の光が雲間から洩れる程度なら、松林のなかが憩いの散策路なのだ。いまはちがう。月を賞美する行人を橋上に金縛りして、月輪のみが悠然と橋をわたってゆく。

古詠にちなんで

ことばは旧《ふる》きを慕いて用いるべし。心情はその旧きことばのなかに新しきを託すべきなり――。藤原定家がのこす歌論書などにみる詠作指針の大意である。歴代の歌人たちは、あたかもこのような指針を拳拳服膺したかのごとくに、雲を衝く和歌の楼閣を築いてきた。

本項はそこで、長く後世まで追慕されて知られる古歌四首をとりあげる。そして、四首それぞれを証歌として詠じられた作を数首ずつ味わってもらい、この書を完結させることにしたい。

ほのぼのと明石の浦の朝霧に島がくれゆく舟をしぞ思ふ　　柿本人麻呂

証歌一。――夜はほんのり白んできたが、明石の入江は朝霧がたちこめて仄《ほの》ぐらい。その朝霧のなかを一艘の舟が島陰に消えてゆく。心にかかるなァ、小さな舟だから――。

前著『和歌で愛しむ日本の秋冬』〔霧〕の項で指摘だけはしたのだが、藤原公任が「和歌九《く》品《ほん》」の上品上生《じょうぼんじょうしょう》において絶讃した作でもあるから、後世への影響が大きかった。品《ほん》とはつまり品位・品格。仏教では極楽へ往生するにも、上品上生・上品中生・上品下生、中品上生・中品中生・中品下生・下品上生・下品中生・下品下生、九等級の格の差異があるとする。

茫洋とした風景のなかに、確かな対象が把握されている。だが、私は小さな舟と賞玩したいが、漁船か客船かなど誰にも分からない。外洋へ出る大きな船と味わっている解釈もある。すべてを把握していながら曖昧性をただよわせるこの歌に、後世のなんと多くの歌人が魅惑されていることか。

明石潟まだ朝霧のほのぼのと漕ぎゆく舟の跡をしぞ思ふ　**慈円**
明石がた島がくれつつゆく舟の霧よりうへに月ぞ残れる　**藤原家隆**
夜をこめて明石の瀬戸を漕ぎ出づればはるかにおくるさ牡鹿《をしか》のこゑ　**俊恵**
明石がた春こぐ舟の島がくれ霞にきゆる跡のしらなみ　**後鳥羽院**

浦と潟はほぼ同意。「明石の浦」は六音であるから、五音におさめたいとき「明石潟」と詠むようになっている。

慈円詠はいう。――明石の入江は朝霧につつまれてまだ仄ぐらい。その入江を元気な声をあげて漕ぎ出してゆく舟は、どんな櫓の跡を残しているのだろうか——と。

「ほのぼの」は光がわずかで薄暗いさまをさす反面、心理的には明るさと受け止められる感情を表わす。慈円は掛け詞で後者を強調した。朝霧のほのぼのと暗いなかを、ほのぼのと明るく漕ぎ出してゆく舟よ、と。

家隆詠はいう。——霧のたなびく明石潟を、島陰に消えたかとみればまた現われて舟がゆく。霧のうえに残る月までが舟を見まもっているかのようだ——と。

潟のいま一つの意は、海岸から遠くない沖合、潮の干満で地が現われたり隠れたりする水域。そういう浅い沖をゆくのであるから、これまた望見するにつけ心もとない小舟なのだろう。

俊恵詠はいう。——まだ夜の明けない暗いうちから明石の瀬戸を外海へ漕ぎ出してみると、背後となった遥か陸地の彼方から、妻恋いをする牡鹿の声が、わたしにも別れを惜しんでくれているように聞こえてくる——と。

瀬戸は両方から陸地が迫っている狭い海域。牡鹿は秋に妻恋いの声をあげる。霧も牡鹿の声も秋の景物である。

院詠はいう。——明石潟は秋ばかりか、春に漕ぎ出す舟の島隠れもおもむきぶかい。霞に掻き消される櫓の跡になお白波がただよって——と。

先の三首同様に、後鳥羽院にとっては証歌の「島がくれゆく舟をしぞ思ふ」のみせる余情、言外の情趣には届かずとも、明石の浦の風光をうたうのが宿願の一つであった。そこで詠まれた《明石潟うらぢ晴れゆく朝なぎに霧に漕ぎ出だす海士《あま》のつりふね》を、私は『和歌で愛しむ日本の秋冬』の「霧」の項に採ってしまった。

秋が霧なら、春は霞。後鳥羽院は霧にむかって漕ぎすすむ秋の舟を詠じた往日を懐旧、いわばその心象の持続があって、さらにこの一首をものし、こちらでは春の舟を霞のなかに掻き消すことにしたのであろう。

若の浦に潮みちくれば潟を無《な》み葦べをさして田鶴《たづ》なきわたる　　山部赤人

証歌二。――若の浦に潮が満ちてくると干潟がなくなるので、沖の干潟で餌をついばむ田鶴の群れが、名草山のふもと、葦の茂る浜辺をめざして鳴きわたってゆく――。

赤人は神亀元年（七二四）十月、聖武天皇の紀伊行幸に随行、和歌の浦の玉津島神社のあたりから海上を望んで、この歌を詠じたと思われる。「若の浦」は地震の影響で出現した新たな入江ではなかったか。その入江が、和歌三神のひとり衣通姫《そとおりひめ》を祀る玉津島神社が創建されたこと、赤人が有名な歌を詠んだ浦という評判、二つの起因から「和歌の浦」に変わったとみておきたい。

名草山は中腹に金剛宝寺（紀三井寺）がしずまる山である。赤人は海上にむかって南面し、ツルたちは南西沖合の潟から南東の葦の浜辺へ飛翔したことになる。

和歌の浦の蘆間に田鶴の声すなりむかしの潮やさして来ぬらん　**慈円**
和歌の浦に雪ふりぬれば白田鶴の蘆間に立てる数そひにけり　**寂念《じやくねん》**
和歌の浦にいまぞをさまる時つ風あしべの田鶴もこゑのどかにて　**三条西実隆**
和歌の浦に老いぬる田鶴の神さびて鳴くねは聞くや玉津島姫　**木下長嘯子**
和歌の浦を松の葉ごしにながむれば梢によする海士《あま》の釣舟　**寂蓮**

慈円詠。——和歌の浦の蘆の茂みのなかで田鶴の声がしているではないか。歌聖が目にした昔どおりの潮が満ちてきたのであろう——。

「むかしの潮やさして来ぬらん」が絶妙。この下句をみた新古今時代の歌人たちは、証歌をたんに回想させる手習いの歌にとどまらない風理を、一首から味わったのではないだろうか。

ちなみに、和歌三神といえば、人麻呂・赤人・衣通姫。そのうえ、人麻呂・赤人は歌聖ともよばれていた。

寂念詠。——和歌の浦に雪がふってしまうと、蘆の茂みのなかに、立っている白田鶴の数がつけ加わったではないか――。

この作者は西行の親友寂然の兄。蘆につもる雪と白くなった田鶴の見分けがつかなくなり、反って田鶴の数がふえたかと思えるという解釈も成り立つだろう。けれども、多くのタンチョウは羽を振って雪をはらうので体色は変わらないのに、はらわない放逸なのもいるから、ソデクロヅルが群れに混ざったと見えると賞玩すれば、諧謔味があらわれる。

実隆詠。――和歌の浦に今は時つ風もしずまったので、葦の浜辺にもどってきた田鶴たちの鳴き声も、落ち着いて穏やかになっていることよ――。

「時つ風」は時を定めて吹く風。とりわけ、潮の満ちるときに起こる風がこうよばれている。

長嘯子詠。――鶴は千年の長命といいますが、和歌の浦に老いてなお棲む、赤人も耳にした、田鶴の年劫《ねんこう》を経た鳴き声は、あなたもお聞きつづけになっているでしょうね、衣通姫の神よ――。

「俊成卿の影に」と詞書が添うので、この一首は、俊成の絵像を前に詠じられた供養歌でもあることが分かる。

藤原俊成は自邸に祠を設け、和歌の浦の玉津島神社から衣通姫を勧請《かんじょう》していた。その後身が新玉津島神社となって、京都の俊成邸跡地に現存する。

俊成には《年だにも和歌の浦わの田鶴ならば雲居を見つつなぐさみてまし》という作もある。

「浦わ」は入江の奥まったところ、まさに玉津島神社の所在地をさす。歌の大意は、――今年だけでも和歌の浦わに棲む田鶴ならば、空の彼方、京都の方角を見ながら心を慰めてほしい。衣通姫の神を京都にもお迎えしたのだから――、と言っている。

この二つの事実を認識したところに、長嘯子は俊成影供《えいぐ》を思い立ち、一首を詠じたのも自明ということになろう。

寂蓮詠。――和歌の浦を浜辺に連なる松樹の葉越しに眺めると、漁師の小舟ひとつさえもが、松の梢にむかって漕ぎ寄せてくるかと見えるではないか――。

赤人の緊縛から脱したいという心理が寂蓮にはあっただろうか。和歌の浦に新たな心情を託した一首である。

住吉《すみのえ》の沖つしらなみ風ふけば来寄する浜を見れば清しも　　よみ人しらず

証歌三。――住吉の沖に生ずる白波よ。風が吹けばおまえたちがうち寄せて来る浜辺は、海の神が鎮座されてもいるので、いつ見ても清らかだ――。

住吉《すみのえ》は万葉期の呼称。平安期から住吉《すみよし》に移行していった。現大阪市住吉区一円を包摂する地名で、往日は、白砂の美しい海岸が住吉大社のそばまで迫っていた。大社に祭祀されるのは海上守護の神。ところが、この万葉歌などを証歌にあまたの歌人が「住吉の浜」「住吉の松」を詠じたので、海神さえもが和歌守護の神とみなされるまでになっている。

住《すみ》の江《え》の松を秋風ふくからに声うちそふる沖つ白波　凡河内躬恒

沖つ風ふきにけらしな住吉《すみよし》の松の下枝《しづえ》をあらふ白波　源経信

住吉《すみよし》の松の下枝は神さびてゆふしでかくる沖つしらなみ　葉室光頼《みつより》

雁《かり》鳴きて菊の花さく秋はあれど春のうみべに住吉《すみよし》の浜　在原業平

躬恒詠。——住吉の入江の浜松を秋風がそよがせると、呼びかけに応えるよ、というがごとくに、沖から白波が声をたててうち寄せてくる——。

延喜五年（九〇五）、祝賀の宴を飾る屏風に書きつけたという歌である。聴覚的にめでたいとされた景物、松風・白波を重ねている。屏風歌といい、賀宴ではこのような形で祝意を示すならわしがあった。

経信詠。——沖では烈しい風が吹いたらしいな。住吉の浜辺へうち寄せる白波が、松の下枝をまで洗っているではないか——。

万葉歌を証歌に、躬恒の古今歌とも丈比《たけくら》べをしてみようと詠じられた、これは経信の自信作である。

優れた和歌の風体を、有心《うしん》様・幽玄様・長高《ちょうこう》様と類別する。躬恒詠・経信詠ともに長高様で風体は同格であろうか。ただし、風理においては、こちら経信詠がやや優るとみてよいかもしれない。

光頼詠。――住吉の浜辺に星霜を経ている松は下枝まで厳かなおもむきだ。沖合から下枝にうち寄せる白波を、木綿四手《ゆうしで》が掛かるかと見てしまう――。

木綿四手は神前でサカキの葉などに垂らす白い紙片。この作者は保元・平治の両乱に官僚として敏腕をふるった。

業平詠。――空に雁が鳴き菊の花が咲く秋の風情は捨てがたいというけれど、飽きもくる。しかし、憂き世の中で、春のこの住吉の海辺は、退屈することのない、なんと住み良さそうな浜であることか――。

「秋」に飽きを、「うみべ」の「うみ」に海・憂み・倦《う》みを、「住吉」に住み良しを、それぞれ掛けている。『伊勢物語』六十八段でも知られるこの一首が、住吉《すみのえ》から住吉《すみよし》への呼称の移行を決定的にした。

世の中はなにか常なる明日香《あすか》川きのふの淵ぞけふは瀬となる　　よみ人しらず

証歌四。――世の中とは何を不変のものとして頼りにすればよいのか。「明日は香る」と名をもつ飛鳥《あすか》川でさえ、昨日まで深い淵であったところが今日は浅い瀬となるありさま。明日のことは誰にも何も分からない――。

大和飛鳥の古京跡を、飛鳥川は南東から北西へ現在も貫流する。大水が出たあとは川床も流路も上古から変化が生じやすかったうえ、この古今集よみ人しらずが知れわたったところから、「明日香川」の表記も普遍化したらしい。

飛鳥川ふちにもあらぬわが屋戸も瀬に変はりゆくものにぞありける　伊勢

淵は瀬になりかはるてふ明日香川わたり見てこそ知るべかりけれ　在原元方《もとかた》

世の中はあすかがはにもならばなれきみとわれとが仲し絶えずは　小野小町

おり立ちて頼むとなればあすかがは淵も瀬になるものとこそきけ　平忠度

飛鳥川さだめなき世を厭はねば淵にも瀬にもやどる月かげ　慈円

伊勢は言う。――飛鳥川の淵でもないわたしの家さえ、淵が瀬に変わるように、売るとなると、たちどころに買われてゆきます。世の中はやはり、明日のことなど分からないものですね

――と。

詞書に「家を売りてよめる」という。「淵」を扶持《ふち》（俸禄）、「瀬に」を銭とみる解釈がなされてきている。朝廷から賜わった扶持ではない粗末な家でも金銭に変わったと、そんな意が託されているのかもしれない。

元方は言う。――明日香川の淵は瀬に変わるというものの、人の心には必ずしもあてはまりません。明日あたり夜を共にして、わたしを確かめてみられませんか。人の心は渡ってみて、はじめて分かるものなのです――と。

これは恋歌で、元方は業平の孫。意中の女性に愛を告げたのだが、相手が決断をためらってばかりいるので、重ねて詠み贈ったという一首である。

小町は言う。――世の中は明日香川のように変わるなら変わるがよい。あなたとわたしが愛し合ってきたこの仲だけは、絶えることがないならば――と。

こちらは「見し人の亡くなりしころ」と詞書して詠じられている作群中の一首。「きみ」はすでに存在していない。不条理を超克しようとする決意のこの独白を絶唱として受け止めよう。

忠度は言う。――仏の教えを信じて、観世音菩薩を頼む心をもつならば、飛鳥川の淵が瀬となるごとく、危険な深みも瞬時に安全な浅瀬に変わってくれると聞くことだ――と。

「観音品」と題詞が添うので、「観世音菩薩普門品」から、〔釈教〕の項で挙げた、頼宗が見つめたと同じ一節に依拠していると分かる。いまいちど提示しよう。「若為大水所漂、称其名号、即得浅処」。（もし大水のために漂わされても、〝南無観世音菩薩〟と名号を称えれば、ただちに浅瀬へたどり着く）。

歴代の歌人は証歌の「淵」と「瀬」を、どちらかといえば、淵（深い淀み）を安定・鎮静の、瀬（浅い流れ）を不定・変動の、それぞれ比喩とみている。忠度はそこを反転させた。淵を深みゆえに危険、瀬を浅いところだから安全と。

慈円は言う。――この世の中は生生流転。飛鳥川の流れのごとく変化は絶えない。とはいえ、それが疎ましいからと世の中を避けてばかりはいられない。世の中と交わってさえいれば、淵にも瀬にも同じ月が宿ってくれる。月の光に心を照らして安息をも得られるのであるから――と。

最後に、現代の混迷と腐敗にもよおす感想なのだが、私の腰折れを添えさせてもらおう。

世の中は淵瀬うつろふ明日香川すめども澄まぬ水の流るる

作者名一覧

ア

赤人（山部）―七三六頃。万葉第三期歌人。三十六歌仙のひとり。古今集仮名序で人麻呂と並び歌聖と称されている。33、297

顕氏（藤原）一二〇七―七四。六条知家の弟。続後撰集初出。39

顕季（藤原）一〇五五―一一二三。六条藤家の始祖。堀河百首に出詠。後拾遺集以下に五七首。182

顕輔（藤原）一〇九〇―一一五五。顕季の三男。詞花集を崇徳院に撰上。金葉集初出。277

顕綱（藤原）―一一〇七頃。白河・堀河朝歌壇で活躍。後拾遺集初出。118

顕仲（源）一〇六四―一一三八。待賢門院堀河・兵衛の父。堀河百首に出詠。金葉集初出。281

秋成（上田）一七二七―一八〇九。「雨月物語」「春雨物語」の作者。168

曙覧（橘）一八一二―六八。福井の歌人。没後、明治に入り正岡子規の称揚で世に知られた。167、177、186

朝定（藤原）一三三〇―五二。足利尊氏の従弟。風雅集入集。133

淳行（伊香子）生没年未詳。伝未詳。古今集入集。113

有家（藤原）一一五五―一二一六。六条藤家の有力歌人。新古今集撰者のひとり。千載集以下に六八首。19、141、158

有間皇子　六四〇―六五八。万葉第一期歌人。父は孝徳天皇。128

安法　生没年未詳。源融の曾孫。中古三十六歌仙のひとり。拾遺集初出。61

イ

家隆（藤原）　一一五八―一二三七。新古今集撰者のひとり。隠岐配流後の後鳥羽院とも交渉を断たず、遠島歌合に送歌。　158, 176, 190, 260, 291, 295

家良（藤原）　一一九二―一二六四。定家に師事。新撰和歌六帖を主催。新勅撰集以下に一一八首。　16, 132, 200, 202

和泉式部　九七八頃―一〇二七以降。敦道親王との恋愛に絶唱をのこした。平安中期を代表する抒情歌人。中古三十六歌仙のひとり。拾遺集以下に二四八首。　67, 81, 89, 258

伊勢　八七四頃―九三九頃。古今集女流歌人として小野小町と並称される。三十六歌仙のひとり。原伊勢物語の作者。勅撰入集一八一首。　128, 287, 303

ウ

右京大夫　一一五七頃―一二三四頃。建礼門院徳子に出仕。箏の上手。新勅撰集初出。　45, 182

エ

永福門院　一二七一―一三四二。伏見院中宮。京極派代表歌人。新後撰集以下に一五一首。　148

オ

大来皇女　六六一―七〇一。万葉第二期歌人。天武天皇皇女。大津皇子の同母姉。　255

大津皇子　六六三―六八六。万葉第二期歌人。天武天皇の第三皇子。　246

興風（藤原）　生没年未詳。三十六歌仙のひとり。古今集初出。　9, 287

憶良（山上）　六六〇―七三三頃。万葉第三期歌人。百済からの帰化。　87, 181

カ

景樹（香川）　一七六八―一八四三。熊谷直好・木下幸文ら門下と桂園派を形成。184、215

覚超　九六〇―一〇三四。天台宗の学僧で、良源・源信に師事した。後拾遺集入集。267

梶子（祇園）　生没年未詳。江戸中期の京都で、感神院（八坂神社）門前に歌人たちの屯する茶屋を営み、自身も歌人として名を馳せた。164

金村（笠）　生没年未詳。万葉第三期歌人。聖武宮廷の歌人として赤人を継ぎ、重きをなした。210

兼澄（源）　生没年未詳。源信明の甥で一条朝の専門歌人。拾遺集初出。95、291

兼昌（源）　生没年未詳。永久百首（一一一六）に出詠。金葉集初出。63

兼宗（藤原）　一一六三―一二四二。新古今時代の重鎮。千載集初出。27

兼盛（平）　―九九〇。光孝天皇の曾孫。三十六歌仙のひとり。拾遺集以下に八三首。279

キ

徽子女王　九二九―九八五。伊勢斎宮を経て村上天皇に入内したので、斎宮女御ともよばれる。拾遺集初出。225

堯孝　一三九一―一四五五。頓阿の曾孫堯尋の子。正徹と比肩された。133

清輔（藤原）　一一〇四―七七。顕季の孫、顕輔の男。六条家歌学の大成者。千載集以下に八九首。57、63、105、177、182

公雄（小倉）　一二四三頃―一三二五以降。後嵯峨院の崩御に殉じて出家。嘉元百首・文保百首などに頓覚名で出詠。続古今集以下に一一〇首。64

公賢（洞院）　一二九一—一三六〇。歌壇研究の資料でもある日記「園太暦」をのこす。続千載集初出。　46，233

公重（藤原）　一一一九—七八。徳大寺実能の猶子。詞花集初出。　170

公経（西園寺）　一一七一—一二四四。新古今成立期の院庁別当。金閣寺の地に最初の山荘を営んだ。新古今集以下に一一四首。　20

公任（藤原）　九六六—一〇四一。三十六人撰・和漢朗詠集などの撰者。中古三十六歌仙のひとり。拾遺集以下に八九首。　80

公能（徳大寺）　一一一五—六一。実能の男。実定・多子らの父。久安百首に出詠。詞花集初出。　91

ク

宮内卿　一一八五頃—一二〇四頃。女流として後鳥羽院に歌才を見出され、脚光を浴びたものの夭折。新古今集初出。　185

国信（源）　一〇六九—一一一一。堀河百首に出詠。金葉集初出。　43

国冬（津守）　一二七〇—一三二〇。住吉社神主。新後撰集・続千載集の撰進に関与。勅撰入集五六首。　291

ケ

兼好　一二八三—一三五二。浄弁・頓阿・慶運とともに二条為世門の四天王。「徒然草」の作者。続千載集初出。　10，29，93，111，133，155，162，243

顕昭　一一三〇頃—一二〇九以降。六条藤家の一族。私撰集・歌学歌論書を多くのこす。千載集初出。　284

源信　九四二—一〇一七。天台僧。比叡山横川の恵心院で「往生要集」を著わし、日本浄土教開闢の先駆的存在となった。千載集初出。　268

コ

公順　生没年未詳。為世を師とする二条派歌人で、園城寺の僧。新後撰集初出。233

小侍従　一一二一頃―一二〇一以降。中年から艶名をはせ、二代后多子に出仕。源頼政の最後の伴侶となった。千載集以下に五五首。270

後崇光院　一三七二―一四五六。伏見宮栄仁親王の王子。晩年に太上天皇の号を受け、百首歌・歌合をのこす。新続古今集入集。219

後鳥羽院　一一八〇―一二三九。八二代天皇。正治両度百首・千五百番歌合などを主催。和歌所を設けて六名の撰者に新古今集を撰進せしめた。承久の擾乱で配流された隠岐に崩。勅撰入集二五三首。38，52，84，97，146，152，176，194，253，295

言道（大隈）　一七九八―一八六八。九州福岡にあって孤高な詠作活動をおこなった。143，163，168，170，181

小町（小野）　生没年未詳。古今集には女流として伊勢に次ぎ一八首入集。三十六歌仙のひとり。古今・後撰以外の勅撰集に採られている小町の歌は、実作でないものが多い。303

後水尾院　一五九六―一六八〇。一〇八代天皇。和歌に長じ、近世初期公家文化の中心的存在。150

是則（坂上）　生没年未詳。三十六歌仙のひとり。延喜十三年（九一三）の亭子院歌合などに出詠。古今集初出。114

伊尹《これまさ》（藤原）　九二四―九七二。多くの女性との恋愛贈答歌をまとめた家集、自撰の「一条摂政御集」を遺す。後撰集初出。275

サ

西行　一一一八―九〇。詞花集に読人不知で初出。新古今集に最多の九四首入集。高野山内の紛争解決に貢献。最晩年には東大寺大仏再建のため陸奥勧進をした。御裳濯河・宮河の両自歌合を伊勢神宮に奉納。 10, 15, 20, 36, 49, 50, 68, 75, 83, 92, 96, 106, 107, 139, 151, 164, 180, 185, 194, 221, 227, 239, 267, 284

西住 生没年未詳。西行の同行者として名をのこす。千載集入集。 68

定信（松平） 一七五八—一八二九。白河藩主。新古今風の詠作を多くのこす。 208, 215

実家（藤原） 一一四五—九三。源頼政・俊恵らと交渉。千載集初出。 167, 192

実氏（西園寺） 一一九四—一二六九。公経の長子で後嵯峨院の治世に大きな力をもった。新勅撰集以下に二三六首。 159

実陰（武者小路） 一六六一—一七三八。堂上歌人として霊元院に師事。 31, 120, 219

実兼（西園寺） 一二四九—一三二二。法名空性。文保百首に出詠。続拾遺集以下に二〇九首。 205

実材母（西園寺） 鎌倉期歌人。舞女出身とされ、西園寺公経とのあいだに権中納言実材をもうけた。 57, 76

実定（徳大寺） 一一三九—九一。近衛・二条の二代后となった多子の同母弟。千載集以下に七八首。 99, 287

実隆（三条西） 一四五五—一五三七。一条兼良を継ぐ室町期最高の文化人と目される。古典文化の伝承に業績大。 29, 101, 189, 193, 206, 220, 221, 234, 298

実朝（源） 一一九二—一二一九。源頼朝の次男。鎌倉幕府三代将軍。新勅撰集以下に九三首。 52, 146, 220

実房（藤原） 一一四七—一二二五。近衛天皇から後鳥羽天皇まで七代に歴仕。千載集初出。 83

実泰（洞院） 一二六九—一三二七。内裏御会和歌の作者。新後撰集以下に五三首。 161

狭野弟上娘子 生没年未詳。万葉第四期歌人。中臣宅守との贈答歌二三首をのこす。 66

シ

慈円 一一五五—一二二五。摂関家出身。天台座主。和歌所寄人。「愚管抄」の作者。新古今集に西行に次いで九一首入集。 14, 21, 70, 76, 99, 108, 132, 153, 228, 278, 282, 295, 298, 303

成範（藤原）　一一三五―八七。信西（通憲）の三男。平治の乱で下野に一時配流された。千載集初出。　121
重如（田口）　生没年未詳。河内の国人。金葉集入集。　250
実伊　生没年未詳。建長八年（一二五六）百首歌合に出詠。続後撰集初出。　64，83
寂身　一一九一頃―一二五一以降。北面武士から二〇代で出家。新勅撰集初出。　159
寂然　一一一八頃―八二以降。西行の幼友達。常盤（大原）三寂のひとり。千載集初出。　15，68，75，92，178，242
寂念　生没年未詳。寂然の兄で常盤（大原）三寂のひとり。千載集初出。　298
寂蓮　一一三九―一二〇二。定家の従兄。新古今撰者に指名されたが途中で没。千載集以下に一一七首。　157，204，231，242，298
俊恵　一一一三―九五以前。源俊頼の男。自坊の歌林苑に地下歌人の歌壇を結成。詞花集以下に八四首。　26，105，178，187，295
俊成（藤原）　一一一四―一二〇四。定家の父。五〇代で六条藤家に拮抗する歌壇指導者となり、七十五歳の千載集撰進で第一人者となった。詞花集以下に四一八首。　36，45，76，89，131，141
馴窓　生没年未詳。室町期の歌人。雲玉抄を編み、自作を他人の作品に交じえて収める。　111
正広　一四一二―九三。正徹に師事。正徹没後、その家集「草根集」を編む。　213，229
正徹　一三八一―一四五九。歌僧。定家に傾倒。歌論書「正徹物語」の後世への影響大。　22，100，173，222，229，234
肖柏　一四四三―一五二七。宗祇から古今伝授をうけ、宗祇を補佐した。　58，156，171
式子内親王　一一四九―一二〇一。後白河皇女で新古今歌風を代表する女流。千載集以下に一六四首。　270
真観　一二〇三―七六。俗名葉室光俊。反御子左派を結集。宗尊親王に和歌を指導。続古今集撰者のひとり。新勅撰集初出。　21，199，200，201，278

心敬　一四〇六—七五。若年で出家。和歌を正徹に学んだ。関東に下ったところ応仁の乱（一四六七）で帰洛を絶たれ、関東における歌作の指導者となった。　64

進子内親王　生没年未詳。伏見院皇女。後期京極派の歌壇で活躍。風雅集初出。　149

ス

季経（藤原）　一一三一—一二二一。六条藤家主要歌人のひとり。千載集初出。　105

季広（源）　生没年未詳。嘉応から治承におよぶ期間（一一六九—七七）の歌合に参加。千載集初出。　96

周防内侍　一〇三六頃—一一〇九頃。後冷泉朝から出仕。白河・堀河天皇に歴仕。後拾遺集初出。　157

資隆（藤原）　生没年未詳。歌林苑会衆のひとり。千載集初出。　44

セ

摂津　生没年未詳。応徳三年（一〇八六）後拾遺集奏覧のさい、白河院の下命で巻軸に歌を書いた。金葉集初出。　186

選子内親王　九六四—一〇三五。賀茂斎院に十二歳で卜定され、老病で退下するまで五七年の長期を在任、大斎院の名を冠された。拾遺集初出。　250

ソ

増賀　九一七—一〇〇三。比叡山で得度した清僧のひとり。応和三年（九六三）大和の多武峰に隠棲、専ら止観行につとめた。　61

宗祇　一四二一—一五〇二。二条派の流れを汲む古今伝授の学統を確立。　100, 229

染殿内侍　生没年未詳。清和天皇女御の藤原高子に近侍。在原業平とのあいだに滋春をもうけた。　97

タ

他阿　一二三七—一三一九。一遍に帰依した時宗二世の念仏聖。家集をのこし、歌僧としても注目される。29

尊氏（足利）一三〇五—五八。足利初代将軍。貞和・延文の百首に出詠。続後拾遺集以下に八五首。184

幸文（木下）一七七九—一八二一。熊谷直好とともに桂園門の双璧。41，47，77，126，208，215，235

篁（小野）八〇二—八五一。「野宰相」と親しまれて多くの伝説をのこす。地蔵信仰を庶民層にもたらした。古今集初出。79，89

忠季（正親町）一三二二—六六。光厳院の近臣。貞和・延文の両百首に出詠。風雅集初出。16，28

忠度（平）一一四四—八四。忠盛の男。清盛・経盛らの末弟。一ノ谷に敗死。千載集に「よみ人しらず」で初出。289，303

忠盛（平）一〇九六—一一五三。清盛の父。白河院の北面から諸国の受領を経て平家全盛の基礎をきずいた。金葉集初出。74

忠良（藤原）一一六四—一二二五。近衛家の始祖基実の次男。後鳥羽院歌壇でも活躍。千載集以下に六九首。171

為家（藤原）一一九八—一二七五。父は定家。歌道師範家（御子左）を継承。続後撰集を撰進。新勅撰集以下に三三〇余首。30，197，198，200，202，289

為村（上冷泉）一七一二—七四。霊元院より古今伝授を受けた。江戸期冷泉家再興の祖。221

為世（二条）一二五〇—一三三八。二条家祖為氏の男。新後撰集・続千載集を後宇多院に撰進。門下から浄弁・頓阿・兼好・慶運らが輩出した。続拾遺集以下に一七七首。64

為世女（二条）生没年未詳。嘉元百首に出詠。新後撰集初出。141

為善（源）　—一〇四二。能因・公資らと交渉があった。後拾遺集入集。104

丹後（宜秋門院）生没年未詳。藤原兼実・任子に仕え、定家とも親交があった。千載集初出。141

チ

智海　一一二一—一二〇三。興然とも。真言宗の僧。文覚・明恵などの師にあたる。63

親宗（平）　一一四四—九九。建春門院滋子・時子（清盛室）の兄弟。千載集初出。279

親盛（藤原）　生没年未詳。北面として後白河院に近侍。院周辺の歌会や歌林苑で活動した。千載集初出。279

千里（大江）　生没年未詳。儒者。元慶七年（八八三）に官歴初出。古今集初出。60，67

長嘯子（木下）　一五六八—一六四九。北政所の兄木下家定の男。関ヶ原合戦の直前、武将をすてて隠棲。清新な歌風で近世初期歌壇に大きな位置づけをえた。10，23，58，64，165，254，298

長流（下河辺）　一六二七—八六。和歌は長嘯子に学んだ古典学者。隠士として生涯をおえた。31，173

ツ

土御門院　一一九五—一二三一。後鳥羽院の第一皇子で八三代天皇。続後撰集以下に一四八首。21，38，123

経信（源）　一〇一六—九七。平安後期、院政初頭に至るまでの歌壇の総帥。三船（詩・歌・管弦）の達人と称された。後拾遺集以下に多数。128，301

貫之（紀）　—九四五。古今集撰者のひとり。三十六歌仙のひとり。勅撰入集約四五〇首。9，73，118，275

テ

定家（藤原）　一一六二—一二四一。新古今集撰者のひとり。新勅撰集を撰進。百人一首の母体である百人秀歌を撰んだ。日録として「明月記」をのこすほか、古典の書写校訂事業にも傾注、後世への貢献大。

貞徳（松永）　一五七一―一六五三。細川幽斎門。俳諧の流行とともにその指導者となったことでも知られる。　27, 37, 97, 118, 123, 143, 145, 189, 192, 228, 260, 270, 284, 287, 30, 47, 165, 171, 193

ト

道我　一二八四―一三四三。東寺の興隆に寄与した真言宗の長者で、二条派歌人。続千載集初出。　212

道元　一二〇〇―五三。曹洞宗の開祖。「正法眼蔵」の著者。新後拾遺集入集。　153, 273

道命　九七四―一〇二〇。天台宗の僧で京都嵐山の法輪寺に住した。中古三十六歌仙のひとり。後拾遺集以下に五七首。　258

登蓮　生没年未詳。歌林苑で活動した歌僧のひとり。詞花集初出。　124, 132

遠忠（十市）　生没年未詳。大和の豪族。三条西実隆・公条父子から歌作に合点を得ている。　284

俊光（日野）　一二六〇―一三二六。玉葉集撰進のさい自撰して京極為兼に付属した家集をのこす。新後撰集初出。　205, 212

俊頼（源）　一〇五五―一一二九。経信の男。俊恵の父。堀河百首に出詠。金葉集の撰者。金葉集以下に二一〇首。　35, 91, 96, 121, 174, 269, 281

知家（六条）　一一八二―一二五八。定家の指導をうけたが、没後の為家による歌壇支配に反発、反御子左派を結成。新古今集以下に一二一首。　147, 198, 201, 202

頓阿　一二八九―一三七二。浄弁・兼好・慶運らと為世門の和歌四天王。二条為明の没後、後補して新拾遺集を完成。続千載集初出。　29, 124, 212

ナ

直好（熊谷） 一七八二—一八六二。桂園門下の第一人者。大坂で活躍。 70、111、176

長家（藤原） 一〇〇五—六四。御子左家の祖。定家より四代の先世。後拾遺集初出。 82

長方（藤原） 一一三九—九一。定家の従兄にあたる。千載集初出。 105

長能（藤原） 九四九頃—一〇一二以降。能因に和歌を指導、歌道上に師弟関係の先蹤となった。中古三十六歌仙のひとり。拾遺集以下に五七首。 167、193

業平（在原） 八二五—八八〇。「伊勢物語」の実質的主人公。三十六歌仙のひとり。古今集に三〇首入集。以降勅撰入集多。 79、136、249、301

ノ

能因 九八八—一〇五〇以降。「能因歌枕」をのこす。中古三十六歌仙のひとり。後拾遺集以下に六五首。 10、35、73、237、279

宣方（藤原） 生没年未詳。治部卿。応長元年（一三一一）出家。玉葉集入集。 187

信実（藤原） 一一七七—一二六五。隆信の男。父と同じく似せ絵の名手で、後鳥羽院の肖像を隠岐配流直前に描いた。新勅撰集以下に一三二首。 130、198、199、201、202、211

教長（藤原） 一一〇九—八〇頃。崇徳院歌壇で活躍。詞花集初出。 173、252

宣長（本居） 一七三〇—一八〇一。「古事記伝」の作者。歌学・語学上の研究に大きな業績をのこした。 102、162、189

ハ

春海（村田） 一七四六—一八一一。賀茂真淵門下で、加藤千蔭と並び江戸派の双壁をなした。 41

鑁也 一一四九—一二三〇。高野山の僧と思われるも伝不明。定家と交渉があった。新勅撰集入集。 160

ヒ

肥後　生没年未詳。堀河百首に出詠。金葉集以下に五〇首。225, 270

秀能（藤原）　一一八四—一二四〇。後鳥羽院北面を経て和歌所寄人。法名如願。新古今集以下に七八首。108, 123, 253

人麻呂（柿本）　生没年未詳。万葉第二期歌人。三十六歌仙のひとり。歌聖として仰がれ、人麻呂画像を礼拝しておこなう影供歌合が近世までつづけられた。33, 66, 135, 246, 255, 294

兵衛（上西門院）　生没年未詳。堀河の妹。寂然と交渉。姉とともに待賢門院璋子に仕え、上西門院の出家に従い落飾。金葉集初出。117

フ

伏見院　一二六五—一三一七。九二代天皇。前期京極派の中心歌人。玉葉集撰出を京極為兼に命じ、撰進事業を花園院に引き継いだ。新後撰集以下に二九四首。39, 46, 120, 148, 161

文雄（井上）　一八〇〇—七一。田安藩の侍医。歌論に「伊勢の家苞」。150, 163, 168, 215

ヘ

遍昭　八一五—八九〇。仁明朝の近臣。天皇崩御により出家。三十六歌仙のひとり。古今集初出。80, 257

ホ

法然　一一三三—一二一二。日本浄土宗の開祖。「選択本願念仏集」の著者。玉葉集初出。268

堀河（待賢門院）　生没年未詳。源師時とのあいだに一男を生む。西行と交渉。金葉集に異名で入集。詞花集以下に五八首。117

マ

雅有（飛鳥井）一二四一―一三〇一。雅経の孫。将軍宗尊親王に近侍して、京・鎌倉を往還。続古今集以下に七三首。276

雅経（藤原）一一七〇―一二二一。飛鳥井流蹴鞠の祖。新古今集撰者のひとり。勅撰入集一三四首。70, 211

政弘（大内）一四四六―九五。防長豊筑四州の守護。応仁の乱に西軍の重鎮となる。133, 219

匡房（大江）一〇四一―一一一一。匡衡の曾孫。有職書「江家次第」を著す。漢学にもすぐれた。堀河百首に出詠。後拾遺集以下に一〇〇余首。43, 96, 237, 289

雅康（飛鳥井）一四三六―一五〇九。雅世二男。雅親の弟で猶子。飛鳥井家秘伝抄をのこす。222

満誓 生没年未詳。万葉第三期歌人。養老七年（七二三）筑紫観世音寺別当となり、大宰府で旅人・憶良らと交遊した。88

ミ

道家（九条）一一九三―一二五二。藤原良経の嫡男。洞院摂政家百首を嫡男教実に主催させた。新勅撰集以下に一一八首。148

道真（菅原）八四五―九〇三。新撰万葉集を編し、類聚国史・三代実録を編集。古今集初出。116

道済（源）―一〇一九。源信明の孫。中古三十六歌仙のひとり。拾遺集初出。94, 121

通村（中院）一五八八―一六五三。通勝の嗣子。母は細川幽斎女。126, 131, 207, 213

躬恒（凡河内）生没年未詳。古今集撰者のひとり。三十六歌仙のひとり。勅撰入集一七五首。94, 301

光広（烏丸）一五七九―一六三八。和歌を幽斎に師事。「耳底記」をのこす。229

光吉（惟宗）　一二七四―一三五二。続後拾遺集の撰集時に和歌所寄人。続千載集初出。　46

光頼（葉室）　一一二四―七三。後白河院に近侍した顕官。新勅撰集初出。　301

岑雄（上野）　生没年未詳。寛平三年（八九一）藤原基経の死を悼む哀傷歌をのこす。古今集初出。　103

明恵　一一七三―一二三二。後鳥羽院から高山寺を下賜され、華厳の復興に業績をのこす。新勅撰集初出。　55, 110, 252

ム

夢窓　一二七五―一三五一。正覚国師。後醍醐天皇・足利尊氏らの帰依をうけた。風雅集初出。　55, 124, 162, 164, 228, 244

宗尊親王　一二四二―七四。後嵯峨院皇子。十一歳から一五年間、鎌倉幕府六代将軍の地位にあった。続古今集以下に一九〇首。　148, 160, 232

宗于（源）　―九三九。光孝天皇の皇子、是忠親王男。三十六歌仙のひとり。古今集初出。　224

モ

基家（藤原）　一二〇三―八〇。藤原良経の男。道家の異母弟。洞院摂政家百首、宝治・弘安両百首に出詠。続後撰集以下に七九首。　132

元方（在原）　生没年未詳。業平の孫。棟梁の男。古今集巻頭歌人。中古三十六歌仙のひとり。古今集初出。　303

師時（源）　一〇七七―一一三六。「長秋記」をのこす。堀河百首に出詠。金葉集初出。　284

師俊（源）　一〇八〇―一一四一。忠通家歌合などに参加。金葉集初出。　282

師光（源）　生没年未詳。具親・宮内卿の父。六条藤家・歌林苑歌人と親交。正治初度百首に出詠。千載集初出。　26, 152

ヤ

家持（大伴）　七一八―七八五。万葉第四期歌人。万葉集の成立に大きく関与。万葉歌人からは人麻呂・赤人・家持の三名が三十六歌仙に撰ばれている。218，224，231

保胤（慶滋）　九三五頃―九九七。「池亭記」「日本往生極楽記」などを著わす。拾遺集入集。237

ユ

幽斎（細川）　一五三四―一六一〇。信長・秀吉・家康に仕えた武将歌人。近世歌学の祖と目される。古今伝授の中継大成者。100

行宗（源）　一〇六四―一一四三。平等院大僧正行尊の末弟。金葉集初出。222

ヨ

永縁　一〇四八―一一二五。堀河百首に出詠。金葉集初出。258

永観　一〇三三―一一一一。京都禅林寺で日に六万遍の口称念仏に励み、「往生拾因」を著わす。千載集初出。268

能有（源）　八四五―八九七。文徳天皇第二皇子。賜源姓。古今集初出。257

義孝（藤原）　九五四―九七四。摂関家に生まれ、早くから歌才を認められたが、疱瘡で夭折。中古三十六歌仙のひとり。拾遺集初出。258

好忠（曽禰）　九二三頃―一〇〇三頃。官歴は六位にとどまったが異色歌人として活躍。中古三十六歌仙のひとり。拾遺集以下に九三首。225

良経（藤原）　一一六九―一二〇六。後鳥羽院歌壇成立に先立って六百番歌合を主催。和歌所筆頭寄人。新古今集

仮名序を執筆、同巻頭歌人。千載集以下に三二〇首。28, 155, 184, 260, 276

頼実（源）　一〇一五―四四。頼家・相模の甥。わが身を秀歌に代えることを念じ夭亡したとされる。後拾遺集初出。177, 180

頼宗（藤原）　九九三―一〇六五。関白道長の次男。後拾遺集初出。263

リ

良寛　一七五八―一八三一。諸国を流浪後、生地の越後に隠棲、村童野老に愛された禅僧。24, 70, 126, 244

良暹　九九八頃―一〇六四頃。能因・道命に次ぐ後拾遺集有力僧侶歌人。後拾遺集初出。250

レ

霊元院　一六五四―一七三二。一一二代天皇。譲位後、古今集などを講義、堂上歌人を指導。235

蓮月（大田垣）　一七九一―一八七五。歌人としてのみならず、陶芸、社会福祉でも幕末の京都に名を高めた。富岡鉄斎の師。24

ロ

蘆庵（小沢）　一七二三―一八〇一。「ただこと歌」を提唱、近世歌学に新生面を拓いた。77, 190, 235, 254

（勅撰入集歌数は、五〇首を超えるばあいのみ、その数を記載した）

収載歌一覧

出典個所は題名・歌集名で一例のみを示した（出典個所名が長いものは略記し、かつ出典個所が作者本人名の私家集であるばあいは「家集」「御集」などと略記している）。

勅撰二十一代集に入集している歌のみは、その勅撰集名をも略記入した。

なお、文中引例歌は末尾に添付した。

ア

あかあかやあかあかあかやあかあかやあかあかあかやあかあかや月（明恵）家集　110

あかしがた雲なき沖に漕ぎ出でて月の隈とやわれはなるらん（藤原秀能）如願法師集　108

明石がた島がくれつつゆく舟の霧よりうへに月ぞ残れる（藤原家隆）壬二集　295

明石がた春こぐ舟の島がくれ霞にきゆる跡のしらなみ（後鳥羽院）御集・新拾遺　295

明石潟まだ朝霧のほのぼのと漕ぎゆく舟の跡をしぞ思ふ（慈円）拾玉集　295

飽かずして月の隠るる山もとはあなたおもてぞ恋しかりける（よみ人しらず）古今　103

あかつきに起きてさぐれば人もなしあなあさましや妹は去にけり（藤原信実）新撰六帖　201

あかつきの鴫のはねがき掻きもあへじわが思ふことの数をしらせば（土御門院）御集・続後撰　21

飽かで入らむ名残をいとど思へとや傾ぶくままに澄める月かな（藤原長方）千載　105

飽かぬ夜をつきそつきそといふほどにげに白むまで別れかねつつ（藤原為家）新撰六帖　198

秋風の荻の葉すぐるゆふぐれに人待つひとの心をぞ知る（源頼実）故侍中左金吾集　180

秋の月きりのまがきにすみなれて影なつかしきみ山べの里（後鳥羽院）正治初度百首　152

秋の野に咲きたる花をおよび折りかき数ふれば七種の花（山上憶良）万葉集　181

秋の野はこぼれぬ露にしるきかな花みる人もまだ来ざりけり（藤原清輔）家集　182

秋はつる引板のかけ縄ひきすてて残る田の面の庵のさびしさ（藤原宣方）玉葉 187
秋ふかく旅ゆく人のたむけには紅葉にまさる幣なかりけり（よみ人しらず）後撰 130
秋までは富士の高嶺にみし雪をわけてぞ越ゆる足柄の関（真観）続古今 278
浅沢のこひぢなれども芹つめば昔しられて濡るる袖かな（松永貞徳）逍遊集 165
朝なあさなつもれる雪を湯にたきて谷の清水も汲まぬころかな（大隈言道）草径集 163
朝日さすまがきの竹のむらすずめ声のいろこそ春めきにけれ（藤原実家）家集 167
朝まだき袂に風のすずしきは鳩ふく秋になりやしぬらん（藤原顕季）堀河百首 182
朝夕に生ひゆく竹の皮衣ぬぎおく園と見えて涼しき（正徹）草根集 234
あさりつる入江の蘆べ潮みちて浦路はるかに田鶴かけるみゆ（後崇光院）沙玉集 219
あしひきの遠山里の篁は雲のおりゐぬ時なかりけり（木下幸文）亮々遺稿 235
あしびきの山ざくら戸をまれに明けて花こそあるじたれを待つらん（藤原定家）拾遺愚草 97
飛鳥川さだめなき世を厭はねば淵にも瀬にもやどる月かげ（慈円）拾玉集 303
飛鳥川ふちにもあらぬわが屋戸も瀬に変はりゆくものにぞありける（伊勢）古今 303
明日はかくときのふ思ひしことも今日おほくはかはる世のならひかな（松永貞徳）消遊集 30
あだなりと名にこそたてれ桜ばな年にまれなる人も待ちけり（染殿内侍）伊勢物語 97
東路や浜名の橋の朝霧にをちこち人の声かはすなり（藤原家隆）壬二集 291
あなかまし竈のしりへのきりぎりすよなべのつづりさせとなくなり（香川景樹）桂園一枝 184
あはれなることをいふには亡き人を夢よりほかに見ぬにぞ有りける（和泉式部）家集 81
近江のうみ夕波千鳥汝が鳴けば心もしのに古へ思ほゆ（柿本人麻呂）万葉集・続後拾遺 33
天ざかる鄙のながぢを漕ぎくれば明石の門より大和島見ゆ（柿本人麻呂）家集・新古今 135
天の川ながれてくだる雨をうけて玉のあみ張るささがにの糸（西行）夫木抄 180

あらたまの年にまかせて見るよりはわれこそ越さめ逢坂の関（藤原伊尹）一条摂政集・新古今
あらはれてまた冬ごもる雪のうちにさも年ふかき松の色かな（藤原定家）拾遺愚草 228
あらはれてわが住む山の奥にまた人にとはれぬ庵むすばむ（西園寺実氏）弘長百首・新後拾遺
有明けの月かげみれば過ぎきつる旅の日かずぞ空にしらるる（登蓮）新続古今 132
ありてなき世とは知るともうつせみの生きとしものは死ぬるなりけり（良寛）家集 70
ありとてもさてや果つると生けるものかならず死ぬる世とは知るしる（藤原雅経）明日香井集
ある時は在りの遊びの世の憂さもまたしのばるる山の奥かな（本居宣長）鈴屋集 162
あるときは憂きことしげき故郷にいそぐや何の心なるらん（源道済）続古今・家集 121

イ

いかがせむ死なば共にと思ふ身におなじかぎりの命ならずは（真観）新撰六帖・続古今
いかでわれ清く曇らぬ身になりて心の月のかげをみがかむ（西行）山家集 15
いかにして雲よりうへにつもりけん空に見えたる富士の白雪（道我）家集 212
いかにしてなぐさむものぞ世の中をそむかで過ぐす人に問はばや（兼好）家集・続千載
いかにしてわれはあるぞと故郷に思ひ出づらん母しかなしも（木下幸文）亮々遺稿 126
いかにせむいかにかすべき世の中をそむけば悲しすめば住み憂し（和泉式部）家集・玉葉 243
いかにせむしづが園生の奥の竹かきこもるとも世の中ぞかし（藤原俊成）長秋詠藻・新古今 89
いかにせむひわけてもあさし歎くかぬも憂し（真観）建長百首歌合 89
いかにせむ迷ひ悟りといかりおろし風をや待たむたゆたひにして（熊谷直好）浦のしほ貝 21
生き死にの海のとなかにいかりおろし風をや待たむたゆたひにして（よみ人しらず）古今 18
幾世しもあらじわが身をなぞもかく海人の刈る藻に思ひみだるる

いざさらば来む世をのちの契りにて憂きをも厭しと思ひとがめじ（藤原為家）新撰六帖　202
いざやさは君に逢はずは渡らじと身を宇治橋に書きつけてみむ（顕昭）六百番歌合　284
いつかわれ深山の里のさびしきにあるじとなりて人に訪はれん（慈円）正治初度百首・新古今　153
いづくにか身を隠さまし厭ひ出でて憂き世に深き山なかりせば（西行）法師集・千載　239
いづれの日いかなる山のふもとにて燃ゆる煙とならんとすらむ（選子内親王）玉葉　250
厭ひてもなほもいとはむさかりなる花に風ふくこの世なりけり（源俊頼）散木奇歌集　96
厭ふべき二つの海のなかにありていつをこの身の潮干とか知る（三条西実隆）雪玉集　29
厭ふ世も月すむ秋になりぬればながらへずばと思ふなるかな（西行）山家集　106
いにしへの契りにかけし帯ばかり一筋しろき遠の川波（後水尾院）御集　150
いにしへの報ひにいまもつれなくは後の世とてもさぞな恨みむ（六条知家）新撰六帖　202
古へをしのぶはかれて物ごとに忘るる草ぞ宿にしげれる（正徹）草根集　22
家にあれば笥に盛る飯を草まくら旅にしあれば椎の葉に盛る（有間皇子）万葉集　128
いほり鎖すそともの小田に風すぎてひかぬ鳴子の音づれぞする（洞院実泰）嘉元百首・玉葉　161
いまこそは思ふあまりに知らせつれ言はで見ゆべき心ならでは（藤原為家）新撰六帖・玉葉　197
いまはただ生けらぬものに身をなして生まれぬ後の世にも経るかな（源師光）右大臣家歌合・千載　26
今はとて飛び別るめる群鳥のふるすに独りながむべきかな（藤原義孝）家集・後拾遺　258
今や夢むかしや夢と迷はれていかに思へど現とぞなき（右京大夫）家集・風雅　45
いまよりは心のままに月は見じもの思ひまさるつまとなりけり（藤原清輔）家集　105
妹らがり今木の嶺に茂り立つ夫まつの木は古人みけむ（柿本人麻呂）万葉集　255
色にのみ染めし心のくやしきをむなしと説ける法ぞうれしき（小侍従）家集・新古今　270
色ふかく染めたる旅の狩衣かへらんまでは形見にもみよ（藤原顕綱）家集・新古今　118

ウ

浮かぶ雲ながるる水のいさめてもなどかこの世に跡とどむらん　（木下長嘯子）挙白集
憂きことのなほこのうへに積もれかし世を捨てし身にためしてやみむ　（良寛）家集 244
憂きこともしばしばかりの世の中をいくほど厭ふわが身なるらん　（兼好）家集 23
憂きながらあればすぎゆく世の中をたきものとなに思ひけむ　（兼好）家集 93
うきふしもさぞならふらむわが友と植ゑて年ふる窓の呉竹　（公順）拾藻抄 93
憂き夢はなごりまでこそかなしけれこの世ののちもなほや歎かむ　（藤原俊成）長秋詠藻・千載 233
憂き世をばそむかば今日もそむきなむ明日もありとは頼むべき身か　（慶滋保胤）拾遺 45
牛の子にふまるるな庭のかたつぶり角ありとても無き世の春も花をこそ見め　（寂蓮）家集 157
失せぬとも飽かぬ心をとどめおきて無き世の春なぞみじかき　（本居宣長）鈴屋集
うたたねも月には惜しき夜半なればなかなか秋は夢ぞみじかき　（足利尊氏）新拾遺 184
うちつけに寂しくもあるかもみぢ葉もぬしなき宿は色なかりけり　（源能有）古今 102
うちわたす浜名の橋の月の夜に松かげまでは行く人もなし　（津守国冬）文保百首 237
うつし植ゑてげにわが友といまぞしる心むなしき窓の呉竹　（洞院公賢）家集
うつせみの常なき見れば世の中に心づけずて思ふ日ぞ多き　（よみ人しらず）万葉集 291
うつそみの人にあるわれや明日よりは二上山を弟とあが見む　（大来皇女）万葉集 255
現にはまよはむ山のいくつかを越えてみえつる夢のふるさと　（中院通村）後十輪院集 73
海原に霞たなびき田鶴が音の悲しき夕は国辺し思ほゆ　（大伴家持）万葉集 126

海原や波間にみゆる笹竹のひと葉ばかりの海士のつりふね（九条道家）洞院摂政家百首　148
優婆塞が朝菜にきざむ松の葉は山の雪にやうづもれぬらん（曽禰好忠）家集　225
海山とものあはれを思ふには磯も高嶺もただ松の風（慈円）老若五十首歌合　228
うらうらと死なんずるなと思ひ解けば心のやがてさぞと答ふる（西行）山家集　83
浦づたふ磯の苫屋のかぢ枕ききもならはぬ波の音かな（藤原俊成）久安百首・千載　131

オ

老いせじの松のときはを思へばや植ゑて砌にみぬ人ぞなき（烏丸光広）黄葉集　229
老いぬれば南面てもすさまじやひたおもむきに西をたのまむ（安法）家集　61
老いののちふたたび若くなることはむかしを夢に見るにぞありける（能因）家集　35
老いの波あらく寄すなりこころせよねを離れたる岸の浮き草（智海）万代集　63
老いらくの来んとしりせば門さしてなしとこたへて逢はざらましを（よみ人しらず）古今　60
沖つ風ふきにけらしな住吉の松の下枝をあらふ白波（源経信）家集・後拾遺　301
おきなさび立ち居もやすくをられねば頬杖つきてけふも暮らしつ（源兼昌）永久百首　63
奥の谷にけぶりもたたばわが宿をなほあさしとや住みうかれなむ（藤原良経）秋篠月清集　155
奥山のおどろが下もふみわけて道ある世ぞと人に知らせむ（後鳥羽院）御集・新古今　52
奥山のやまのあなたも外山ありその里も花この里も花（鑁也）露色随詠集　160
遅れじと思へど死なぬわが身かなひとりや知らぬ道をゆくらん（道命）千載　258
おしなべて峰も平らになりななん山の端なくは月も隠れじ（上野岑雄）後撰　103
おそく出づる月にもあるかなあしひきの山のあなたも惜しむべらなり（よみ人しらず）古今　103
おのづからあればある世にながらへて惜しむと人に見えぬべきかな（藤原定家）拾遺愚草・千載　27

おのづから手枕はづし寝なほれ思はばわれ思はずと妹むつけたり （真観）新撰六帖
おほかたは世をもうらみじ海人の刈る藻にすむ虫の名こそつらけれ （藤原有家）御室五十首 200
大空に飛びたつばかりおもへども老いは羽なき鳥となりぬる （心敬）家集
おぼつかな秋はいかなるゆゑのあればすずろにものの悲しかるらん （西行）山家・新古今 64
おぼつかなまだ見ぬ道を死出のやま雪ふみわけて越えむとすらむ （良遍）詞花 19
おぼつかな都にすまぬみやこ鳥こととふ人にいかがこたへし （宜秋門院丹後）正治初度百首・新古今
思ひ出づるをりたく柴の夕ぶりむせぶもうれし忘れ形見に （後鳥羽院）家長日記・新古今 250
思ひおくことぞこの世にのこりける見ざらむあとの秋の夜の月 （兼好）家集 84
思ひかね知らせそめつる筆のあとうちつけならぬ言の葉ぞなき （藤原信実）新撰六帖
思ひきや鄙のわかれに衰へて海人の縄たき漁りせむとは （小野篁）古今 79
思ふことさしてそれとはなきものを秋の夕べを心にぞ問ふ （宮内卿）新古今 185
思ふどち円居せる夜は唐錦たたまく惜しきものにぞありける （よみ人しらず）古今
思ふべきわが後の世は有るか無きかなければこそこの世にはすめ （慈円）拾玉集・新古今 190
思へども身をし分けねば目に見えぬ心を君にたぐへてぞやる （伊香子淳行）古今 113
思ひ立ちて頼むとなればあすかがは淵も瀬になるものとこそきけ （平忠度）家集・風雅 21
おりりつつ昨日は田鶴やあさりけん濁りしままに凍る沢水 （大内政弘）拾塵集 303
おろかなり本無の物をあらせつつわが心よりつくる迷ひは （藤原家良）建長百首歌合 16

カ

かぎりありて蓮の蘂と生まれなばつひに思ひのひらけざらめや（源俊頼）散木奇歌集 269
数ならで年経ぬる身は今さらに世を憂しとだに思はざりけり（俊恵）清輔家歌合・千載 26
数ならぬわが身にひとつうれしきはこの世をおもひ捨てしなりけり（寂然）唯心房集 242
風になびく富士のけぶりの空に消えてゆくへも知らぬわが思ひかな（西行）法師集・新古今 139
風をあらみしづ心なき村雲にそれもまたたく夕つづのかげ（松平定信）三草集 208
数ふれば止まらぬものをとしといひて今年はいたく老いぞしにける（よみ人しらず）古今 60
片山に畑焼く男はた焼かばみ山ざくらは避きてはた焼け（藤原長能）家集・拾遺 167
かぢ枕あすの船路を思ふにも心さわがす風の音かな（中院通村）後十輪院集 131
河音も身に沁みはてて宇治橋の長き夜わたる秋の月かげ（十市遠忠）詠草 284
川岸にうかべすてたる舟にだに綱手づたひにきぬる葛花（大隈言道）草径集 181
かへり来ばかさなる山の峰ごとにとまる心をしをりにはせむ（慈円）拾玉集・新勅撰 132
かへり見る雲まのこずゑ絶えだえにあるかなきかのふるさとの山（藤原基家）洞院摂政家百首 132
かへり見る雲より下のふるさとにかすむこずゑは春のわかくさ（藤原定家）御室五十首 145
鴨山の岩根しまけるわれをかも知らにと妹が待ちつつあるらむ（柿本人麻呂）万葉集 246
唐ころも着つつなれにし妻しあればはるばる来ぬる旅をしぞ思ふ（在原業平）家集・古今 136
刈らざりしすすきまじりの冬の田の穂にいでぬひつち哀れさびしき（三条西実隆）雪玉集 189
かりそめの憂き世の中をかきわけてうらやましくも出づる月かな（大江匡房）詞花・江師集 237
かりそめの宿にせき入れし池水に山もうつりてかげを恋ふらし（藤原家隆）壬二集 260
雁鳴きて菊の花さく秋はあれど春のうみべに住吉の浜（在原業平）家集・伊勢物語 301
仮の世にたとへてみれば稲妻のひかりもなほぞのどけかりける（寂然）唯心房集 75
枯れし野の尾花がうれの霜みれば秋のゆふべの白露おもほゆ（本居宣長）鈴屋集 189

キ

岸による波かとぞ見る池水のみぎはに遠く立てる白鶴（上冷泉為村）家集　221

来てみれば峰たひらなる高野山のぼらぬさきの心地こそすれ（大隈言道）草径集　143

木にもあらじ草にもあらじひととせに生ひのぼりたる竹の高さは（三条西実隆）雪玉集　234

きみが住む屋戸のこずゑをゆくゆくと隠るるまでにかへり見しかな（菅原道真）和歌童蒙抄・拾遺　116

君をおもふ心にまづぞうかびぬる象潟のあめ松島のつき（木下幸文）亮々遺稿　41

ク

草の庵に起きても寝ても祈ること我より先に人をわたさむ（道元）傘松道詠　273

草の葉に門出はしたりほととぎす死出の山路もかくや露けき（田口重如）金葉　250

草枕むすぶともなしわけくれてそのままあかす野辺の仮り寝は（堯孝）慕風愚吟集　133

草まくら夜ごとにかはるやどりにも結ぶはおなじ古里の夢（良寛）家集　126

朽ちにける長柄の橋をきてみれば蘆の枯れ葉に秋風ぞふく（徳大寺実定）治承三十六人歌合・新古今　287

くまもなく澄めるこころのかがやけばわが光とや月おもふらむ（明恵）家集　110

雲のゐる外山のすゑのひとつ松めにかけてゆく道ぞはるけき（宗尊親王）瓊玉集・続古今　148

くもりなき星のひかりをあふぎてもあやまたぬ身をなほぞ疑ふ（藤原良経）秋篠月清集・新勅撰　28

栗も笑みをかしかるらんと思ふにも出でやゆかしや秋のやまざと（右京大夫）家集　182

苦しくはわれを恋ふとやこころみに死なぬ命を死ぬとつげけん（藤原頼宗）家集　263

暮ると明くと花の思はむことわりにわが心をも散らさでぞ見る（細川幽斎）玄旨百首　100

来る春はみねに霞をさきだてて谷の筧をつたふなりけり（西行）宮河歌合　164

呉竹を屋戸のまがきに植ゑしより吹くる風も友とこそなれ（寂蓮）老若五十首歌合
くれなゐの色ふかみ草さきぬれば惜しむこころもあさからぬかな（藤原教長）久安百首 231
暮れにけり山よりをちの夕日かげ雲にうつりし跡の光も（中院通村）後十輪院集 207
黒髪のみだれてかかる手枕はすきまにかよふ風だにもなし（藤原為家）新撰六帖 200

ケ

けふ来ずは見でややまゝし山里のもみぢも人も常ならぬ世に（藤原公任）家集・新古今 173
今日こそは初めて捨つる憂き身なれいつかはつひに厭ひはつべき（能因）家集 80
けふ知るあらぬところに臥しそめてわれを飽きたつ方違へとは（六条知家）新撰六帖 201
けふもまた花待つほどのなぐさめに眺め暮らしつ峰の白雲（徳大寺実定）新後撰 99
けふもまたゆくての花にやすらひぬ山わけごろも袖にほふまで（兼好）家集 133

コ

漕ぎゆかむ波路のすゑを思ひやれば憂き世のほかの岸にぞありける（明恵）家集・玉葉 55
心あらむ人に見せばや津の国の難波の浦の春のけしきを（能因）家集・後拾遺 10
心なき身にもあはれはしられけり鴫たつ沢の秋の夕ぐれ（西行）御裳濯河歌合・新古今 10
こずゑふく風のひびきにあれどまだいろわかぬ嶺の椎柴（藤原良経）秋篠月清集 184
こぞのけふ花のしたにて露きえし人のなごりのはてぞかなしき（藤原良経）秋篠月清集 260
ことしげき世にまぎれきてあだにのみ過ぎし月日はさらに驚く（武者小路実陰）芳雲集 31

琴の音に峰の松風かよふなりいづれの尾より調べそめけん（徽子女王）斎宮女御集・拾遺 225
木の葉たく煙も細し世をかろく思ひ捨てたる宿の夕ぐれ（井上文雄）調鶴集
この世にてまた逢ふまじき悲しさに勧めし人ぞ心乱れし（西行）山家集・千載 163
この世にはほまれある名も何かせん花にはるかぜ月にうきぐも（正徹）草根集 68
この世をば月ゆゑにこそ惜しみつれしばしも冥き闇にまどはじ（俊恵）林葉集 22
恋しともいはでぞ思ふたまきはる立ち返るべきかなしかならねば（源俊頼）堀河百首・新勅撰 35
こぼれてもあればとてなぐさめし長柄の橋もいまはきこえず（藤原興風）家集 287
駒とめて袖うちはらふかげもなし佐野のわたりの雪の夕ぐれ（藤原定家）正治初度百首・新古今 192
駒なめて打出での浜を見わたせば朝日にさわぐ志賀の浦なみ（後鳥羽院）御集・新後拾遺 146
来む世には心のうちにあらはさむ飽かでやみぬる月のひかりを（西行）御裳濯河歌合・千載 49
来む世にもまためぐり逢ふ契りあらばおなじ辛さをなほやかさねん（藤原家良）新撰六帖 202
声たてぬ蛍はやらじ秋しこばはや待つとしれかへるかりがね（松永貞徳）逍遊集 171
声をだに聞かで別るる魂よりもなき床に寝む君ぞかなしき（よみ人しらず）古今 249

サ

冴えわたる星よりしげき槌かずに砧うつ里の多さをぞ知る（橘曙覧）志濃夫廼舎集 186
咲かざらばさくらを人の折らましやさくらのあたはた桜なりけり（源道済）後拾遺 94

シ

しかりとて背かれなくに事しあればまづ歎かれぬあな憂よのなか（小野篁）古今 89

慕ひくる影はたもとに寵るとも面変はりすなふるさとの月（土御門院）御集・続千載 123

しづかなるあかつきごとに見わたせばまだ深き夜の夢ぞかなしき（式子内親王）家集・新古今 270

沈むべき人をかなしと思ふには淵を瀬になすものにぞありける（藤原頼宗）家集 263

信濃なる浅間の嶽に立つけぶりをちこち人の見やはとがめぬ（在原業平）家集・古今 136

さすがに世に思ふにかなふこともあれや待ちこし花のけふは咲きぬる（三条西実隆）雪玉集

定めなき世とはしかじか知りながら呆れてすぐす身をいかにせむ（平忠盛）家集 101

里びとの直きこころもみゆるかな県にかよふ道のひとすぢ（井上文雄）調鶴集 74

さとりえて驚かぬにはあらぬ身の世の常なさになならひしも憂き（小沢蘆庵）六帖詠草 150

早苗だにまだとりあへぬ山里に刈りほす麦の秋はきにけり（下河辺長流）晩花集 173

さびしさはをちの高嶺の夕日かげなきにぞまさる松のひともと（正徹）草根集 229

さびしさもならひにけりな山里に訪ひくる人の厭はるるまで（兼好）家集 155

さびしさを憂き世にかへてしのばずは独り聞くべき松の風かは（寂蓮）家集・千載 204

さみだれに宮木も今やくだすらん真木たつ峰にかかるむら雲（後鳥羽院）遠島百首 176

五月雨に水まさるらし宇治橋や蜘蛛手にかかる波の白糸（西行）山家集 284

さもあらばあれ名のみながらの橋柱くちずは今の人もしのばじ（藤原定家）建保名所百首・玉葉 287

さもこそは勿来の関のかたからめ桜をさへともどめけるかな（源俊頼）散木奇歌集 281

偲ばれむひとふしもがな移る世は跡なき夢と思ひ知るにも（肖柏）春夢草　58
汐がれのひがたの磯の波まよりあらはれ出づるはなれ岩かな（六条知家）宝治百首　147
潮みてるほどにゆきかふ旅人や浜なの橋と名づけそめけん（源兼澄）家集・拾遺　291
霜さゆるあしたの原の冬がれにひと花さけるやまとなでしこ（藤原定家）拾遺愚草　189
白雪のともにわが身はふりぬれど心は消えぬものにぞありける（大江千里）古今　60
枝折りせじなほ山ふかく分け入らむ憂きこと聞かぬところありやと（西行）御裳濯河歌合・新古今　49

ス

すがる鳴く秋の萩はら朝たちて旅ゆく人をいつとか待たむ（よみ人しらず）古今　113
捨てし身をいかにととはばひさかたの雨ふらばふれ風ふかばふけ（良寛）はちすの露　24
素直なる中の心をならひてやわが友とみし庭の呉竹（霊元院）御集　235
須磨のせき夢をとほさぬ波の音を思ひもよらで宿をかりける（慈円）拾玉集・新古今　282
住吉の沖つしらなみ風ふけば来寄する浜を見れば清しも（よみ人しらず）万葉集　300
住の江の松を秋風ふくからに声うちそふる沖つ白波（凡河内躬恒）家集・古今・拾遺　301
住吉の松の下枝は神さびてゆふしでかくる沖つしらなみ（葉室光頼）桂大納言集　301
住みわびてわれさへ軒の忍ぶ草しのぶるかたのしげき屋戸かな（周防内侍）家集・金葉　157
すむ鶴のつばさの霜も年ふるき松に契りて幾世へぬらん（正徹）草根集　222
末の露もとのしづくや世の中のおくれ先立つためしなるらん（遍昭）家集・古今　80

ソ

そむく身はさすがにやすきあらましになほ山ふかき宿もいそがず（兼好）家集 162
そむけども背かれぬはた身なりけり心のほかに憂き世なければ（能因）家集 73
そらになる心は春のかすみにて世にあらじとも思ひ立つかな（西行）山家集 75
空のうみ雲のなみまに蓮葉のひるがへりたる富士の柴山（香川景樹）桂園一枝拾遺 215

タ

薪こり菜つみ水くむたよりありてわが世へぬべき山の奥かな（宗尊親王）柳葉集 160
竹の子も世のうきふしをそへがほに窓につのぐむ夏はきにけり（正徹）草根集 173
竹の葉に風ふく窓はすずしくて臥しながら見るみじか夜の月（宗尊親王）竹風抄 232
田子のあまの屋戸までうづむ富士のねの雪もひとつに見ゆる冬かな（藤原信実）家集・続拾遺 211
田子の浦はまだはるかなる東路にけふより富士の高嶺をぞみる（頓阿）草庵集 212
たたまりて蕊まだ見せぬ葩のぬれ色きよし蓮の朝露（橘曙覧）志濃夫廼舎集 177
たちのぼるけぶりさびしき山もとの里のこなたに森のひとむら（進子内親王）風雅 149
立ちのぼる煙につけて思ふかないつまたわれを人のかく見ん（和泉式部）家集 81
たちばなの袖に匂はぬときだにも恋しきものは昔なりけり（土御門院）御集 38
鶴が音の聞こゆる田居に廬りしてわれ旅なりと妹に告げこそ（よみ人しらず）万葉集 218
尋ね入る深山の奥の里ぞもとわがすみなれし都なりける（道元）傘松道詠 153
たづね入る山した風のかをりきて花になりゆく峰の白雲（寂蓮）家集 204
谷のかげ軒のなでしこいま咲きつ常より君を来やと待ちける（木下長嘯子）挙白集 58
谷の戸にひとりぞ松もたてりけるわれのみ友はなきかと思へば（西行）法師集・玉葉 227
田の面より山もとさしてゆく鷺のちかしとみれば遥かにぞ飛ぶ（伏見院）玉葉 148

旅寝する宿はみ山にとぢられてまさきのかづらくる人もなし（源経信）家集・後拾遺　128

旅のみち信夫の奥もしらるれど心ぞかよふ千賀の塩釜（藤原俊成）正治初度百首　141

堪へてのみながむるままに心なきわが身しらるる秋のゆふぐれ（兼好）家集　10

たまきはる命はしらず松が枝を結ぶ心は長くとぞ思ふ（大伴家持）万葉集・続古今　224

たまさかにかげする人も薪おふすがたばかりの谷の細みち（肖柏）春夢草　156

玉の緒の長きためしにひく人もきゆれば露にことならぬかな（藤原長家）新古今　82

たまぼこのみちの山風さむからば形見がてらに着なんとぞ思ふ（紀貫之）家集・新古今　118

たよりあらばいかで都へ告げやらむけふ白河の関は越えぬと（平兼盛）家集・拾遺　279

誰かはと思ひたえても松にのみおとづれてゆく風はうらめし（藤原有家）御室五十首・新古今　158

チ

ちはやぶる神のもたせる命をば誰がためにかも長く欲りせむ（柿本人麻呂）万葉集　66

ツ

月かげのいたらぬ里はなけれどもながむる人のこころにぞすむ（法然）続千載　268

月ならで涼しきかげは夏の夜の闇にはれたる天の川波（三条西実隆）雪玉集　206

月の輪に心をかけしゆふべよりよろづのことを夢とみるかな（覚超）後拾遺　267

尽きもせぬ世のいとなみに明け暮れて心しづむる時の間もなし（藤原為家）家集　30

月やあらぬ春やむかしの春ならぬわが身ひとつはもとの身にして（在原業平）家集・古今　79

月をみて雲居はるかに澄みのぼる心ばかりは人におとらじ（藤原季経）家集　105

つくづくと思へばかなしいつまでか人のあはれをよそに聞くべき（藤原実房）新古今　83

つくづくと思へば恋しあるは無くなきは数そふ人のおもかげ　(実伊)　建長百首歌合・新続古今
つくづくと独りすぐすも情けおほし石木をやどの伴とながめて　(伏見院)　御集　83
つくづくとながめて思ふことむなしき空の雲にかたらむ　(木下長嘯子)　挙白集　161
常なきは常なることに馴れぬれば驚かれぬぞ驚かれぬる　(藤原俊成)　長秋草　23
津の国の長柄の橋もつくるなり今はわが身を何にたとへむ　(伊勢)　家集・古今　76
つひにゆく道とはかねて聞きしかどきのふ今日とは思はざりしを　(在原業平)　家集・古今　287
つひにゆく道とはよそに聞きしかどわれにて知りぬきのふけふとは　(藤原教長)　家集　249
露の身のきえてもきえぬおきどころ草葉のほかにまたもありけり　(木下長嘯子)　挙白集　252 254

テ

蝶となる人の夢だにあるものを鶴の林のをりまでやみし　(藤原頼宗)　家集　263
照る月のひかり冴えゆく夜半なれば秋の水にもつららゐにけり　(摂津)　家集・金葉　186

ト

時しらぬならひをいつも絶たじとやけぶりにかすむ富士の嶺の空　(藤原雅経)　明日香井集
時しらぬ山は富士の嶺いつとてか鹿の子まだらに雪の降るらん　(在原業平)　家集・新古今　211
ときどりながかね雲井にとどろきて星の林にうづもれぬらん　(源俊頼)　散木奇歌集　136
ときは木のみどりはなべてかはらねど風のしらべぞ松はことなる　(肥後)　堀河百首　174
ときはなる松のみどりも春くればいまひとしほの色まさりけり　(源宗于)　家集・古今　224

年ふればただ夢とのみたどる世にいかでわが身を現ともみむ（村田春海）琴後集
とぢそむる氷をいかにいとふらんあぢむらわたる諏訪のみづうみ（西行）法師集 41
とまらぬ時と人とに別れきて恋ふる昔はいやとほざかる（伏見院）御集 139
とにかくにおきどころなき露の身はかかる憂き世のほかをたづねむ（西園寺実材母）家集 120
飛ぶ鳥のかげはたえたる夕ぐれの野沢の水にうかぶしら雲（木下幸文）亮々遺稿 76
ともすれば古りぬる世とて慕ふ身を老いのさがとな思ひくたしそ（村田春海）琴後集 208
ともなはば鶴のかひごの巣くふまで緑にしげれ屋戸の松が枝（飛鳥井雅康）家集 41
ともすればわが身ひとつとかこつかな人をわくべき憂き世ならねど（兼好）家集 222
外山には草葉わけたるかたもなし柴刈るしづの音ばかりして（藤原清輔）家集 177

ナ

なかなかに憂き世は夢のなかりせば忘るる隙もあらましものを（源国信）堀河百首 43
なかなかによはひたけてぞ色まさる月と花とに染めし心は（西園寺公経）洞院摂政家百首・後拾遺
なき人の来る夜と聞けど君もなしわが住む屋戸や魂なきの里（和泉式部）家続集・後拾遺 258
なげきなき夜はなきにもとむればこそ歎きとはなれ（他阿）家集 29
情けある昔の人はあはれにて見ぬわが友とおもはるるかな（伏見院）玉葉 39
なづな生ふる園生の胡蝶かすかなる花にはかなきやどりをぞする（肖柏）春夢草 171
夏の日の長きさかりのねむの花ゆめかとばかり匂ふいろかな（熊谷直好）浦のしほ貝 176
夏の夜の月は清見が関に見つ秋はしのぶの里にながめむ（慈円）拾玉集 278

何ごとを待つことにてか過ごさまし憂き世を背く道なかりせば（寂然）治承三十六人歌合・風雅　75
名にし負はばいざこと問はむ都鳥わが思ふ人はありやなしやと（在原業平）家集・古今　136
なにとなく住む山人の庵まで憂き世を厭ふ伴と見えつつ（寂身）家集　159
何とまた忘れて過ぐる袖の上に濡れて時雨のおどろかすらん（後鳥羽院）家長日記　84
難波津のその言の葉をのこしてぞ見ぬ世の人のこころをも知る（藤原顕氏）家集　39
なほ聞かばまれなる人も訪ひ来かし山ざくら戸の春のゆふぐれ（後鳥羽院）御集　97
並みたてる紅葉のいろにしるきかな時雨も山をめぐりけりとは（俊恵）林葉集　187
波をふむ心ちこそすれ川霧のはれまもみえずたてる宇治橋（源師時）堀河百首　284

ニ

西の峰にうつろひそむる朝づく日よもの山にぞ影はみちゆく（西園寺実兼）家集　205
にほどりのしたこぐ波したたぬかな池の氷やあつくなるらん（藤原長能）家集　193
にほの湖やかすみてくるる春の日にわたるもとほし瀬田の長橋（藤原為家）家集・新後撰　289

ヌ

寝るがうちのほどなきよりも覚めてこそさだかに見ゆれ夢のむかしは（惟宗光吉）家集　46

ネ

ねがはくは花のもとにて春死なむその二月の望月のころ（西行）御裳濯河歌合・新古今　50

のどかなる老いの寝覚めのさびしさに鳥の八声をかぞへてぞ聞く （二条為世）嘉元百首・新拾遺 64
のどけしな豊葦原のけさの春かぜのすがたも水のこころも （祇園梶子）梶の葉 164

ハ

はかなくもわがあらましの行く末を待つとせしまに身こそ老いぬれ （実伊）新後撰 64
箱根路をわが越えくれば伊豆の海や沖の小島に波のよるみゆ （源実朝）金槐集・続後撰 146
初刈りのおしね採りほし今ははやにへするほどになれる山里 （源師光）正治初度百首 152
花ちらで月はくもらぬ世なりせばものを思はぬわが身ならまし （西行）山家集・風雅 20
花のしたのしづくにきえし春はきてあはれむかしにふりまさる人 （藤原定家）秋篠月清集 260
花や知る思ふばかりの言の葉も及ばぬままにむかふこころを （三条西実隆）雪玉集 101
花ゆゑに知るもしらぬもとめくれば春は人目のしげきやまざと （藤原公重）風情集 170
はや来ませ逢はぬ日かずを数へても今宵はきみをみよといふよぞ （藤原頼宗）新撰六帖 201
はやくよりはかなき世とはしりぬれど思ひ染まぬは心なりけり （木下幸文）亮々遺稿 77
播磨路や須磨の関屋の板びさし月もれとてやまばらなるらん （源師俊）千載 282
春秋に思ひみだれて分きかねつ時につけつつ移る心は （紀貫之）拾遺 9

はるばるとかさなる峰のうすくこく日かげににほふ夕暮れの山　（日野俊光）家集 205
はるばると尋ね来にけり東路にこれや勿来の関ととふまで　（源顕仲）堀河百首 281

ヒ

日かげ待つ草葉の露のきえやらであやふく世をも過ごしつるかな　（大田垣蓮月）海人の刈藻 24
引き植ゑし松によはひをゆづりおきて苔の下にや千世のかげみむ　（宗祇）家集
ひぐらしの鳴く片山のならの葉に風うちそよぐ夏のゆふぐれ　（寂然）唯心房集 178
久に経てわが後の世をとへよ松あとしのぶべき人もなき身ぞ　（西行）山家集・玉葉 227
人すまぬ池辺にたてるそなれ松かぜのなびかすままにふりつつ　（正広）松下集 229
人すまぬ不破の関屋の板びさし荒れにしのちはただ秋の風　（藤原良経）和歌所影供歌合・新古今 276
人はおほく秋に心を寄すめれどわれはさくらの花の咲く春　（本居宣長）鈴屋集 102
独り寝もならはざりしを竹の葉に霰ふる夜をえやは明かさん　（宗尊親王）竹風抄
日の本のやまとごころの動きなししるしはふじの高嶺なりけり　（井上文雄）調鶴集 215
氷室山あたりは冬の心ちして梢の蝉ぞ夏とつげける　（俊恵）林葉集 178

フ

深き山に澄みける月を見ざりせば思ひ出でもなきわが身ならまし　（西行）山家集・風雅 107

富士の嶺のみゆるところはあまたあれど名さへゆかしき三保の松原（木下幸文）亮々遺稿

富士の嶺は雲居にたかしたちあげてもいかで及ばん（木下幸文）松下集 213

淵は瀬になりかはるふ明日香川わたり見てこそ知るべかりけれ（在原元方）後撰

舟寄する葦べは遠く群れ立ちて沖の白洲に田鶴あさるみゆ（武者小路実陰）芳雲集 219

踏み分くるわれよりさきの跡もなし朽葉にうづむ木々の下みち（小沢蘆庵）六帖詠草拾遺 303

ふりつもる若菜の雪の花筐はらはでこれも家づとにせむ（木下長嘯子）挙白集 215

ふるさとと定むる方のなきときはいづくにゆくも家路なりけり（夢窓）家集・風雅 165

ふるさとにかよはば告げよ秋の風ゆふべの空になが めわびぬと（藤原秀能）如願法師集 124

ふるさとを思ひやりつつながむれば心ひとつにくもる月かげ（登蓮）家集・新続古今 124

ふるさとをしのぶの軒に風すぎて苔のたもとに匂ふたちばな（後鳥羽院）遠島百首 38

ふるさとを偲ぶる人やわたしけむさても訪はれぬ谷の架け橋（藤原定家）拾遺愚草 190

へ

隔てきてそなたとみゆる山もなし雲のいづこかふるさとの空（頓阿）草庵集 123

ホ

マ

真木の板も苔むすばかりなりにけり幾世かへぬる瀬田の長橋（大江匡房）堀河百首・新古今 289
まだ出でぬ朝日のかげのうつるにぞ富士の嶺たかきほどぞしらるる（日野俊光）家集 212
待ちわびて恋しくならば尋ぬべく跡なき水の上ならで行け（伊勢）家集・後撰 128
松が枝に鶴の卵子の巣立ちつつ千代へんほどは君ぞみるべき（源行宗）家集 222
松が枝のおほへる寺は降る雪にもるる瓦の色も寒けし（三条西実隆）再昌草 193
松たかき洲浜に立てる葦田鶴は鳴く声ながら絵にうつさばや（三条西実隆）雪玉集 220
待てといふに隙ゆく駒はとどまらずいざさは終の旅よそひせむ（小沢蘆庵）六帖詠草 254
まどろみてさても已みなばいかがせむ寝覚めぞあらぬ命なりける（西住）千載 68
円居する人のなかにもうち垂れて咲きまじりたる糸桜かな（大隈言道）草径集 170
真名鶴は沢の氷のかがみにて千歳のかげをもてやなすらん（西行）山家集 221

ミ

みさびゐる心の水のそこきよみいつか澄まして月をうつさむ（寂然）唯心房集 15
みぞれふる端山がしたのおそ紅葉ひとむらみゆる冬の夕ぐれ（藤原家隆）壬二 190
みだるべき世はたれたれものがるらん治まる時をひとり捨てばや（下河辺長流）晩花集 31
乱れずと終り聞くこそうれしけれさても別れはなぐさまねども（寂然）山家集・千載 68
道のべのあしき岩根に幣むけて嶮しき山を越えぞわづらふ（藤原信実）新撰六帖 130
道のべの草の青葉に駒とめてなほ故郷をかへりみるかな（藤原成範）新古今 121
みづはさす八十路あまりの老いの波くらげの骨に逢ふぞうれしき（増賀）今昔物語 61

みな人は花の衣になりぬなり苔のたもとよ乾きだにせよ（遍昭）家集・古今 257
身の憂さを思ひ知らずでや止みなまし背くならひの無き世なりせば（西行）法師集・新古今 239
身は捨てつ心をだにも放らさじつひにはいかがなるやとを見む（藤原興風）家集・古今 9
都にて問ふ人あらばいかがせん夜半に越えぬる白河の関（藤原親盛）家集
都べはちまたのやなぎ園の梅かへり見多き春になりにけり（上田秋成）藤簍冊子 279
都をば霞とともにたちしかど秋風ぞふく白河の関（能因）家集・後拾遺
見るになほこの世の鳥のすがたともいさ白鶴の立てる松かげ（三条西実隆）雪玉集 221
みるままに山はきえゆく雨雲のかかりもらせる真木のひともと（永福門院）玉葉 148
見る折は夢もゆめとは思はれず現を今はうつつとおもはじ（藤原資隆）禅林瘀葉集 44
みわのさき夕しほさせばむらちどり佐野のわたりにこゑうつるなり（藤原実家）家集 192

ム

昔こそさきは見えけれ夢路には遠きや近くなりかはるらむ（木下幸文）亮々遺稿 47
むかし見し野中の清水かはらねどわが影をもや思ひ出づらん（西行）山家集・続後撰 36
迎ふるは利利も首陀もきらはねば洩れしもせじな数ならずとも（源俊頼）散木奇歌集 269

メ

めぐり逢はむ来む世の闇の契りをば夢のうちにや結びおかまし （藤原信実）新撰六帖 202

モ

燃えはてむ後もやみぢや契りけむ端山のともし瀬ぜのかがり火 （藤原家隆）壬二集
もとめすむ宿の爪木を折りなれて煙さびしき昨日けふかな （藤原家隆）洞院摂政家百首 176
物によらぬもとの心は天地にへだたるところあらじとぞ思ふ （正親町忠季）院六首歌合
もみぢ葉のみなくれなゐに散りしけば名のみなりけり白川の関 （平親宗）家集・千載 16 158
もみぢ葉を風にまかせて見るよりもはかなきものは命なりけり （大江千里）古今 279
ももしきの大宮人の熟田津に船乗りしけむ年の知らなく （山部赤人）万葉集 67
ももづたふ磐余の池に鳴く鴨をけふのみ見てや雲隠りなむ （大津皇子）万葉集 33
百年は花にやどりて過ぐしてきこの世は蝶の夢にぞありける （大江匡房）堀河百首・詞花 246
もろともにわれをも具して散りね花うき世をいとふ心ある身ぞ （西行）山家集 43

ヤ

山風もしぐれにきほひ寒けれど妹とし濡ればながき夜もなし （藤原家良）新撰六帖 96
やまざくら思ふあまりに世にふれば花こそ人の命なりけれ （慈円）拾玉集・新後拾遺 200
やまざくらちぢに心のくだくるは散る花ごとに添ふにやあるらん （大江匡房）堀河百首・千載 99

山たかみ雲居に見ゆるさくら花こころのゆきて折らぬ日ぞなき（凡河内躬恒）家集・古今
山たかみ今日はふもとになりにけり昨日わけこし峰のしら雲（藤原家良）新後撰
山の端に入りぬる月のわれならば憂き世の中にまたは出でじを（源為善）後拾遺 132
山の端にかかるとみるも吹きかへてまた跡もなき風の浮き雲（中院通村）後十輪院集 104
山の端にわれもいりなむ月もいれ夜なよごとにまた伴とせむ（明恵）家集・続後撰 207
山はさけ海はあせなむ世なりとも君にふた心わがあらめやも（源実朝）金槐集・新勅撰 110
闇はれて心のうちに澄む月は西の山べや近くなるらん（西行）法師集・新古今 267
闇ふかき心の空のあけぬ夜はいつ赤星の光をも見む（三条西実隆）雪玉集 206

ユ

雪うづむ園のくれたけ折れふしてねぐら求むるむら雀かな（西行）山家集・玉葉
雪のふる夜ごろは闇もなかりけりさりとて空に月はみえねど（松永貞徳）逍遊集 193 194
行く末はみえで夢路のいかなれば故郷にのみたちかへるらん（洞院公賢）家集 46
行く末はわれをもしのぶ人やあらん昔を思ふ心ならひに（藤原俊成）長秋詠藻・新古今
ゆく人も惜しむ心もとどめかね忘るなとだにえこそいはれね（待賢門院堀河）久安百首 117 36
行くままに山の端にぐる心ちして道とほざかる旅の暮れかな（大内政弘）拾塵集 133
夕づくよ沢べに立てる葦田鶴の鳴く音かなしき冬はきにけり（源実朝）金槐集

ヨ

四つのむま三つのくるまに乗らぬ人まことの道をいかで知らまし （道元） 傘松道詠
世にすむと思ふこころを捨てぬれば山ならねども身は隠れけり （夢窓） 家集 162
世にもれぬ月の桂のかげならで何を心のやどり木にせむ （馴窓） 雲玉抄 111
世にいづらわが身のありてなし哀れとや言はむあな憂とやいはむ （よみ人しらず） 古今 89
よのなかに散らぬ桜の種しあらば春にかぎらず植ゑてみましを （西園寺実材母） 家集 57
世の中に夢てふもののなかりせば過ぎにしかたを何にたとへん （松永貞徳） 逍遊過集 47
世の中の憂きは今こそそれしけれ思ひ知らずは厭はましやは （寂蓮） 家集・千載 242
世の中の憂きもつらきも告げなくにまづ知るものは涙なりけり （よみ人しらず） 古今 18
世の中の憂きをも知らですむ月のかげはわが身の心地こそすれ （西行） 宮河歌合・玉葉 106
世の中はあすかがはにもならねきみとわれとが仲し絶えずは （小野小町） 家集・風雅 303
世の中は憂き身にそへる影なれや思ひ捨つれど離れざりけり （源俊頼） 堀河百首・金葉・千載 303
世の中はなにか常なる明日香川きのふの淵ぞけふは瀬となる （よみ人しらず） 古今 302
世の中は早瀬におつる水の泡のほどなくきゆるためしにぞみる （徳大寺公能） 久安百首 91
世間を憂しと恥しと思へども飛び立ちかねつ鳥にしあらねば （山上憶良） 万葉集 87
世の中を思へばなべて散る花のわが身をさてもいかさまにせむ （西行） 宮河歌合・新古今 92

夜の雨たかねの風にけさ晴れてさらにさやけき富士の白雪（中院通村）後十輪院集 213
世を厭ふ名をだにもさはとどめおきて数ならぬ身の思ひ出でにせむ（西行）山家集・新古今 239
世を厭ふわがあらましのゆくすゑにいかなる山のかねて待つらむ（夢窓）家集 55
夜をこめて明石の瀬戸を漕ぎ出づればはるかにおくるま牡鹿のこゑ（俊恵）林葉集・千載 295
世を捨つる心はなほぞなかりける憂きとは思ひ知れども（藤原兼宗）御室五十首・新古今 27
世を捨つる人はまことに捨つるかは捨てぬ人こそ捨つるなりけり（西行）法師集・詞花 239
世を捨つる身には定むる宿もなしこころの奥を庵とぞする（夢窓）家百首 244
世をすててもあふべかりける契りこそ苔の下にも朽ちせざりけれ（藤原清輔）家集・玉葉 57
世を経てもあふべかりける契りこそ苔の下にも朽ちせざりけれ（永観）続千載 268
世をわたるわが身のさまは弱けれど倒れぬものは心なりけり（慈円）拾玉集 14

ル

瑠璃の地に夏の色をばかへてけり山のみどりをうつす池水（藤原定家）拾遺愚草員外 270

ワ

わがこころ隠さじばやとおもへども見る人もなし知る人もなし（慈円）拾玉集 14
わがこころ隠さばやとぞおもへどもみな人も知るみな誰も見る（慈円）拾玉集 14

わが盛りやよいづかたへゆきにけん知らぬ翁に身をばゆづりて（藤原清輔）住吉社歌合　63
わが背子が帰り来まさむ時のため命のこさむ忘れたまふな（狭野弟上娘子）万葉集　66
わが恃む御法の花のひかりあらば暗きに入らぬ道しるべせよ（後鳥羽院）御集　253
和歌の浦にいまぞをさまる時つ風あしべの田鶴もこゑのどかにて（三条西実隆）雪玉集　298
和歌の浦に老いぬる田鶴の神さびて鳴くねは聞くや玉津島姫（木下長嘯子）挙白集　298
若の浦に潮みちくれば潟を無み葦べをさして田鶴なきわたる（山部赤人）万葉集・続古今　297
和歌の浦に雪ふりぬれば白田鶴の蘆間に立てる数そひにけり（寂念）宝物集　298
和歌の浦の蘆間に田鶴の声すなりむかしの潮やさして来ぬらん（慈円）老若五十首歌合　298
和歌の浦を松の葉ごしにながむれば梢によする海士の釣舟（寂蓮）家集・新古今　298
わが屋戸のい笹むら竹ふく風の音のかそけきこの夕べかも（大伴家持）万葉集　231
わが屋戸をとふとはなしに春のきて庭にあとある雪のむらぎえ（夢窓）家集・風雅　164
別れゆくきみが姿を絵にかきて胸のあたりを刺しや止めまし（よみ人しらず）和歌童蒙抄　116
別れゆくけふはまどひぬ逢坂は帰り来む日の名にこそありけれ（紀貫之）拾遺　275
忘るなよやどる袂はかはるともかたみにしぼる夜半の月かげ（藤原定家）拾遺愚草・新古今　118
忘るなよ別れ路に生ふる葛の葉の秋風ふかばいま帰り来む（坂上是則）家集・拾遺　114
忘れなむ待つとな告げそなかなかに因幡の山の峰の秋風（藤原定家）拾遺愚草・新古今　143
忘れめや屋戸のつまどに立ちいでて明くるをしばし待てと言ひつる（六条知家）新撰六帖　198
わたのはら波と空とはひとつにて入る日をうくる山の端もなし（藤原定家）御室五十首・風雅　145
われこそは新島守よ隠岐の海のあらき波かぜ心して吹け（後鳥羽院）遠島百首　52
われ去りてのちにしのばむ人なくば飛びてかへりね鷹島の石（明恵）家集・玉葉　252
われだにもまづ極楽に生まれなば知るもしらぬもみな迎へてむ（源信）新古今　268

われのみと夜ぶかく越ゆるみ山路にさきだつ人の声ぞきこゆる（藤原朝定）風雅
われのみや夜は寝られぬと出でみれば空ゆく月もひとり澄みけり（熊谷直好）浦のしほ貝 133

ヲ

小茅ふく不破の関屋の板びさし久しくなりぬ苔おひにけり（飛鳥井雅有）隣女集
惜しからで愛しきものは身なりけり憂き世そむかむ方を知らねば（紀貫之）家集・後撰 276
惜しむと留まることこそ難からめわが衣手を乾してだに行け（よみ人しらず）拾遺 73
をちかたや遥けきみちに雪つもり待つ夜かさなる宇治の橋姫（藤原定家）拾遺愚草 114
をばすての山より出づる月をみて今さらしなに袖の濡れぬ（慈円）正治後度百首 284
をはりにと釈迦も阿弥陀もちぎりてし十たびの御名をわすれしもせず（藤原秀能）如願法師集 108
折りとらば惜しと思ふもわれながらこころにゆるす花の一枝（宗祇）家集 253
をりにあへばこれもさすがにあはれなり小田の蛙の夕暮れの声（藤原忠良）老若五十首歌合・新古今 100

文中引例歌一覧 ── 出典その他については「収載歌一覧」に準じた。

ア行

明石潟うらぢ晴れゆく朝なぎに霧に漕ぎ出す海士のつりふね（後鳥羽院）御集・玉葉 297

飽かなくにまだきも月のかくるるか山の端にげて入れずもあらなむ（在原業平）家集・古今 104, 134

あしひきの山桜戸を開けおきてわが待つ君を誰かとどむる（よみ人しらず）万葉集 98

天ざかる鄙のながぢを漕ぎくれば明石の門より大和島見ゆ（柿本人麻呂）家集・新古今 109

海人の刈る藻にすむ虫のわれからと音をこそ泣かめ世をばうらみじ（藤原直子）古今 19

天の原ふりさけ見れば春日なる三笠の山に出でし月かも（安倍仲麻呂）古今 109

あるはなくなきは数そふ世の中にあはれいづれの日まで歎かむ（小野小町）家集・新古今 84

生き死にの二つの海を厭はしみ潮干の山を偲ひつるかも（よみ人しらず）万葉集 30

石川や瀬見の小川の清ければ月もながれてぞすむ（鴨長明）新古今 248

出で立ちて友待つほどの久しきはまさきのかづら散りやしぬらん（藤原実方）家集 130

遅れたるわが身を歎く折をりにさきだつものは涙なりけり（道命）家集 259

カ行

影うつす野沢の水の底みればあがるもしづむ夕ひばりかな（日野忠光）新後拾遺 209

風そよぐならの小川の夕暮れはみそぎぞ夏のしるしなりける（藤原家隆）壬二集・新勅撰

かへりこぬ昔を今と思ひ寝の夢の枕に匂ふたちばな（式子内親王）正治初度百首・新古今 39 179

上野の佐野の舟橋とりはなし親は離くれど我は離るがへ（よみ人しらず）万葉集 192

木にもあらず草にもあらぬ竹の節の端にわが身はなりぬべらなり（よみ人しらず）古今 235

苦しくも降り来る雨か三輪の崎狭野の渡りに家もあらなくに（長忌寸奥麻呂）万葉集 192

今日けふとわが待つ君は石川の峡に交じりてありといはずもやも（依羅娘子）万葉集

今日もなほ濡れてやをらむじおこせよ梅の花あるじなしとて春な忘れそ（中院通村）後十輪院集 247

東風吹かばにほひおこせよ梅の花あるじなしとて春な忘れそ（菅原道真）宝物集・拾遺 214

ことしげき世をのがれにしみ山べにあらしの風も心して吹け（寂然）新古今 116

このたびは幣も取りあへず手向け山もみぢのにしき神のまにまに（菅原道真）古今 54

恋といへば同じ名にこそ思ふらめいかでわが身を人に知らせん（よみ人しらず）拾遺 131

来む世には心のうちにあらはさむ飽かでやみぬる月のひかりを（西行）御裳濯河歌合・千載 42

サ行

さざなみや志賀の都は荒れにしを昔ながらの山桜かな（平忠度）家集・千載 51

五月待つ花たちばなの香をかげばむかしの人の袖の香ぞする（よみ人しらず）古今 290

しきしまの大和心をひと問はば朝日ににほふやまざくら花（本居宣長）八十浦之玉伝　102
信夫やま忍びて通ふ道もがな人の心のおくも見るべく（在原業平）家集・新勅撰　142・278
すみのぼる心や空をはらふらん雲の塵ゐぬ秋の夜の月（源俊頼）散木奇歌集・金葉　106
そらになる心は春のかすみにて世にあらじとも思ひ立つかな（西行）山家集　240

タ行

竹の葉にあられ降るなりさらさらに独りは寝べき心地こそせね（和泉式部）家続集・詞花　233
田子の浦ゆうち出でて見れば真白にぞ富士の高嶺に雪は降りける（山部赤人）万葉集　213
立ち別れいなばの山の峰に生ふるまつとし聞かばいま帰り来む（在原行平）古今　144
弛みなく心をかくる弥陀仏ひとやりならぬ誓ひたがふな（田口重如）金葉　251
散ることをなれも忘れよやまざくらわれは家路も思はぬものを（本居宣長）鈴屋集　102
時しらぬ山は富士の嶺いつとてか鹿の子まだらに雪の降るらん（在原業平）家集・新古今　214
年だにも和歌の浦わの田鶴ならば雲居を見つつなぐさみてまし（藤原俊成）長秋詠藻　299

ナ行

難波津をけさこそみつの浦ごとにこれやこの世をうみわたる舟（在原業平）家集・後撰　40
熟田津に船乗りせむと月待てば潮もかなひぬ今は漕ぎ出でな（額田王）万葉集　35
庭のおもを草にまかせて住むほどに庵までこそ人に知らるれ（寂蓮）家集　158

ハ行

萩の花尾花葛花なでしこの花をみなへしまた藤袴朝顔が花（山上憶良）万葉集　182

マ行

待つ人にあやまたれつつ荻の音のそよぐにつけてしづ心なし（大中臣輔親）家集
見ぬ人をまつの木かげの苔むしろなほ敷島のやまとなでしこ（宮内卿）千五百番歌合 181
宮城野のもとあらの小萩つゆを重み風を待つごと君をこそ待て（よみ人しらず）古今 59
都をば霞とともに立ちしかど秋風ぞ吹く白河の関（能因）家集・後拾遺 142
深山にはあられ降るらし外山なるまさきのかづら色づきにけり（神楽歌）古今 142

ヤ行

山ざくら惜しむにとまるものならば花は春ともかぎらざらまし（西園寺公実）詞花 57
山里は冬ぞ寂しさまさりける人目も草もかれぬと思へば（源宗于）家集・古今 170
行くほたる雲のうへまで往ぬべくは秋風ふくと雁に告げこせ（在原業平）家集・後撰 171
夕霧に佐野の舟橋おとすなり手馴れの駒のかへりくるかも（源俊頼）詞花 192
世の中に絶えて桜のなかりせば春の心はのどけからまし（在原業平）家集・古今 98
世の中に古りぬるものは津の国の長柄の橋とわれとなりけり（よみ人しらず）古今 288
世の中の憂きこと聞かぬすみかなただ山水の音ばかりして（本居宣長）鈴屋集 209
世の中は何かつね有る夜の夢にすこしは長しまたは短し（松永貞徳）逍遊集

世の中を何にたとへむ風吹けばゆくへもしらぬ峰のしら雲（源順）家集・続古今 88
世の中を何にたとへむささがにの糸もて貫ける白露の玉（大中臣能宣）家集 88
世の中を何にたとへむさざなみの霜をいたみ色かはりぬる浅茅生の野辺（大中臣能宣）家集 88
よもぎふにいつかおくべき露の身は今日のゆふぐれ明日のあけぼの（慈円）拾玉集・新古今 83

ワ行

■識記

今回の新作は紅書房から上梓なさっては。古典の享受に力を入れていられる出版社です。最適と思いますよ――。船曳由美さんがそう言って、紅書房社主の菊池洋子さんを紹介してくださった。

船曳さんは平凡社と集英社とに長く勤務された名編集者。四十年前、私の処女作『京の裏道』は船曳さんの編集で本になった。以来『京の手わざ』『京都うたごよみ』『新釈平家物語』『西行』『後鳥羽院』の諸作も、この方の斡旋があって世に問うことができたのだった。

木幡朋介さんともお付き合いが長い。カバーの装幀を木幡さんに優雅で端正に仕上げてもらったのは、『京都うたごよみ』『西行』『後鳥羽院』についで、今回が四冊・五冊目となる。

さて、「百花繚乱」は四文字成語だが、ここから「百歌繚乱」という表題をつむぎ出してくださったのが、菊池社主である。「百」の漢字は、もろもろ、あますところなく、といった原意をもつから、「百歌繚乱」「百歌清韻」もあってよい。菊池さんの創意によって、私の採択したすべての収載歌がすっくと立ちあがってくれるような、うれしい感触を覚えた。ちなみに、収載歌に付しているルビは旧仮名、歌人名のルビは新仮名。それをお断りしておこう。

船曳さん・木幡さん・菊池さんの微に入り細を穿った配慮が結集したところに、『恋うた・百歌繚乱』に次いで本書も完成をみた。お三方に厚く御礼を申し上げる。

著者

●著者紹介

松本 章男（まつもと あきお、１９３１年〜）

京都市生まれ。京都大学文学部フランス文学科卒業。

元人文書院取締役編集長。著述業、随筆家。

２００８年、『西行 その歌 その生涯』で第17回やまなし文学賞受賞。

主な著書

■京の裏道　平凡社
■四季の京ごころ　筑摩書房
■京都の阿弥陀如来　世界聖典刊行協会
■京都うたごよみ　集英社
■京都で食べる京都に生きる　新潮社
■京の手わざ　石元泰博写真　学芸書林
■小説・琵琶湖疏水　京都書院
■メジロの玉三郎　かもがわ出版
■京都百人一首　大月書店
■美しき内なる京都　有学書林
■親鸞の生涯　大法輪閣
■京料理花伝　京都新聞社
■花鳥風月百人一首　京都新聞社
■古都世界遺産散策　京都新聞社
■京の恋歌　王朝の婉　京都新聞社
■法然の生涯　大法輪閣
■京都花の道をあるく　集英社新書
■京の恋歌　近代の彩　京都新聞社
■新釈平家物語　集英社
■京都春夏秋冬　光村推古書院
■西国観音霊場・新紀行　大法輪閣
■道元の和歌　中公新書
■西行　その歌　その生涯　平凡社
■歌帝　後鳥羽院　平凡社
■業平ものがたり『伊勢物語』の謎を読み解く　平凡社
■和歌で感じる日本の春夏　新潮社
■和歌で愛しむ日本の秋冬　新潮社

心うた　百歌清韻　奥附

著者　松本章男＊発行日　二〇一七年三月一六日　初版

発行者　菊池洋子＊印刷所　明和印刷＊製本所　積信堂

発行所　〒一七〇-〇〇一三　東京都豊島区東池袋五-五二-四-三〇三

紅（べに）書房　info@beni-shobo.com　http://beni-shobo.com

電話　〇三（三九八三）三八四八

FAX　〇三（三九八三）五〇〇四

振替　〇〇一二〇-三-三五九八五

落丁・乱丁はお取換します

ISBN978-4-89381-317-6

Printed in Japan, 2017

恋うた 百歌繚乱　松本章男著

記紀歌謡、万葉歌から江戸末期まで広く深く和歌の世界を渉猟している著者が、「恋」をテーマにした四七九首を取り上げ、解説や思いを述べる。伊勢や和泉式部、式子内親王、西行、定家などの燃えるような相聞歌から、涙をそそる別れの詠まで、三十一文字に結晶された、いにしえ人の情念を味わう絶好の書下ろし佳書。『心うた・百歌清韻』と同時発売。

四六判上製カバー装　装画　山口蓬春　三五四頁

定価　本体二三〇〇円（税別）

紅書房の本